ポーランド文学
KLASYKA LITERATURY POLSKIEJ
古典叢書
12

ジェロムスキ短篇集

Opowiadania Stefana Żeromskiego

ステファン・ジェロムスキ
Stefan Żeromski

小原雅俊 監訳
Translated by
KOHARA Masatoshi et al.

未知谷
Publisher Michitani

ジェロムスキ短篇集　目次

ジェロムスキ短篇集

《ポーランド文学古典叢書》第12巻

装幀　菊地信義

ああ！　もしも私が生きながらえて、いつかあの喜びを味わえるなら……[1]～ほぼ牧歌～

小林晶子・小原雅俊訳

サンドミェシュの細い細い道が私を導いた。どこへ導いたかは誰も知らない……。威嚇と嘲りをこめて頭上に垂れ下がる巨大な粘土の塊を目の前にして、恐怖に蒼ざめた道は時たま、峡谷の底へと下り、その底を這っていたかと思うと、再び、誇り高く、丘の頂きにまでそそり立った。そこからは、巨大なコワチュ[2]のように横たわる広大無辺な平野がすっかり見えていた。

九月の初めの、ある日曜日の午後だった。奇妙に澄んだ大気のおかげで、最も遠くの物も、その輪郭まで極めて鮮明に見ることが出来た。畑はすでに、か細い茎になって顔を出す暗いエメラルド色の秋播き作物の産毛《うぶげ》に覆われていた。それは、霧のように、愛の抱擁で大地の胸に巻きつく長い腕に似た、わずかに歪んだ畝を覆っていた。時折、丸い形をした丘の頂きや、灰色の大地の上を雲の影がよぎって、農民の働き疲れた顔にも似た大地の顔を曇らせたが、その影は明るい陽光の筋に追われてほどなくして遁走した。そういう時、大地は疲れ果てて伸びをしているかに、微笑み、そして愛が心の門口に立つ時、人間が感じるような、果てしない、無意識の喜びに身をゆだねているかに思われた。

遠く、はるか遠くの、まるで、花嫁のベールの中のように、透き通った霧の中に、柳とこり柳の緑の中に、草原の胸の上に、長い銀むく帯が横たわっていた。それは誇り高く、美しいかの貴婦人――ヴィスワ河であることは明らかだった。

細道は、右に曲がった。私のすぐ足下の峡谷のかなたには、村が身を寄せ合っていた。白い小さな百姓家が、大きな、こずえが枝分かれした柳が植えてある泥道に沿って、両側に並んで立っていた。一軒の家から次の家まで、柳の杭をこり柳で縛って作った、灰色の古ぼけた垣根が、よろけながら伸びていた。百姓家の窓の下の小さな庭には、ダリヤが咲いていた。

窓は多くが開いたままで、村は空っぽだった。

ようやく三軒目か、四軒目の納屋の裏から人声がした。私は垣根を乗り越えて、百姓家の角の陰から外を覗いた。「彼らはあそこで何をしているのだ?……」

芝生の菩提樹の下に、集落のほとんど全員が寝そべっていた。農民たちは、腹ばいになって、こぶしで顎を支え、帽子[3]を目深に被り、農婦と娘たちは、近くに集まって、顔に敬虔な表情を浮かべて聞き入っていた。中央の、ひっくり返したバケツに坐って……本を読んでいるヴィツェク・ジャバスをじっと見つめながら。

「正真正銘の牧歌だ……」私は思った。「本を手にした農民とは!……」ことさら真剣に、ゆっくりと、単調に、震える声で、ヴィツェクは読んでいた。
「ここで一時《いっとき》吹きやめたが、角笛は放さない。誰にも思えた——執事[4]は、まだずっと吹き続けていると……[5]」

"Ach! gdybym kiedy dożył tej pociechy..." Prawie idylla, 1889, „Tygodnik Powszechny"

注

1　ミツキェヴィチ（Adam Mickiewicz）の『パン・タデウシュ（Pan Tadeusz）』エピローグの一部を引用している。
「ああ、もしも生き永らえて、あの喜びがあじわえるなら／これらの書が藁葺きの軒下へと迷い込んでいく頃おい　村の乙女たちは糸車を回していて　折から大好きな民謡を歌っている。／歌に出てくる女の子は、音楽好きの少女で　フィドルを鳴らすうちに、鵞鳥に逃げられる。／また別の歌では朝焼けのように美しい親なしの女の子が　夜も遅いのに鵞鳥たちを捕まえに行ったという。／歌うその乙女らが、あの歌のように素朴な　これらの書を手に取る、そんな光景が見られるなら」（講談社文芸文庫「パン・タデウシュ」（工藤幸雄訳、一九九九発行）下巻　三七二頁）

2　コワチュ（kołacz）。小麦粉やライ麦粉で作られた、円形をしたスラブの儀式用パン。

3　カパルセ（kapaluse）。帽子 kapelusz（カペルシュ）のマゾフシェなまり。マゾフシェはポーランド中央部、ワルシャワを含む、ヴィスワ川中流地方。

4　執事（Wojski）。中世ポーランド及びリトアニアで、貴族が出陣した後、残された家族や家財の世話をする役職。ここでは、重要な登場人物の名誉ある肩書として使われている。

5　『パン・タデウシュ』第四之書の一部を引用している。

「執事は吹きやめたが角は握ったまま。皆の耳に　まだ鳴っていると思えたのは、木霊の響きだった」（講談社文芸文庫『パン・タデウシュ』（工藤幸雄訳、1999発行）上巻　第四之書二三四頁）

セダンの戦いの後で[1]

夏井徹明・小原雅俊訳

……六日間、プロイセンの竜騎兵中隊が一丸となって我が大隊の敗残兵を追っていた。我々は羊の群れのように、空腹で睡眠も取らずにやみくもに逃げまどっていた。不運なことに間断なく雨が降り続いていた……森の中で寝ることは不可能だった。靴底は忘却の彼方へと消え去り、靴底がないにもかかわらず、我々は裸足で木々の針葉や細い枝、石や砂の上を難儀しながら歩いた。足は傷で腫れあがり……休むために森に一人ならず留まったが……彼らのその後の運命は誰も知らなかった。

やっとのことで我々はプロイセン軍とはかなりの距離まで逃れ、夕刻には丘と森との間に隠れた小さな農場に辿り着いた……。これで眠れる！　何たる至福……死の不安よりも激しいこの凄まじい要求のせいで、農夫が家屋の広々とした玄関口に藁を敷くや否や我々は倒れ込んだ。長いこと食べていないのに食事も摂らずに、濡れて腐ったボロ服を脱ぐこともなく、我々は眠りに落ちた。

私は英雄らしく眠りについたとはいえ、煙にむせて最初に目を覚ました。寝床にしゃがみこんでぼんやりしながら状況を見定め始めた。炎の眩《まぶ》しさに私は目がくらんだ……。飛び起きて同志たちの髪の毛を引っぱり始めた。燻り出されたのだ。煙が煙突から噴出するが如く隣部屋のドアから我々の玄関口に流れ込み、農場の建物が燃え、バチバチ、バタンバタンという音が聞こえた。私が顔を殴ったり、髪の毛を引っ張ったりした戦友の中には、私を突き刺そうとして銃剣に手を伸ばし、力なく倒れ込んだ者もいた。目を覚ました戦友たちが私に手を貸し始め、窓を爆破し、眠っている者たちを窓の方に引きずって行った。

やっとのことで全員が次々と飛び出した。

藁の中に我がベルギー製のカービン銃を見つけ出した後、私は銃剣を装着し、窓際で待ち伏せた。

鈍い破裂音が何度も上がった。奴等は次々にアヒルのように屠られていった。私の頭髪が逆立った。

私は煙が出ている戸口に飛び込み、鎧戸の真ん中から侵入して来る血の色の光の筋に照らされた人気《ひとけ》のない部屋を通り過ぎ、煙にむせ返りながら小さな玄関口まで辿り着いた。

私は窓を叩き割り、鎧戸を引きはがし、窓際に生えているライラックの群生の中に飛び込んだ。ライラックの背後には泥道が延びていて、ネズの木がまばらに生えた平地と接していた。ドイツ人の匂いを犬のように嗅ぎながら私は灌木の中で待ち伏せていた。こちら側には誰もいないように思われた。

飛び掛かるぞ……燃える藁葺き屋根の火の束が降り掛かっていたが、私は全身を震わせながら考えていた……茂みの間を這って行こう……。多分気付かれることはない……

一飛びで道の真ん中に転げ落ちた。身を屈めて最初の茂みまで這って行こうとした。……突然、私は立ち竦んだ！　騎兵隊の隊列が散開隊形を取って私の方に向かって来たのだ。路上では燃え盛る猛火のおかげでピンをも見つけ出せたことであろう。

私は真ん中で棒立ちになり立ち竦んだ……。もし彼らが思いとどまってくれたなら、私はきっと炎の中にでも逃げていただろう……。しかし、彼らが猛スピードで私に向かって迫って来たとき、私の中で何かがはじけた。敵の顔に、その馬に、そして軍刀の柄頭《つかがしら》に炎の赤い光が差した。

私はゆっくりとカービン銃を持ち上げ、騎兵中隊の真ん中に狙いを定めた。勇気を奮い起こして縦隊の真ん中を三秒間ほど狙った。発射。将校は軍刀を私の方に突き出し、さっと振り、馬の首の上に屈み込み、ゆっくりと地面に落下した。その間に私は銃口に銃剣を取り付けた。二十人ほどの兵士が喚《わめ》き声をあげながら私に跳び掛かって来た。二十本ほどの軍刀が光った。最初に襲い掛かって来た男を鞍から突き落とし、二番目の男を銃剣で突いたが、銃剣は空を切った。なぜなら、その時突然、三十もの教会堂のすべての鐘が一斉に鳴り出したかのように聞こえたのだ。そのあと私は上へ、下へ、上へ、下へと、ますます深く、ますます低く走り出し始めた。

鐘の音は静まっていった。まるで地の底に沈んで行くかのように。それがどれほど続くことが出来たのかは分からない。

一瞬我に返った。

その時になって私は、頭蓋骨が砕け、額《ひたい》で激しい炎が燃えているような感じがした。そこを手で触ると、指が二本潜り込んだ。大河となって目に溢れ、髪の毛に、口に、鼻に流れ込んだ血が固まりつつあった。

私は目から血を払い、膝をついて立ち上がり、手探りでカービン銃を探し当て、首を上下に振りながら弾を詰め始めた。詰めて、詰めて……

カービン銃を詰め終えたように思え、私は床尾を顎に当てがい、恐らくもうそこにはいないはずの敵に狙いを定めた……

だがその時私は、再び灰色の霧の中に飛び込んで行った。血まみれの血管のように長い赤い火花が霧の中に……

Po Sedanie, 1891, Tygodnik „Głos"

注

1　スダンの戦いとも表記する。普仏戦争でナポレオン三世が捕虜となった一八七〇年九月の戦闘。フランスの敗北、第二帝政の崩壊を決定付けた。原文は「スダンの後で」。

アナンケー[1]

鈴川典世・小原雅俊訳

僕はこの春の一時、ゾフィア嬢にあまりにもぞっこんになってしまって、その熱で何度も失神したほどだった。灼けつくような暑さの六月の日々は僕にとって漠とした悲しみと果てしない待機、そして腐食性の酸のごとくに魂を蝕むメランコリーのある種の巨大な物差しだった。僕は最も精密な地図にさえ表示されていないばかりか、そこからはもはや乗り物ではどこにも出かけなかったようなS県の片隅に住んでいた。というのもその先には未調査の移動砂丘と蕎麦畑、おそらくバルト海沿岸地帯にまで達する蕎麦畑、果てしなく続く蕎麦、蕎麦、そして蕎麦の畑しかなかったからだ。

　週に三度、僕の近辺の中心都市に、ゾフィア嬢の手紙を僕のもとに運んで来る『貧乏二輪車』がやって来て、俊足の使い走りが、週に三度、この手紙を受け取りにそこに通った——おまけに僕は恋しさのあまり骨皮筋右衛門としてのみ存在していたのだった……。『貧乏二輪車』は四マイルの湿地帯を通った後、十一時に郵便局の入口に到着した——そのころにはもういつも使い走りが入口に立っていて、背中をドアかまちに『擦りつけて』いた。しかしながら家に戻りながら路傍のすべての居酒屋を避けて通り過ぎる前に、たいていは午後の二時になっていて、三時になることもたびたびだった。

　僕を最も疲弊させたのはまさしくこの時間だった。僕は窓から窓へと歩きながら、様々な知的訓練に没頭していた。『チュキザカ』[2]とか、『チチカチャ』[3]とか『ダウラギリ』[4]とかいったいろんなびっくりするような名前を分類し、その昔、無知が故に『落第点』を取らせてくれたほかならぬ『アオリスト』[5]をそらで数え上げ、時間に分をかけ、分に秒をかけて、ときには自分でも知らないうちに時計の長針を先に進めていたものだった。

　ある日、ちょうどこんな具合に俊足の到着を待ちわびていた時に、ほとんど天才的と言ってよい考えが頭に浮かんだ――遅延を避けるために自分で郵便局に通うことにしたのである。そこで僕は――『フクロウの目の女神』[6]のような優しい表情をした目を細めて物思いに耽りながら、馬で――『静かで、物悲しく、侘しい速歩で』通った。その表情は、絶えず、そして抗いがたく外へと、もやがかかった幸せの国へと惹かれる魂のしつこい神経痛をしばし和らげてくれるはずだった。

　たいてい十時には郵便局のまん前に立ち、事務室に入り、イグナツィさんに会釈をし、そして待った。イグナツィさんはその執務室の唯一のお偉方だった。まだ若い人間だというのに、ひどく、早々にぼろぼろになっていた。いつもハンガリー革命時[7]のモーニング《トゥジュレク》を思わせる六百カ所ほどの染みがあるフロックコートと並外れて広く、足で踏みつけられ、下からは乾いた泥の層が張り付いたローブとゴムのカラーを身に着けて机に向かって——書簡を並べ替え、封印し、赤い目をしばたたかせながらしたためていた。

額の上の柔らかい、淡い朽葉色の髪は、すでにかなり薄くなっていた——恐らく山のような思考のせいではなく、生きて来たことの痕跡というのでもなく、まさに——貧しさのせいで——『抜け始め』、そして抜けてしまったのだった。踵の形をしたプロシュフ地方の肥沃《レン》な土壌《ジナ》[8]の色をした鼻の頭が、『ウォッカ』《シュパガトウフカ》[9]のせいですらなく——ひょっとするとみんなに隠れて「すすり泣いた」ために、つまり涙のせいでほんの少し赤くなっていたのかもしれない……。イグナツィさんは多感な人間だったので、女性家庭教師みたいに有頂天になっていたのである。

郵便局の執務室は、天井に届かない仕切りで二つに分かれていて、仕切りの向こう側には「局長」の私有財産がおさまっていた。いつも仕切りの向こう側から、押し殺した子供の泣き声や喚き声、口笛、足を踏み鳴らす音、殴り合いの音、甲高い叫び声、びんたの音——それどころか時にはその記述に際してはペンが尻込みするような音や匂いさえが届いた。イグナツィさんは九人の子供の父親だった。

「ろくでなしが九人ですよ、あなた、芥子粒みたいなのがね、へ、へ、へ……」こっちがスタショ、こっちがヤショ、ヴァチョ、カジャ、マニャ、ユジャ等々と僕に紹介しながら、こう口癖のように言っていた。

一度ならず何度も僕は早く来すぎて、市場でバターや牛乳、じゃがいも、ひきわり等々を買い物している局長に会えないときには、局長の奥さんが仕切りの窮屈な小さな扉の中に立って、片足を引いてお辞儀をし、僕の話し相手をしようとした。

この一夫一婦制の犠牲者を不思議なほど鮮明に思い出すには、軽く目をつむればよい。

遥か遠い昔にそこにこぼした、種々雑多な化学組成の液体が固い層になってはみ出してテカテカしているボディスあるいはつぎ当てだらけのスカートをいつか脱いだか替えたかしたとは思えない。歳はせいぜい三十で、昔は大変美しかったに違いない――しかし当時は、骸骨のように憔悴し、やせこけていたので、圧し潰された物のようだった。とがった肩、突き出した鎖骨、落ちくぼんだ胸、切り傷だらけの手、悲しげに、今にも泣き出すかのように口角を下に折り曲げた黄ばんだ顔――それは、なぜかは分からないが、一歳で鋤に付けられた仔馬を思わせた。いつか彼女が髪を梳かしたか、あるいは洗ったかはわからない――というのも、巻き上げた髪の先はいつも同じように頭のてっぺんに突き出ていたが、その目はどれほどしげく辛い涙で洗われねばならなかったことか！　この目の中には、何か、うんざりするほど人を不愉快にし、ほとんど痛みを感じさせるものや、絶え間ない不安のようなものや、何か半ば涙、半ば驚愕のようなものがあった。

不幸の最後を飾るために、この、ことのほか多産なご婦人は再び、フランスの社会学者と統計学者がそのフランスの祖国の女性にかくも熱心に要請している状況にあった。

　イグナツィ夫人の考えは、その住居の敷居を越えることはなかった——直接自分の子供にかかわること以外には何も話すことが出来なかった。ヤショはこの冬、天然痘にかかり、ユジャはチフスを、ヴァチョは猩紅熱を、あっちのファスチアン織のズボンの穴から両膝がはみ出ている男の子は——クループ[11]を耐え抜いたかと思うと、こっちのいたいけな子は胃病だの、肺炎だの、熱病だの、咳だの、マラリアだの、何かの「頬の赤らみ」だの、くる病だの、ワインだの、催吐剤だの、油だの、紛薬だの、湿布だの、吸い玉だの……。やれやれ、なんてこった！

　狭くて湿っぽい、牢屋にも似た部屋には、いたるところに大小の藁布団がそのまま放ってあり、何度も乱暴に剝ぎ取られた小ソファの上とずり落とした小さなトランクと椅子の上には、綿が引きちぎられた掛布団と枕と小さい枕が置いてあり、奇妙極まりないカットの子供服が吊るされ、床に放り出されていて、紐には濡れた洗濯物が干してあった——そして病院のそれと家庭のそれの一家団欒の臭いが立ち込めていた。

　僕はときどきそこに足を踏み入れ、小さいトランクに腰掛けて、勝手に分と秒を数えながら、イグナツィ夫人の話に耳を傾けた。夫人の話では、最年長の九歳のスタショは土地の教授のおかげで試験の準備がしっかり出来ていること、間違いなく一学年に合格出来ること、それどころかボルフ・クフィャトが大駆け引きのすえに、すでに紺色に染めた古いシベリア・フロックコートを制服に作り直すのを引き受けたこと、すでにとある親切な都市民の家具職人がスタショの遠征のために、ただで色塗りのベッドを作っていること――ただ……下宿が……

彼女の口の中でこの言葉がどんなに恐ろしく鳴り響いたことだろうか、そのどんよりした鈍い頭の働きを語る目が、どんなに痛々しく輝きを失ったことだろうか。

かのスタショはそこいら中奇っ怪に歪んだ靴を履き、肘が擦り切れたジャンパーを羽織って、弟や妹たちの間を歩き回り、何かの文法書を目の前から離さず、休みなく小さな声で何やらぶつぶつ言い、一方気晴らしには母親には内緒で、あれやこれやの「怠け者」の耳に一発食らわせるか、立ち止まってまるで興味がなさそうに鼻をほじくっていた。

「スタショ、勉強しなさい！　スタショ、勉強しなさい！　スタショ、勉強しなさい！」

スタショの呟きが静まったのを耳にすると、夫人は無意識に繰り返した。

僕はまだこの、哀れな儚い希望の現われである鋭い、金切り声を覚えている……

……ある時、事務所に入ると、仕切りの向こうから全く人の声がしなかったために、ひどくびっくりした。イグナツィさんは両手に力なく頭を載せて、テーブルのそばに坐っていた。すぐには僕の挨拶が耳に入らず、ようやく頭を上げて、僕を肩越しに振り返って見た――何か大きな不幸が彼を見舞ったことが見て取れた。

「どうなさったのですか」彼の上に身を屈めながら言った。

「何でもありません……」となげやりに答えた。

「奥さんはどちらに？」

「さあ、どこにいるやら……逃げたんですよ」

「逃げたって、どういうことですか」

「ええ、逃げた、それだけのことです……ほっといて下さいよ」

「愛人と逃げたのですか」

「いや、愛人となんかじゃない」

「子供たちは？　子供たちはどこに？」

この質問の後、彼はのろのろと立ち上がって、窓に近づき、しばらくそこに立っていた。その両肩はひきつったように持ち上がり、まるで伸びをしているかのようだった。それから僕の方に振り向くと、けしかけられ、足を撃ち落とされた狐がブラッドハウンドに追いつかれようとしているときに見せるような必死の目で眺め――近づいて来て、テーブルの上で凝固したステアリンの雫を爪で掻き取りながら、小さな声で話し始めた。

「実は、私……」

そして困ったように微笑んだあと黙り込んだ。僕はその目を、白目そのものを覗き込んだ。

「あ、そうか！」僕は合点がいって囁き声で言った。

長いこと僕らは並んで、黙って立っていた。数度、凄まじい悲しみを浮かべ、無実の罪で死刑を宣告された人間が、彼を憎む群衆の間を歩きながら、ただひとりの人の顔にも同情の表情を見出せなかった時に感じるに違いない、言葉で言い表し難い恨めしさを浮かべて僕を眺めた。どんなに死を望んでいるか、頭の中には何の考えもなく、またたとえそこで何らかの考えが働いているとしても、それは一掴みの粉々になったガラスの印象を与えるものだということが僕には分かっていた。

「男の子は学校に行くことになっていたんですが」としゃがれた、押し殺した声で話し始めた。「私には盗みは出来ませんでした……誰も言いなりにさせるために不当に扱ったりしませんでした、私は正直な人間ですので……それに、何ゆえに私が破滅しなければならなかったのでしょう、誰が私を寛大な目で見つめてくれたでしょうか、私の困窮を……」

突然、一か所を小刻みに歩き回りながら、早口でますます大きな声でしゃべり始めた。

「明け方近くに着いて、妻を呼び、すぐに話をしました——かくかくしかじか……。そこに、あなたが今いるところに立っていました——いいですか、あばずれめは一言も口にしませんでした、ただ私の肩の後ろを手で触って、しばらく見つめて、分かったというようにうなずくと、部屋に行ってしまいました。隙間から覗き込むと、窓のそばに藁束みたいに立って小さな声で、勝手にべそをかいていました、涙ぼろぼろでした、せめて一言をと思いましたが——無言でした。すぐに私はまずいことになったと分かりました。私はそこのトランクに腰を降ろし、明け方まで坐っていました。

朝、私は外に飛び出しました。ここではこの静けさのせいで、息が詰まり始めたからです。多分二露里ほど道を歩きました。霜が降りていて、ひんやりしていました。森のたもとで寝ころびました。横になってはいましたが、頭の中はまるで鍛冶屋が金敷をハンマーで叩いているようでした。それで私はまるで自分の中で誰かが喚き声を上げているみたいに、再三胸が締め付けられました。四、五時間ほどそこに横になっていて、執務時間が近づいていましたので、戻って来たんです――そして耳を澄ましました。居間の中は物音ひとつしません。ドアの後ろを覗き込んで私は震え始めました。誰もいません。何もかもあなたのために置いて行きました、ぼろ服一枚持たず、子供たちを連れて、行ってしまったのです」

「一体どこへ?」

「私は帽子も被らず飛び出しました。急いで歩きながら人々に聞くと――見たよ、大通りを歩いて行くのを、と言うんです。私は半マイルほど走りましたが――いません! ようやく私は横の方に目を向けたらしいんです――みんなが脇道を一塊りになって歩いています。カジャをおんぶしているかと思うと、一番小さい子は抱っこし、残りの子たちは追いたて、追いたてて……

喉が締めつけられ、力が入らず、叫ぶことが出来ませんでした。私を目にすると、妻は道からパンの塊のような石を拾って、私の方に歩いて来ました。そこで私は彼女のまわりをうろうろと歩き回り、両方の編上げ靴にキスをし、遮るように道にはすに寝転びましたが――

無駄でした！　あいつには敵いません。だったらナイフで切り刻んじまえ――だめだ、だめだ！――あの子たちが泣き出したりしたら……

イグナツィさんは突然僕を突き飛ばして、部屋に続くドアの中にすっ跳んで行き、そこのベッドの上に崩れ落ちた。僕が後から中に入ると、頭を枕に突っ込み、犬が歯で食いちぎる時のように枕をぐいぐい引っ張り始めるのが見えた。荒々しくも痛ましい、どこか動物的な号泣が響き渡った。

僕は立ち去った。ようやくゾフィア嬢の手紙を見つけ出すと、それを持って出たが、いつ馬上の人となったのかは分からない。僕は封筒を開ける勇気がなかったし、開けることが出来なかった。ところが――僕の胸の中に棲むほんのわずかなパリサイ人のおかげでどんなにか計り知れないほどの幸せを感じていたことか。ただ、馬が全力で疾駆する時の風のざわめきも、胸に押し付けた手紙も、果てしない世界へ向かうこの痩せ細った女の姿を、瞼から追い払うことは出来なかった……

Ananke, 1891, Tygodnik „Głos"

注

1　アナンケー（Annanke）（古希：Ἀνάγκη）。ギリシア神話の女神で、運命、不変の必然性、宿命が擬人化された存在。彼女は運命の不可避性や人々の宿命を象徴する。神話や文学作品においてしばしば重要な役割を果たす。彼女の存在は、人々が運命や必然性に直面する際に、哲学的な考察や物語の中で探求されて来た。運命の女神。

2　チュキザカ（Czukizaka）。チュキサカ（ボリビアの都市名）。

3　チチカチャ（Titikacha）。titikaka のミススペルか。ペルーとボリビアにまたがるアンデス山中の湖の名。

4　ダウラギリ（Dhaulagiri）。ネパールの山脈の名。

5　アオリスト（aoryst）。古代ギリシア語やサンスクリット語などの動詞のアスペクトの一つ。

6　「フクロウの目の女神」。このように形容されるのは古代ギリシア神話の知恵の女神アテネ（もしくはミネルヴァ）。

7　ハンガリー革命（kampania węgierska）。ハンガリー王国がハプスブルク朝オーストリア帝国から独立しようとした革命（一八四八年）。

8　プロシュフ地方の肥沃な土壌《レンヂナ》（rędzina）。マウォポルスカ県（województwo małopolskie）ボフニャ（Bochnia）郡のプロショヴィツェ（Proszowice）村一帯を指すと思われる。ポーランドではウクライナと接するこの一帯に湿潤な森林植生下で炭酸カルシウムや炭酸マグネシウムを多量に含む岩石から生成された粘土質の肥沃な赤褐色の土壌、いわゆる黒土が広がる。

9　ウォッカ《シュパガトゥフカ》（szpagatówka）。ウォッカの古いふざけた言い方。

10　ボディス（Stanik）。十五世紀の西欧で登場した、体にぴったりした腰の上までの女性用衣服。

11　クループ（krup）。小児期の重篤な感染症で、喉頭の膜斑によって発現する。鼻疽、喉頭ジフテリア。

強い女性[1]

夏井徹明・鈴川典世・小林晶子・小原雅俊訳

パヴェウ・オバレツキ医師は、あまり上機嫌とは言えない気分でヴィントから[2]帰宅した。その機会に薬屋、郵便局員、そして裁判官とともに教区司祭に対してぶっ通し十八時間、厳粛に祝賀の挨拶を続けたのであった。帰宅した後、二十四歳の家政婦も含めて誰も侵入出来ないように書斎のドアをぴったり閉ざして――小テーブルのそばに坐り、頑なに、なかんずく窓に見入っていた。もっとも、明らかな理由は何もなかったのだが。しかしその後、指でトントンとテーブルを叩き始めた。「形而上学」[3]が自分を支配し始めているのをこの上なくはっきりと感じていた。

よく知られたことだが、貧困の遠心力[4]によって知的生活の中心地からクルヴフ[5]やクロズヴェンキ[6]に、あるいは――オバレツキ医師のように――オブジドウーヴェク[7]に放り出された文化人はやがて秋雨と交通手段の不足、そして四季を通して全く会話をする機会がないために――極端な本数のビールを摂取し、嘔吐の前の気分と紙一重の状態にまで衰弱させる退屈さの攻撃に身を委ねる肉食兼草食の所産にと、徐々に変化を遂げるのである。小都市特有のいつもの退屈さは本能的に嚥下される。犬が草の上に撒き散らした条虫の卵を野兎が本能的に飲み込んでしまうように。体にサナダムシが巣食った時からというもの「私には全く何もかもどうでもよい」し──実際には死のプロセスが始まるのである。パヴェウ医師は、彼の生涯の間に、私の言い方では、すでにオブジドウーヴェクによって頭脳と心臓とエネルギー──位置エネルギーも運動エネルギーも──ともに食い尽くされていた。読むこと、書くこと、計算することに対する抑えがたい嫌悪を味わっていて、書斎を何時間でも散歩するとかあるいは火のついていないたばこを口に咥えて長椅子に横たわり、起こるはずの何かとか、近づいて来て、何かを口にするとか、せめてトンボを切るとかするにちがいない誰かを、憂いに満ち、うんざりして、ほとんど苦痛なまでに待ち受け、喉を締め付け、いわば地面に圧しつける静寂が破れることを告げるざわめきやかすかな物音に、緊張して聞き入っていられたものだ。わけても普通、秋は人をうんざりさせた。町のはずれからはずれまでオブジドウーヴェクに訪れる秋の午後の静寂には痛々しいものが、助けを求めるように駆り立てるものがあった。脳はまるで柔らかい蜘蛛の糸が巻き付いたかのように時折、恐ろしく凡庸だが、一度ならず──全く別物の思考を練り上げて来た。

家政婦に対する嘲弄と彼女との論争、ある時はよりまともな（例えば蕎麦のひきわりが詰まった焼き子豚の──もちろんのこと、マヨラナ抜きだが──ほかの中身が詰まった同様の焼き子豚に対する驚くほどの優位について）、別の時にはおぞましいほど下品な学問的論争[8]が――唯一の娯楽だった。ティターンの足の形をした恐ろしげな枝のある雲が大空の半分まで転がり出ることがよくあった。雲は天空に広がることが出来ずにオブジドウーヴェクと遠くの何も生えていない畑の上に今にも崩れ落ちんばかりに、その暗褐色の渦が力なく垂れ下がった。この雲からは風が斜めに運んで来た水滴の霧が降り、水晶の形に窓ガラスを覆い、風音の中にそれとは別の胸の張り裂けるような音をたてる。それはまるで近くで、どこか家の角の向こうで子供が最後の呻き声を絞り出しているかのような音だ。遠くの畔には、ぽつんぽつんと葉のない野生のナシの木が立っていて、枝が揺れ、雨に打たれている……。想念はこの景色から悲しみを刈り入れていた。それは何か慢性カタルのような曖昧で、ぼやけた、本能的に感じ取った不安が内在する悲しみだった。まさにこのカタルとメランコリーの気分が支配的な気分となり、夏と春の季節にまで行きわたったのであった。医師の胸の中に、悪意に満ちた、だが全く根拠のない悲しみが宿った。その背後から、言うに言われぬ無気力が、アレクシス[9]の小説さえ犠牲者の手から叩き落すほどの、致命的な無気力が忍び寄っていた。

パヴェウ医師が最近、年に一度、時に二度経験している「形而上学」――それは、すばやく、途方もない激しさで押し寄せて来る思い出を意識的に自己診断し、せっかちに知識の断片を寄せ集め、半狂乱と隣り合わせの無為の粘土に圧し潰された瞑想の高潔な衝動、落胆、ゆるぎない決心、誓約、心づもり……の数時間だった。もちろん、これらすべてはいかなる事態の改善をもたらさなかったし、多かれ少なかれ耐え難い苦痛の時間の、ある種の尺度として過ぎ去った。「形而上学」のおかげで、頭痛のおかげでと同様に、たっぷり寝て、翌朝、気分一新し、さらに活力に満ち、いつもの退屈さの重荷を引き受け、さらに最高の美味の食物の考案に頭脳の全エネルギーを費やすことに取り掛かるいっそう優れた才能に恵まれた頭で起き出すのである。しかしながら、「形而上学」の地方的流行が我らが医師に教えたのは植物的で、満腹した、いわば強く健康な理性の哲学で満たされた実存の中には、さながら腐りかけた骨のそばの小さな傷のように、治癒不能の、目には見えないが、言語に絶する痛みをもたらす何かの傷が潜んでいることだった。

オバレツキ医師は、六年前、大学を卒業した後すぐに、多くないことは確かだが大変有益なアイデアの閃きで明晰になった知力と、同じくポケットに入れた数ルーブルを携えてオブジドウーヴェクにやって来た。当時、人々は森とオブジドウーヴェクのような場所に居を構える必要性について絶えず話題にしていた。彼は新思想の唱道者たちの話に耳を傾けた。彼は勇敢で若く、高潔かつ精力的だった。彼は居を構えてすぐの一カ月目に、薬屋と秘儀の領域に足を踏み入れる手段を用いて治療を行っていた土地の理髪師の医者たちにうっかり宣戦布告をしてしまったのである。オブジドウーヴェクの薬屋は「機に乗じて」(文明が恵んでくれた土地にある最も近い薬局まで五マイルほどあった)――彼の膏薬の効き目で健康を取り戻したいと願う人間に貢物を課し、一方、理髪師の医者たちは薬屋と手を携えて立派な家屋敷を建てた。彼らは、子熊の革で裏打ちされた「カツァバヤ」[10]を身に着け、まるで人生のあらゆる瞬間に「聖体拝領祭」[11]の行列で教区司祭を先導しているかのような厳めしい表情を顔に浮かべていた。

薬屋に宛てた、さまざまな「観点」から厳かに証明された細やかで慎重な説得が、若者らしいロマンチックな夢として扱われ、何の結果ももたらさなかったとき――オバレッキ医師は、はした金を貯えると救急箱を買い、それを携えて田舎の病人のもとに出かけた。自らすぐ薬を用意し、無料ではないにしても二束三文で与え、衛生を学ばせ、診察し、熱血を注いで、一途に不眠不休で働いた。もちろんのこと救急箱と無料の治療などなどの考えに関するニュースが広まるとたちどころに――彼の貧しい住居の窓ガラスはすべて叩き割られた。しかしながら、オブジドウーヴェク唯一のガラス職人、ボラフ・ポコイクはその時仮庵の祭[12]をとり行っていたために、窓に薄葉紙を張り、夜は右手にリヴォルヴァーを持って見張りをしなければならなかった。ようやくはめ込まれた窓ガラスは再び割られてしまい、それ以来オーク材の鎧戸が新たに備えられるまでは定期的に窓が割られるようになった。町の住民の間に若い医師が闇の霊と付き合っているらしいという噂が広まり、土地の知識人の意見ではとんでもない無知な人間だと中傷され、彼の住居に向かう病人は力づくで思い止まらされ、五月の夜には、猫の音楽会が催された[13]。若い医師は、真理の勝利を信じて、これらのことを一切気にとめなかった。真理の勝利は訪れなかった。なぜかは分からない……。一年経った時にはもう、医師は自分のエネルギーが次第に「寄生虫の遺産[14]」になろうとしているのを感じた。大衆との近しい付き合いは彼を言葉にならないほど失望させた。彼の頼みや説得、衛生面の正真正銘の講義は功を奏さなかった。出来る限りのことをした――が無駄だった！　正直なところ、冬用の靴を持っていない人に、ポトプウォムィク[15]を作るために三月に他人の畑から前の年の腐ったジャガイモを掘り出している人に、収穫前の時期、あまりにも僅かな量のライ麦に混ぜるために、ハンノキの樹皮を挽いて粉にしている人に、朝早く「盗みという方法で」手に入れた熟していない穀粒から粥を煮ている人に――最も分かりやすく講じられた健康増進法であっても、その影響で、おろそかにされてきた自分の健康を改善するように要求することはむずかしい。医者は少々「どうでもよく」なり始めていた……。連中は腐ったジャガイモを食っている……どうすればいい……おいしいというのなら、食わせておけ……。生のだって食えるんだ……。どうしようもない……

小さな町[16]のユダヤ人住民は、夢想家のもとで治療を受けた。なぜなら、彼らは闇の霊におじけづくことはなかったし、並外れた「薬」の安さがそうさせたのだった。

とある美しい朝、医師は、かの頭上の明かりが消えたことに気付いた。ここにやって来た時にはついていて、小道を照らそうと思っていたものだった。それはひとりでに消えてしまった……。燃え尽きたのだ。その時、救急箱は鍵をかけて戸棚にしまっていて、一人、医師だけが使用していた。

しかし、薬屋と理髪師の医者に負け、救急箱を戸棚にしまうことで、オブジドウーヴェク戦争を収め、終結させるとは、何たる苦痛であったことだろう！

自分たちが勝者だと宣言し、戦利品を手に入れる権利はあるが、彼らが勝利を収めたわけではなく、彼が自分自身に敗れたのだった。彼は単純で崇高な考えや行為を締め殺したが、あるいは、不必要に食べ物に興味を持ち始めたからかもしれない——絞め殺した、とだけ言っておこう。ほかにもまだ何かしていたし、考えながら治療していた——しかしすでに、彼の当時の「活動」全体が薬巻たばこの半分ほども誰の役にも立っていなかった。

土地の領主の屋敷には奇妙な偶然で、「何代も前から」穴居人が住んでおり、彼らは医師一般を少々非現代的なやり方で遇していた。パヴェウ医師はそのうちの一人を訪問したが、それは的外れの考えだった。なぜなら、穴居人は彼を自宅の書斎で迎え、訪問中チョッキを着て坐り、平然とハムを懐中ナイフで切り取りながら食べていたからだ。医師は自分の中に民主主義の精神が充溢するのを感じて、半伯爵に何か辛辣なことを言い、それ以上その近辺で訪問することはなかった。

そんなわけで意見交換が出来るのは教区司祭と裁判官だけになった。しかし教区司祭とあまり頻繁に付き合うのはいささか憂鬱だし、裁判官はおよそ理解不可能なことを口にする人間だったので——残ったのは実のところ孤独だけだった。人間と自然をつなぐ鉄のきずなを発見してからは、完全な蟄居の悪影響を避けるために、自然に近づき、平安と内面的調和、精神、力と勇気の感覚を取り戻そうと努めた。しかし、野原をさまよい歩き、それどころか森の中の伐採地にさえたどり着き、ある時には放牧地の沼にはまってしまったというのにいかなる鉄のきずなも再び見つかることはなかった。

　四方から青みがかった一続きの森が平坦な風景をとり囲んでいた。近くの灰色の砂が吹きさらしになっている場所にはトウヒがポツンポツンと生えていて、周囲には誰のものとも分からない農地が広がっていた。「ナナカマド《コジッァ》」[17]と芽の中に緑色の玉が成長するには光が不足していたかのように早々と枯死しかかっている黄ばんだ草が一面に生えた放牧地が——唯一、オブジドウーヴェクを美しく飾っていた。太陽がこの荒涼とした土地を照らしているその不毛さ、あるがままの姿、そして鬱陶しさを見せつけるためだけのように思われた……

　汚れた砂に覆われ、穴ぼこだらけで、垣根の残骸が巡らされた道の端を、毎日、哀れな医師が傘を手に足を引きずって歩いていた……。その道はどの人里へも通じていないように見えた。というのも放牧地の中で十数本の小道に分かれ、モグラ塚の間にかき消えていたからだ。それはようやく砂山の頂の砂の中に二つの三角形の窪みとして再び現れ、ハイマツの森へと続いていた。

　この風景を見つめていたとき、耐え難い怒りが医師を襲い、漠とした不安が彼の平静をむさぼり食うのだった……

　歳月が流れた。教区司祭の呼びかけで、医師が「われに返る」という肯定的事実が確認されると、薬屋と医師との間で和解することが命じられた。それ以来、敵対者たちはヴィントで一緒に「切磋琢磨」し始めた。もっとも薬屋の顔を見るたびに、医師は嫌悪を抑えることが出来なかったが……その嫌悪感も徐々に少し薄れていった。医師は薬屋を訪問し、夫人の機嫌を取り始めた。ある時、彼は自分の心の分析結果に愕然とさえした。それは自分が薬屋夫人とプラトニックな恋に落ちかねないことを示していたからだ。砂糖を叩き割る斧が如くに知性の点で鈍感で、自分はスリムで、魅力的で、危険な女だという、おまけにまったく根拠のない信念のためなら十字架につけられてもよいと考えている、実に奇妙なひたむきさで、しかしひっきりなしに自分のメイドの大罪について語っているご婦人に、である。パヴェウ医師は何時間もアニェラ夫人の能弁に耳を傾け、顔に吐き気を催すほど慇懃な笑みを絶やさなかった。それはまさに、最もひどい歯痛に悩まされているときに、美しい貴婦人たちのご機嫌を取っている若者の口元に見られるような笑みだった。

オブジドウーヴェクにおける観念の民主化という領域では、まあまあ何とかもう少し楽しく時を過ごすためにさえ、彼にはもはや英雄的行為に打って出る力はなかった。彼は、かつて考えていたようには決して肉屋を訪問しなかったことであろう。彼の話し相手になれるとしたら、まあまあの教養がある人達だけだった。

当時彼は、もはやエネルギーを使い果たしてしまっただけでなく、あらゆる幅広い考えに対する敬意もまた消え失せていた。夢見心地の目でかろうじて測ることが出来る広大な地平線のうち残ったのは、流行の脚絆の先端で描くことが出来るほど小さな地平線だった。死に至る最初の時期には、記事中に響きわたる『明るい光の真実と新たな、未だ発見されていない道』[18]の探究を、苦い思いと、後悔の念、羨望を込めて凝視していた。その後は、一定の経験を積んだ人間の慎重さで、さらにその後は信じがたい面持ちで、すぐその後ではほくそえんで、その後では断固とした軽蔑を込めて見ていた。そして最後には、全く見ていなかった。なぜなら何もかも全くどうでもよくなっていたからだ。彼は日常業務の指示に従ってまずず実務をこなすことが出来たし、なんとかオブジドウーヴェクにも、孤独にも、退屈さにさえ、さらには子豚の丸焼きにも慣れ、少しも知的生活の中心地に急ごうとはしなかった。

オバレッツキ医師の行動と思想がいわば共通点を見出した原則はかくのごときものとなった――金を払ってさっさと出て行け……

しかしながら、教区司祭の名の日の祝いから帰った後、腰を降ろして、指先でテーブルを叩くのにうつつを抜かしていたとき、「形而上学」がかつての力強さで彼を襲った。ヴィントに興じた十六時間目頃にはもう医師は気分が悪くなっていた。その原因となったのはまたしても薬屋だった。噂では、彼は突然チェッザーレ・カントゥ[19]の『世界史』（レオン・ロガルスキ訳[20]）の研究を始めて、アレクサンドル六世[21]の活動に関する非常に急進的な見解に辿り着いた後、無宗派状態に陥ったというのである。

オバレッツキ医師は、なぜ薬屋が破滅的な議論で教区司祭を激怒させているのかは分かり過ぎるほどよく分かっていた。彼には、これが歩み寄りへの、見解の一致を通じて親交を結ぶきざしだという予感があった……。いつか彼を訪ねて、気付かれずに遠くから近付いて、資本の不足を、「業績不振」の原因を巧みに指摘し、オブジドウーヴェクの問題は実際的な、実現可能なことに集中して、二人が手を取り合ったなら、どんなに社会に利益をもたらすか証明するだろうと予感していた。一人は肘の処方箋を書くことによって、もう一人は状況を利用することによって。もしかすると薬屋は、「テーブルに足を載せて」、下肥の音調で一緒に行進することを目的とした純粋な手形会社の設立を、誠実かつ率直に提案するかもしれないではないか?

医師はまた、自分には頬骨を軽く回して[22]薬屋の提案に決着をつけるほどの力はないだろうと予感もしていた。なぜなら、何のためにその骨を回すのか分からないからだ……。彼は、会社は——ことによると——うまくいくのではないかとさえ思っていた。苦い思いが胸にあふれた。何が起こったのか、どうやって自分はここまで来てしまったのか、なぜこの泥沼から抜け出さないのか、なんで自分は怠け者で、夢想家で、内省的な人間で、自身の考えをぶち壊しにする人間であり、自分自身の虫唾が走るカリカチュアなのだろうか?

そして、窓をじっと見詰めている間に、いつになく詳細でのっぴきならぬ、探究心旺盛な、遠慮会釈ない、細やかな自分自身の無力さの観察が始まった。雪が大きな切片を降らせ、冬の霧と夕闇がもの悲しい風景を覆い隠していた。

*

途方もない上に不毛な観念奔逸を突然断ち切ったのは、医師が家にいないことを誰かに納得させようとする家政婦の叫び声だった。しかし医師は、果てしなく続く彼を悩ます観念を断ち切るために台所に出て行った。

黄色の羊の毛皮の短コートを着た大男の農夫が、深々とお辞儀をしながら「狂帽[23]」で足元の埃を払い、こぶしで髪の毛を額からかき上げた。背筋をぴんと伸ばし、熱弁を振るおうとしていた。

「何かね?」と医師が尋ねた。

「その、お医者さま、村長が私をここによこしましたので」

「何のためかね」

「その、お医者さまをお呼びしろと」

「誰か病気なのか?」

「わしらの村の女先生が病気になっちまって、何かに取りつかれちまって。村長が来やしたんで……行ってこい。雪なんで、イグナツィが、オブジドウーヴェクまでお医者様をお迎えに来やしたんで。行きやすか、雪ですけど……」

「行こう。馬は大丈夫か?」

「馬でござんすか、いつも通りで、すばしっこい畜生でやんす」

医師はたとえ危険であっても、遠乗りに出て、疲労困憊するという考えが気に入った。急に元気になって分厚い長靴、羊の毛皮の短コート、風車をもくるめそうな毛皮コートを身に着け、ベルトを締めて、家の前に出た。農夫の『畜生』は大きくはなかったが、丸々と肥えていて——橇の上のコリヤナギを編んだ巨大な車台には藁が積み込まれ、絨毯で覆われていた。医師は藁の中に潜り込んで藁にくるまった。農夫は前の座席の端に腰掛け、荷台の止め棒から分厚い亜麻布製の手綱を外すと、馬を打った。馬橇は瞬く間に走り去った。

「遠いのかね」医師が話しかけた。

「三マイルぐらいか、いや、そんなにないかも……」

「迷わんだろうな」

農夫は皮肉っぽい笑みを浮かべて振り返った。

「誰が……わしがですかい」

野原を、身を切るような風が吹いていていた。鉄を打ちつけてない、傾いだ、斧で粗削りしたばかりの橇のすべりが白い雪の塊を脇にめくり上げながら、深い、降ったばかりの雪に食い込んでいた。

農夫は「狂帽」を傾げると馬を打った。医師は気分が良かった。すっかり雪に埋もれてしまったかに見える小さな森のそばを通り過ぎると、端にかろうじて地平線が見える森の縁に囲まれた何も生えていない、無人の平原に出た。このむき出しの、粗削りな荒野の光景を青みがかった、森の上空では黒く見える彩色で覆いながら、黄昏が迫っていた。馬の蹄で放り出された固く締まった雪の塊が、医師の耳のまわりを飛び交った。なぜかは分からないが、彼は橇の上に立ち上がって、農夫のように、力いっぱい、その巨大さが断崖絶壁のように魅力的な、この静まり返った、物言わぬ、無限の空間に向かって叫びたくなった。残忍で陰鬱な夜が、人の住まぬ原野の夜が足早に迫っていた。

風が強まり、単調に、時々鈍いラルゴに移行するうなりを上げながら吹いていた。雪は横から叩きつけていた。

「ご主人、道をしっかり見ててくださいよ、ひょっとすると間違ってるかも知れないからな」医師は毛皮のコートで鼻を覆い隠しながら言った。

「はいどう、ちびっこども」農夫は返事の代わりに馬を大声で怒鳴りつけた。

この声は強風の中でもはやかろうじて聞き取れただけだった。馬はだく足で走っていた。吹雪が突如、荒れ狂った。突風が雪だるまになって転げ回り、橇にぶつかり、すべりの間で悲し気に訴え、息を押し殺した。馬の鼻息が荒くなるのが聞こえたが、医師には馬も御者の姿も見えなかった。風が地面から引きちぎった雪煙が馬の群れのように疾走し、あたかもその巨人族ティターンの跳躍の蹄の音のように聞こえた。時おり、地面から騒々しい轟音があがり、その旋律が音の全軍で雲に襲い掛かり、粉砕し、そして突然大きな鈍い音を立てて墜落するのであった。すると、雪の褥《しとね》が粉々に砕けて粉雪になり、我らが旅人を渦巻く柱で取り巻くのであった。なにかの怪物が激しく踊りながら巨大な輪を描いているかのように、後ろから追いかけ、前から横から行く手を阻み、雪をひとつまみずつ橇の上に撒き散らしているかに思われた。どこか一番高いところで、天頂で巨大な激しく揺すられた鐘が、延々と、低く、単調に鳴り響いているかのようだった。

医師はもはや道の上を走っていないような気がした。橇はすべりの両端を畝の背にぶつけながら、ゆっくりと進んでいた。

「ご主人！」と不安に駆られて叫んだ。「ところで我々はどこにいるのかね？」

「野原を森に向かって走っとります――森ん中はもっと静かでさあ……村のすぐそばまで森を通って行きますんで」と農夫は答えた。

実際、風は間もなく収まり、天空の轟きと枝が折れる音だけが聞き取れた。夜の闇を背に雪を被った木々がぼんやりと見えていた。スピードを上げることは無理だった。というのも雪の吹き溜まりに塞がれた森の細道が、切り株と枝の間に潜り込んでしまったからだ。ようやく一時間ほどして――その間医師は心底心配し、不安に駆られていたが――繰り返される鈍い響きが聞こえた――犬の吠え声だった。

「わっしらの村でやす、お医者さま……」

遠くで小さな明かりがまたたいた。それは小さな、四方八方に揺らめく点のようで、煙の臭いがし始めた。

「さあさあ、チビども」御者が脇腹をこぶしで叩いて体を暖めながら、馬に向かって上機嫌で叫んだ。

間もなく何軒もの百姓家のそばを急いで通り過ぎ、雪に覆われた掘立小屋に着いた。明かりの輪が道に落ちている窓の凍てついたガラスを背に、人間の頭の影がくっきりと見えた。

「晩餐の最中ですわ……」農夫が何の必要もないのに口にして、その日は摂るのを諦めていた「晩餐」の時間を医師に思い出させた。

馬が誰かの屋敷の前で止まった。農夫はパヴェウ医師を玄関の間に案内すると姿を消した。ドアノブを探り当てた後、医師は小さな石油ランプが灯された小さな、みすぼらしい部屋に入った。

傘の柄のようによぼよぼの、腰の曲がった婆さんが医師に気付くと、ベッドから飛び起き、頭のスカーフを直して、瞬きをし、驚きをうまく隠せずに、赤い目をぱちくりさせ始めた。

「病人はどこだ?」と尋ねた。「サモワールはあるかね?」

老女は驚愕のあまり口が利けなかった。

「サモワールはあるね。私にお茶をいれてくれませんか」

「サモワールは、その、あるけんど……。砂糖が……」

「何だと! 砂糖がないのか」

「ねえんで……。ヴァルコヴァんとこにゃあるかもしれんけど、お嬢さんですんで」

「どこかね、そのあなたらのお嬢さんは？」

「可哀想に宿所で寝てますんで」

「長いこと病んでおるのか？」

「もう、その、二週間ばかり寝たり起きたりでしたけんど、今は手も足も動かせんでがす。あの苦しみが来やして、後は静かになっちまったでがす」

老女は隣の部屋へのドアをわずかに開けた。

「ちょっと待って！　温まってからでないとだめだ」医師は羊の毛皮の短コートを脱ぎながら怒って叫んだ。

この粗末な陋屋で暖を取るのは難しいことではなかった。暖炉からは熱気が広がっていたので、医師はすぐさま「お嬢さん」の部屋に潜り込んだ。この小さな、並外れて粗末な小部屋を、病人の枕もとにあるテーブルの上の薄暗いランプが照らしていた。女教師の顔立ちははっきりとは分からなかった。何かの大きな書物が影を落としていたからだった。医師はそろそろと近づき、ランプで照らして、書物をどけ、患者を観察し始めた。それは若い娘で、高熱を出して眠り込んでいた。その顔や首や手は深紅色で覆われ、何かの発疹をそこに見て取ることが出来た。薄灰色の、ことのほか豊かな髪がもつれた束になって枕の上に広がり、顔の上で縮れていた。手が無意識に、もどかし気に掛け布団を引っ張っていた。

パヴェウ医師は病人の顔のすぐそばまで屈み込み、突然、恐怖で断ち切られ、喉を締め付けられた声で話し始めた。

「スタニスワヴァさん、スタニスワヴァさん、スタニスワヴァさん……」病人はのろのろと、懸命に瞼を持ち上げたが、すぐに閉ざしてしまった。伸びをし、頭を枕の端から端へとずらし、なぜか小さく、苦しそうに、低く呻いた。ひっきりなしに空気を飲み込みながら、鯉のようにようやっと口を開いた。

医師は部屋のむき出しの、石灰を白く塗った裸壁を見回し、密閉されていない窓と病人のずぶぬれの編上靴と乾いた編上靴――床の上やらテーブルの上やら小戸棚の上やら……いたる所に置いてある本の山に気付いた。

「ああ、気違いめ、愚か者め！」絶望に手を揉みながら囁いた。熱に浮かされたように、強い不安に駆られ、悲嘆に暮れながら患者を診察し始め、震える手で体温を測った。

「チフスだ……」蒼ざめて呟いた。

激しい怒りに駆られて、息が詰まりそうだった。流れ出ることの出来ない涙が、麻くずの束のように息を詰まらせたのだった。手の施しようがないこと、彼女を助けるすべは何もないことは分かっていた――が彼は、突然笑い出した――オブジドウーヴェクにキニーネかアンチピリンを取りに行かせればよいことを思い出したからだ……ただ三マイルある。スタニスワヴァ嬢は時々どんよりとした、ぽかんとした、瞼の下で凝固した液体のような目を開いた。そして、長い半円形のまつ毛を通して見詰めていたが、何も見えてはいなかった。彼女に向かって最も愛情こまやかな名前で呼びかけ、首の上に弱弱しく留まっていた頭を持ち上げた――益もなく。

力なく小テーブルに腰を下ろすと、じっとランプの炎に見入っていた。見よ、不幸が不倶戴天の敵のように、やみくもな一撃を加え、無力な彼をどこか暗い洞窟の中へ、どこか底なしの裂け目へと引きずって行くではないか……

「どうしよう」震えながら呟いた。

窓の隙間から冬の嵐の冷気が押し入り、不吉な幽霊のように部屋を通って行った。医師には誰かが自分に触ったように、自分と病人のほかに部屋の中に三人目の誰かがいるような気がした……

台所に出ると、直ちに村長を呼べと女中に向かって叫んだ。

老女は急いで巨大な長靴をはき、頭を「前掛け《ザパスカ》」で覆い、奇妙な格好でぴょんぴょん飛び跳ねながら姿を消した。ほどなくして村長がやって来た。

「聞いてくれ。誰かオブジドウーヴェクへ行ってくれる人を探してもらえないだろうか?」

「今は、お医者さま、無理ですよ……。吹雪です。死にに行くようなものです……。ひどい天気ですので」

「お金は私が出します、お礼はします」

「私にはどうも……。聞いてみましょう」

村長は出て行った。パヴェウ医師はこめかみを押さえた。充血して破裂しそうだったからだ。トランクに腰掛け、遠い、遠い昔のことを考えていた。

間もなく、足音が聞こえた。村長が穴だらけの、膝までない羊の毛皮の短コートを着、粗麻製のズボンを穿き、粗末な長靴を履き、赤い襟巻をした頑丈な体付きの若い作男を連れて来た。

「この男か?」医師が尋ねた。

「行くと言っています……。命知らずの若者です。馬は出せますが、こんなときに一体どこへ……」

「いいかね、もし六時間後に戻ってきたら、私から二十五、いや三十ループルやろう……。君の欲しいものをやる……。いいかね?」

若者はしばらく医師を見詰めていた——何か言おうとしたが、思い止まった。指で鼻をかみ、横を向いて待った。医師は女教師の小テーブルに戻り、何か書き始めた。その手は震え、しょっちゅうこめかみに跳んだ。考え込み、書き、消し、紙を破った。手紙は薬屋に宛てたもので、即刻、郡の中心都市に、彼の地の医者を呼びに馬を送ってくれるようにと要請する一方、自分にキニーネを送ってくれるように薬屋に頼んでいた。病人の上に屈み込み、なおも彼女を診察した。ようやく台所に出ると若者に手紙を手渡した。

「我が兄弟」若者の肩に手を置き、揺すりながらいつもと違う奇妙な声で言った。「全速力で、大急ぎで……。いいかね、我が兄弟！」

少年は医師にお辞儀をして、村長とともに出て行った。

「この女先生は長いことこの村に、あなた方のところに住んでいるのかね」パヴェウ医師は竈にもたれている老女に尋ねた。

「三冬です！……。少なくとも、どうにか」

「三冬か。ここで一緒に住んでいる人は誰もいなかったのかね」

「一緒に住もうだなんて、一体誰が……。あっしだけですよ。このやせっぽちがあっしを引き取ってくれたんですよ……使用人に、もう見つからないわね、お婆さん、って言うんですよ、わたしのところには仕事はそんなにないから……。で、ね、ね……。お願い、さあ、仕事をしてちょうだい。なのであっしに棺桶を用意してくれると思っていたんですよ、で、あっしは……。わたしたち、罪びとのために、お祈りください[24]……」

不意に、一語一語区切りながら、らくだのように唇を動かして、祈りの言葉を囁き始めた。頭が揺れ、涙がしわを伝って歯のない口に流れ込んだ。

「善い人でやんした……」

「お婆さん」はへんてこにしゃくりあげ、まるで医師を自分から追い払おうとするかのように両手を振り回し始めた。医師は部屋に入り、自分流につま先立ちで……まわりを歩き始めた。歩いて、歩いて、歩き続けた……。時々、ベッドのそばで足を止め、怒りに駆られて病人に話しかけた。そのせいで唇は白くなり、歯がむき出しになった。

「君はなんて馬鹿だったんだ。こんな生き方は出来ないだけじゃなく、その価値もないのに。人生は何か一つの義務の遂行だなどと考えてはいけない。大馬鹿者どもが君にひどい仕打ちをし、縄をかけて群畜どものもとに連れて行ってるのだ。もし君が馬鹿げた錯覚のために抵抗したなら、君が最初に死ぬだろう。なぜなら君は美しすぎるし、愛されすぎているから……」

乾いた薪に炎が燃え広がるように、遠い昔の、すでに過去のものになった、忘れていた感情が襲ってきた。昔同様、人をわくわくさせる、恐ろしいほど甘美な感情が顔をのぞかせた。一度として彼女のことを忘れたことはない、この瞬間まで彼女を熱愛していたし、忘れていない……と自分に言い聞かせてきた。貪婪な好奇心に駆られて、このよく知っている女性の顔をじっと見つめていると、かすかな刺すような痛みが彼の胸に食い入った。三年間、ここに、彼のすぐそばに住んでいたのだ――そのことを知るとは、死のうとしているときに……。

この日彼の身に降りかかった全てのことが彼には強制的・アナグマ的生存の苦痛の続きのように思われた。同時に謎に満ちた水平線が、どこかの霧の中に消える大洋が口を開けようとしていた。その神経組織の上を最末端の分枝まで悪寒がゆっくりと流れ落ちていた。彼は、泥だらけの小川の底で育ったドジョウが海水に沈められたときのようにのたうち回った……

そこで、絶望的な苛立ちの全ての力を振り絞って思い出にしがみつき、耐えがたい現実から思い出の中に逃避し、六月の夜明け前の霧雲の中へのように没入したのであった。
何としてでも、たとえ束の間であっても、一人になりたいと渇望した。考えて、考えて、考え抜くために……

女先生の部屋から小さいドアを通って学校机と小テーブルで塞がった大きな部屋に入った。そこの暗闇の中に腰を下ろし、あたかも精神を集中しているかのように、あたかももとくと救済の手段について考えているかのように、記憶をたどり始めた。以下が、彼が思い出したことである。

＊

彼は四学年の貧しい学生だ。冬の早朝、せめてみんなのではないにせよ、人目につかないように絶妙に足を運びながら、病院に向かっている。靴底にあいたいくつもの穴も巧みに厚紙で塞がれている。オーバーは拘束衣のように窮屈で、あまりにひどく擦り切れているので、夏場に、ユダヤ人が八ズウォティさえ払おうとしなかった代物だ。貧しさは彼を悲観的な気分にさせ、絶えず悲嘆に暮れさせている。それは、不快な退屈さよりは果てしなく大きいが、苦悩よりははるかに小さい何かだ。そこからはすぐに目を覚ますことが出来る。数杯の紅茶を飲み干し、ビフテキを平らげれば十分だ――が、彼は、紅茶は飲んでいないし、おそらく、昼食も取らないことだろう。八時十五分にサスキ公園[25]の門をくぐるためにドウーガ通り[26]から褐色の泥の上をほとんど走って行く。そこで彼は若い娘に出会い、そばを通り過ぎ、彼女の重く長い、薄灰色のお下げ髪をまじまじと見詰める……。彼女は眼を上げず、まっすぐだが幅の狭い、何かの鳥の翼に似た眉をしかめるだろう。

当時彼は、毎日同じ場所で彼女に出会った。彼女は急ぎ足でクラコフスキェ・プシェドミェシチェ通り[27]に出て、路面馬車[28]に乗り込むと、プラガ地区へ向かった[29]。彼女は十七歳を超えてはいなかったが、オールドミスのように見えた。毛皮帽の上に無造作にバシュウィク[30]をかぶり、彼女の小さな足にはいささか大きすぎるオーバーシューズを履き、不格好な流行遅れのサロプカ[31]を着ていた。彼女はいつも、何かのノートや文字で埋まった紙や本や地図を小脇に抱えていた。ある時、昼食用に数十グロシュあることが分かっていたので、彼女がどこへ行こうとしているのか突き止めようと決心した。そこで、跡をつけ始めた。同じ十グロシュのコンパートに乗ったが、席に着いた途端、すっかり勇気を失くしてしまった。見知らぬ女性がひどく軽蔑した眼でじろじろ眺めたので、彼は即座に路面馬車から跳び降りる羽目になり、かくして彼は何ひとつ目的を遂げることなくコンソメスープ一鉢をふいにしたのであった

とは言え、彼女を恨めしくは思わなかった。彼女はますます高く、ますます遠くに聳え立った。彼は心ならずも、思わず知らず、のべつ幕なしに彼女のことを考えていた。四六時中

思い返し、彼女の髪や目や、野バラの実の蒴《さく》の色をした唇をありありと思い浮かべようと努力し——そして虚しく記憶を振り絞った。

　目の前から彼女の姿が消えるや否や、その面影が記憶から消えて行ったが、その代わりに、目の前のどこか上を流れていた白い雲にも似た、曖昧な顔立ちの、執拗な幻影が後に残った。この雲を、彼の想念は憧憬に満ちた、密かな不安と漠とした悔い、悲哀と抗いがたい好感を抱いて追った。毎朝、自分の幻影を、生きた少女と比べるために歩いた。そして、生きた少女の方が一層美しく思え、その泉のような、賢い目が彼を一種の恐怖で満たした。

　その頃、彼の学友の一人、いわゆる「空間内移動」[32]君、永遠に一から社説を書き出していた大「社会活動家」は、そのために必要な書物がないために完成出来ずにいたが、突然、教会のネズミ並みに貧しい女性解放論者と「できて」しまい、結婚してしまった。

　妻は、「移動」君に嫁資として古い絨毯と小さなソースパン二個とミツキェヴィチの石膏像、それに十数個ものギムナジウムの褒美を持ってきた。若夫婦は五階に居を構え、結婚式の後すぐに飢えに苦しみ始めた。二人ともせっせと個人授業に励んだので、朝別れた後は、夜になってようやく顔を合わせたほどだった。とは言え、二人の住居は、泥まみれのサンダルを履いたすべての「活動家」たちが足を向ける場所となった。長々と肘掛け椅子に坐って、他人の煙草を吸い、声が嗄れるほどしゃべりまくり、最後の数グロシュを会費として納めたものだった。温情厚い女主人はその金で丸パンとセルデルキ[33]を買い、小皿に上手に盛り付けて、厚くもてなした。そこではいつも誰かしらに会い、それまで知らなかった偉大な人々や女主人の女友達と近付きになることが出来たし、何度も四十グロシュ借りることとさえ出来た。

ある夜、いわゆるサロンに入りながら、女友達の間に自分の恋する娘の姿を認めた時、オバレツキは喜びのあまり、どんなに蒼ざめたことか！　彼女と言葉を交わし、無作法なまでに正気を失っていた……。その夜、家に戻りながら、彼は一人になることを願った——夢を見るでも考えごとをするでもなく、ただ身も心も彼女と一緒にいることを、彼女のすべてを目に焼き付け、耳には彼女の声の響きを留め、彼女が考えるように考え、瞼を閉じ、その下を心から湧き上がる光景が去来することを願った。オバレツキは彼女の実に不思議な、憂いに沈んではいるが慈悲深い、柔和で、謎めいた思いがこもった目を——その中には、何か身の毛がよだつような深淵があった——覚えていた。彼は炎天下の、きつい旅の後で、山地の松の木陰に隠された清浄な斜面にたどり着いたような喜びと安らぎを覚えた。

彼女は周囲から尊敬されていて、その言葉は特別な重みを持っていた。「移動」君は面識のない彼女にオバレツキを紹介しながら、いたって真面目に宣《のたま》った。

「こちらオバレツキ、内省家にして夢想家、ものぐさ太郎、されど「未来の有名人」、こちらはスタニスワヴァ・ボゾフスカ嬢、我らがダーウィン進化論信奉者……」

「ものぐさ太郎」は「進化論者」のことをいくらも知ることが出来なかった。ギムナジウムを卒業したこと、個人授業をしていたこと、医学を学びにチューリヒかパリに留学しようと思っていたこと、無一文だったこと……

　二人はそれから、度々「サロン」で顔を合わせた。スタニスワヴァ嬢は、サロプカの下に一ポンドの砂糖や紙に包んだ冷めたカツレツや数個の丸パンを持って来たものだった。オバレツキは何も持って来なかった。なぜなら、何も持っていなかったからだ。その代わり、丸パンを貪り、「進化論信奉者」を目で貪った。それどころかある時は恋する人を家に送ったついでに、結婚を申し込んだものだ。彼女は笑い出し、親しみを込めた握手をして別れを告げた。その後間もなくして、彼女は姿を消した。何処かの大貴族「御一門」の家庭教師として、ポドリア県[34]に旅立ったのだった。

　今、彼はこの人里離れた片田舎で、森に隠れた、農民しか住んでいない、地主の屋敷もなければ、人っ子一人いないようなこの村で、まさに彼女に出会うのである……。彼女はここ、この原生林の中で、一人で暮らしていた。今、その彼女は死にかけている……。忘れ去られて……

　かつてのすべての賛嘆や満たされなかった夢と願望が、突如どっと押し寄せて来て、突風のように彼を打った。病的な苦痛が胸を締めつけ、沸き立った血の中に激情の毒がわずかに浸透する。彼は、そっと病人のベッドに戻り、手すりに肘をついて、剥き出しになった両腕の眺めを堪能していた。両腕はほれぼれするほど美しいラインで胸と首の輪郭と繋がっていた。娘は眠っていた。彼女のこめかみには血管が盛り上がり、下にめくれた口角からはよだれが筋になって流れていて、体からは熱が吹き出し、息がヒューヒューという大きな音をたてて口の中に流れ込んでいた。パヴェウ・オバレツキ医師は彼女の横のベッドの端に腰を下ろし、両手で髪の房の柔らかな端を愛撫し、その房で自分の顔を撫で、胸から激しい嗚咽を漏らしながら唇で髪に触れた。

「スタシャ、スタシャ……愛しい人……」医師は彼女を起こさないように、小さな声で言った。「君はもうどこにも行かないね……そうだろう？　二度と……君は永遠に僕のものだ……いいかね……永久にだ……」

医師はその後、病人の枕もとの腰掛けに腰を下ろすと、再び物思いに耽った。はちきれんばかりの若さが嗜眠から目覚めた。今や全てが一変する。彼は体内に、胸から湧き出る行為を完遂しようとするアスリートの力を感じていた。苦しさと希望が混じり合い、あたかも脳を舐め、焼き尽くし、休息させてくれない火焔と化したかのようだった。

＊

夜が過ぎて行った。時間はのろのろと流れていたが、使いの者が出発してからすでに六時間以上経っていた。夜中の四時のことだった。医師は聴き耳を立て始め、さらさらと鳴る音がするたびに飛び上がった。始終、誰かがやって来たような、ドアを開けたような、窓を叩いたような気がした……。彼はほとんど全身で聴き耳を立てていた。風が唸り、暖炉の風戸が鳴っていた――とは言え、再び静寂が戻った。そして、百年も続く時間が流れ、その間に一日千秋の思いが神経を弛緩させ、全身をガタガタと震えさせるのである。六度目の検温の後、病人は、睫毛の薄明かりの中ではほとんど黒い瞳に見えた目をおもむろに開いた。食い入るように彼を見詰め、そして甲高い声で囁いた。

「どちら？」

しかしながら、彼女はすぐに前の無感情状態になった。医師はこの意識が戻った瞬間をかけがえのないもののように喜んだ。ああ、もし、キニーネがあったなら、彼女の頭痛を楽にしてあげられたなら、意識を取り戻してあげられたなら！　使いの者はまだやって来ていなかったし、やって来なかった。

夜明け前に、オバレツキ医師は、誰か自分を目にしてくれるかもしれないという最後の希望に惑わされながら、村に沿って深い雪の吹き溜まりを歩いていた。嫌な予感が針の先のように、彼の胸に突き刺さった。嵐は静まっていたが、道端のポプラの裸の枝の間では、風が鈍く唸っていた。百姓家からは女たちが水汲みに出かけ、水はじょうろに入れ、膝の上までまくって運んでいた。作男たちが家畜に給餌していた。煙突からは煙が立ち昇っていた。そこここで、少しの間開いた扉からもうもうと煙が噴き出していた。

医師は、村長の家を探し当て、すぐさま馬をつけるように命じた。二頭ずつ二組の馬がつけられ、どこやらの若い、屈強な作男が学校の前に乗りつけた。医師は疲労と絶望で大きく見開いた目で、病人に別れを告げ、橇に乗り込むと、オブジドウーヴェクに向かった。

昼の十二時に、医師は自分の薬箱やワインやすべての食料の蓄えを持って帰路についていた。ひっきりなしに橇の上に立ち上がった。まるで飛び降りて、全力で疾走している馬を追い越そうとでもいうようだった。ようやく学校の前に乗り付けたが、橇を降りなかった……。開いた建物の窓と玄関口でひしめき合う子供たちの群れに気付いた時、ほとんど斜めに歪んだ口から、押し殺した短い叫び声が上がった。真っ青になって窓に歩み寄り、中を覗き込むと、窓縁に肘をついたままそこを動かなかった。

広い教室には机の上に、全裸の若い女教師の死体が横たわっていた。二人の年取った農婦がその死体を洗っていた……。細かな雪片が窓から吹き込んで、死者の腕やずぶ濡れの髪、半ば見開いた目の上に降り積もっていた。

医師は、まるで両肩に山を担いでいるかのように背を丸めて、故人の小さな部屋に向かった。彼はコートを脱がずに、小さな椅子に腰を下ろして、彼の痛みの一切が籠もった、一つの言葉を繰り返していた。

「そういうことか？　そういうことなのか？」

医師は凍えたかのように寒かったし、体の中の血が凍り付いたかのように体をこわばらせた。耐えがたかった、どうしてよいか分らなかった。ただまるで油が切れた車輪のごときものが、耳をつんざく軋み音を立てながら、頭の上を転がっていただけだった。

スタシャのベッドのものはそこいらじゅうに放り出されていた。掛け布団は床に転がり、シーツは床に垂れ下がり、汗まみれの枕はベッドの真ん中に置かれていた。窓の針金の掛け金が窓枠に当たって単調な音を立てていた。植木鉢の中の何か湿った植物の葉が垂れ下がり、寒さで丸まっていた。

わずかに開いた扉越しに、すでに死に装束になった死体の周りに跪いている農民たちや「本を頼りに」祈っている子供たち、棺のために寸法を測っている棺桶職人の姿が見えた。

医師はそこへ入ると、かすれた声で、鉋がかかっていない四枚の板で棺を作り、鉋屑をたっぷり頭の下に敷くように命じた。

「それだけでいい……。いいかね！」彼は激しい怒りを面に出さずに、職人に向かって言った。「4枚の板、それだけだ……」

彼は、誰かに……家族に知らせなければならないことを思い出した。その、彼女の家族はいったいどこにいるのだ?……

彼は鈍く、愚かな心遣いで、本や学校の名簿やノート、何かの原稿を一つの山に積み上げ始めた。彼は書類の間に偶然手紙の書き出しを見つけた。

『愛するヘレンカ!

ここ何日か、とても具合が悪いので、多分、ミノスとラダマンテュス、アイアコスとトリプトレモス、並びに他の多くの半神たちのかんばせの前に移住することになりそうです。この『ここからほかの場所への移住』の場合には、私が死んだ後の書物の遺産をあなたの手元に送ってくれるように、私のところの村長に請求してください。私はとうとう、『人民のための物理学』を完成させました。そのために何度も何度も、私たちの汚れない頭をさんざん悩ませてきたものです。仕上げたのは下書きです——残念ながら！ もし、あなたに十分時間があるなら——私のほかの場所への移住の場合には常に——出版の手配をしてくださいね、アントシにやらせなさい、強引にね。清書してもらいなさい。彼なら私のためにやってくれるわ。ああ、なんて悲しいこと！……そうだわ！……私、私たちの出版元に十一ルーブル六十五コペイカ借金があるの。私のスペンツェル[36]で返済してちょうだい。だって私の手箱は空っぽだから。私の思い出のために持って行って……』

最後の言葉はもはや判読出来ない線で書かれていた。宛名はなかった——手紙を出すことも出来なかったのだ。小さな机の引き出しの中に、医師は、手紙にあった件の物理学の原稿とノートと紙切れの束を、小さな戸棚には——わずかばかりの下着類や野ウサギの毛皮を裏張りしたサロプカや古い、黒のワンピースドレスを見つけた……

医師が小さな部屋の中をせわしなく動き回っていると、教室の中に薬を取りに行った少年がいることに気付いた。少年は足を踏み替えながら、部屋の隅の暖炉にもたれて立っていた。獣のような憎しみが医師の胸の中で震え出した。

「どうして間に合うように戻らなかったんだ？」彼は少年に詰め寄りながら怒鳴った。

「野原で道に迷っちまって、馬は立ち往生しちまうし……。歩いて、朝着いたんだ……。お嬢様はその時にはもう……」

「嘘をつけ！」

少年は答えなかった。医師は彼の目をまっすぐ見詰めて、奇妙な感覚を覚えた。疲れ切った、恐ろしい目だった。そこからは、あたかも地下洞窟の中からのような農民の、愚かですさんだ、計りがたい謎のような絶望が覗いていた。

「旦那、俺、ここに、あの女先生が貸してくれた本を持って来やした」少年は擦り切れて色がさめた、汚れた本を数冊、懐から引っ張り出した。

「俺にかまうな……。あっちへ行け！」医師は少年に背を向け、小さな部屋に逃げ込みながら叫んだ。

そこの床に散乱したガラクタや書類や本の間に立ち止まった。そして、笑みを浮かべて自問した。

『私はここで何がしたいんだ？　私はここでは余計者だ。私には何の権限もない！』深い尊崇の念、理解、熱心な自己探求、大いなる謙遜が彼を捉えた。もしも、彼がたとえ一時間なりと長くそこに留まっていたなら、狂気の住まう山脈の頂きに行き着いていたかもしれなかった。自分自身への気懸りに捕らわれていることを自分では気付くことなく、分かっていた。この瞬間彼を圧し潰したすべてのものの中に、彼自身との巨大な非対称が、胸の奥底から、人間的感情の最後の核を、エゴイズムを引き抜き——そしてそのエゴイズムを抑えつけながら——あの愚かな娘を地上から運び去った虹に包まれるのに身を任せるように命じた何かが存在した。今すぐ、逃げ出さなければ……。ただちに出立することを承服した後、彼は、美辞麗句を用いて悲嘆に暮れ始めた。それではや、かなり気が楽になった。彼は馬橇を回すように命じた……

医師はスタシャの亡骸の上に屈み込み、彼女を讃えるために、人間の空虚な心が偉大さを称讃するために夢見ることが出来た最も美しい言葉を、声を潜めて語りかけた。彼は今一度、戸口で立ち止まり、つくづくと眺めた。今すぐ死んだ方がましではないだろうかと、一瞬、思った。それから、扉の前の大勢の農民を押し除けて、橇に跳び乗り、うつぶせになった。発作的な噎び泣きに息を詰まらせる医師を馬が運び去った。

スタニスワヴァ嬢の死は、パヴェウ医師の人となりに何がしかの影響を与えた。しばらくの間、彼は暇なときにダンテの『神曲』を読み、ヴィントすらせず、二十四歳の家政婦は解雇してしまった。とは言え、徐々に落ち着きを取り戻した。目下絶好調だ。太ったし、まっとうな金もたっぷり稼いだ。元気を取り戻しさえした。彼の熱心な宣伝のおかげで、オブジドウーヴェクのお偉方のほとんど全員が、騒々しいことは確かだが数は少ない保守党員を除いては、名誉なことに「肺に無害な」という商標で知られる糊付けされていないチューブの紙巻煙草を吸い始めたのであった。ようやくだ！

Siłaczka, 1891, Tygodnik „Głos”

注

1　タイトルの「強い女性（Siłaczka）」は「並外れた道徳的強さを持つ女性」を意味する。この小説の「強い女性（Siłaczka）」には主人公のスタニスワヴァ・ボゾフスカ（Stanisława Bozowska）のモデルとなったファウスティナ・モジツカ（Faustyna Morzycka）という実在の女性がいる。彼女は、両親が流刑中に生まれ、愛国的な教育活動に従事し、社会主義運動に参加した。教育の力を信じ、暗闇の中に明かりを灯すことを願っていたが、ロシア高官の暗殺事件に参加、無関係な死傷者を出したことに対する自責の念から自殺した。ジェロムスキとは教育活動に取り組んでいた時期に出会っている。

2　ヴィント（wint）。オークション・ブリッジ。ブリッジに似たトランプ遊び。ブリッジに追放されて今ではめったにやらない。

3　「形而上学（metafizyka）」。ここでは憂鬱・不毛な思索の状態を指す。

4　遠心力。ポーランド語で pęd odśrodkowy。

5　クルヴフ（Klwów）。ポーランドのマゾフシェ県にある村。郡役所とローマカトリック教会の教区がある。

6　クロズヴェンキ（Kurozwęki）。ポーランドのシフィエントクシスキェ県にある村。

7　オブジドウーヴェク（Obrzydłówek）。架空の地名。形容詞 obrzydliwy〈いとわしい、へどの出そうな〉からの造語。
8　学問的論争。ここでは皮肉を込めて「考察と会話」の意（原注）。
9　アレクシス。ポール・アレクシス（Antoine Joseph Paul Alexis。一八四七～一九〇一）。しばしば過激なテーマを扱ったフランスの自然主義作家（原注）。エミール・ゾラの友人で伝記作家。
10　カツァバヤ（kacabaja）。パッドの裏打ちのある温かいカフタン。
11　聖体拝領祭（Boże Ciało）。カトリック教会の聖体崇敬を示す祭日の一つ。三位一体祭の週の木曜日（現在では次の日曜日）。
12　仮庵の祭（święto Kuczek）。別名スコット祭。過ぎ越しの祭り。ユダヤ教の祭日。ペンテコステ。ヨム・キプルの祭日の五日後に開始する。キリスト教では五旬祭（カトリック教会）、精霊降臨祭（プロテスタント教会、正教会）。
13　五月の夜には、猫の音楽会が催された（wyprawiano w majowe wieczory kocie muzyki）。交尾期の猫のように大きな叫び声を上げたり、金属をガンガン叩いたりなどの嫌がらせを受けた、の意。
14　寄生虫の遺産（dziedzictwo robaków）。前に用いられた条虫（tasiemniec）、サナダムシ（bąblowiec）に関連づけて寄生虫という語を用いた。自らの無力感、失望の表現。
15　ポトプウォムィク（podpłomyk）。平たい素朴なパン。
16　小さな町。ユダヤ人の言葉、イディッシュ（語）の「シュテットル Sztetl」をポーランド語では miasteczko（小さな町）と呼んだ。住民の中心はユダヤ人だった。
17　ナナカマド。コジツァ（kozica）（シャモアのこと）が好んでナナカマドの実を食べることからか。

18 『明るい光の真実と新たな、未だ発見されていない道』。アダム・アスヌィク（Adam Asnyk）の詩『若い者たちに Do młodych』から。原文の最初の二行を変えてある。

19 チェッザーレ・カントゥ（Cesare Cantu）の『世界史 Storia Universale』。イタリアの作家、歴史家（一八〇四～九五）。

20 レオン・ロガルスキ（Leon Rogalski）。ポーランドの歴史家、文献学者、翻訳家（一八〇六～七八）。

21 アレクサンドル六世（Pope Alexander VI）。スペイン出身のローマ教皇。史上最悪の教皇に数えられる。非道徳的な生活ぶりで有名だが、芸術と文学の庇護者としても知られる。

22 「頬骨を軽く回して」。にっこり笑って、の意。

23 「狂帽」（wściekła czapa フシチェクワ・チャパ）。時代遅れの冬用のひさしのない帽子。

24 「わたしたち、罪びとのために、お祈りください」。カトリック教会の聖母マリアへの祈禱「アヴェ・マリアの祈り」の一節。

25 サスキ公園（Ogród Saski）ワルシャワの市中央部、旧市街や王宮の東南に位置する公園。

26 ドウーガ通り（ulica Długa）。ワルシャワの市北部、クラシンスキ公園とサスキ公園の間を走る通り。

27 クラコフスキェ・プシェドミエシチェ通り（Krakowskie Przedmieście）。ワルシャワの目抜き通り。聖十字架教会や大統領宮殿の前を通る。

28 路面馬車（tramwaj）。主人公たちの若い時代は一八八〇年代と思われる。ワルシャワの路面電車は一八六六年の路面馬車から始まり、電化されるのは二十世紀に入ってからで、当時はまだ馬が引いていた。八〇年代には十一路線（路線は地名とカラーボードで表示）が走り、プラガ地区含めて、広い地域をカバーしていた。

29　プラガ地区（Praga）へ向かった。この時、スタシャが乗ったのは、緑・黄色のボードのかかった路線でクラコフスキェ・プシェドミェシチェを通り、王宮前、王宮横の橋を渡り、プラガ地区のペテルブルク鉄道駅に至る路線と思われる。

30　バシュウィク（baszłyk）。かぶり物の一種、あごの下で結んだり、首や腰に巻いたりするための長い端を持つフード。厚手の布やフェルトで作られていた。

31　サロプカ（salopka）。昔の婦人服。毛皮で裏打ちされたケープ付きの上着。あるいはマント付き女性コート。

32　空間内移動（Ruch w przestrzeni）君。エネルギッシュさの象徴。

33　セルデルキ（serdelki）。太くて短いソーセージ。単数はセルデレク（serdelek）。

34　ポドリア県（gubernia podolska）。一九一七年までロシア帝国の県（県庁所在地はカミェニェツ・ポドルスキ Kamieniec Podolski）。一九一八〜一九二〇ウクライナ人民共和国領。一九二〇〜二三ソ連邦領。ガリツィアとブコヴィナに隣接する。

35　「ミノスとラダマンテュス、アイアコスとトリプトレモス、並びに他の多くの半神たち」。ギリシャ神話に登場する神と人との間に生まれた英雄たち。トリプトレモスは人間の子だが、デーメーテール女神によって不死の体にされるところだった。

36　スペンツェル（spencer）。マント付きショートジャケット。

「何が起ころうとも、我が身を打つがよい……」

スプリスガルト友美訳

何が起ころうとも、我が身を打つがよい（ソポクレス『オイディプス王』[1]）

病室の最も暗い一角に、二十四と番号が振られたベッドがあった。そこには、数か月前から三十歳と思しき雇いの作男[2]が臥していた。枕元では、病人が体を動かすたびに、*caries tuberculosa*（結核性カリエス）と書かれた黒い木札がカタカタと音を立てた……。この哀れな病人の足は、結核による骨の壊死により、膝の少し上で切断されていた。農夫は土地を持たないジャガイモ売りで、生まれもジャガイモ売りだった。地主の屋敷に雇われており、三年前に結婚し、亜麻色をしたもじゃもじゃ髪の男の子を育てていた。そうこうするうちに、ある日突然、膝が痛み出し、小さな傷口が次々と開いていった。ある親切な人が町への馬車を出し、やせ細った男を村のお金で町の病院に運んでくれたのだった。

そのことはまだよく覚えていた。秋の午後、女房と一緒にコリヤナギの籠馬車[3]に乗っていた時のこと、二人とも恐怖に怯え、悲嘆に暮れて、さめざめと泣いていた時のこと――そして、泣いては固くゆでた卵を齧り――それから後はもう、ただただ霧かとまがう、されど霧ならぬ、果てしなき灰色の世界が広がるばかりであった……

病院でのありきたりな、代わり映えしない日々は、あたかも人生に奥の知れない亀裂のようなものを作り出して、農夫の記憶からは消え失せ、――ただ変わることのない悲しみだけが、何か月もの長い間、石の板が土饅頭を押し潰すような容赦ない、冷酷な力で、農夫の心を締め付けていた。自分の身になされた奇妙きてれつなことは、この霧を通して、半ば鮮明に覚えている――沐浴、断食、骨に達するまで傷口に針金を通されたこと――その後の手術――手術室にいる、血痕が付いた白衣を着た男らのところに運ばれたこと――そして、あたかも慈悲の手のように、その間彼を支えてくれた、奇妙な、恐れを知らない度胸のことを。

手術の前、吐き気を催させるあまたの出来事を見詰めながら、彼もまた無教養な魂の奥底から、この地上最大の名匠、すなわち病院の大部屋が教えてくれた方法で、思索の糸を紡いだのであった。手術の後は、ひどい倦怠感と嫌気が、あらゆるものを覆った。絶えず寒気がし、正午頃と夕方は、頭骨の中で何か、石の塊のようなものがずしんと重くのし掛かり、その塊から足まで冷気の小川が流れていた。健康な足の指からは再び、頭骨に向かって、氷を溶かすような温もりの波が寄せていた。水銀の雫のように、思考が素早くどこか脳の片隅に落下していた。そして、こぼれた汗水の中に縮こまって寝ている間も、眠気ではなく麻痺のせいで、瞼がひとりでに閉じて来る間も――おかしな、夢ともうつつとも知れぬ幻覚が彼を襲った。

こうしてあらゆるものが消え失せると、灰色の、制御不能な、クロロホルムの匂いが染み込んだ空間だけが残っていた。それはどうにか、ごくわずかな分散した明かりに照らされた空間だった。すぐそばで始まり、目盛りのない巨大な漏斗のように地面に横たわる、円錐形の内部に似た空間だった。その、頂が狭くなっている途轍もなく遠い場所に、白い光の斑点が見える。あそこが出口だ……。漏斗の内側の表面をぐるぐる巡る果てしのない渦巻曲線の上を、昼も夜も、その裂け目に向かい、力を振り絞って、カタツムリのごとく進んで行く。そうするほかないのだ。彼の内部で、足が罠にかかったノハラツグミのように、何かが飛び立つにもかかわらず。彼の内部で、翼のごとくバタついているにもかかわらず。そして、罠の長さより高く飛び上がることは出来ず、しきりに落下するばかり……。かの裂け目から何が見えるかは分かっている。一歩足を踏み出すだけのことだ。——畦道は、自分自身のジャガイモが四畝ある森のそばの畑へと延びている。そして自らの空虚から機械的に身をもぐ時には、芋掘りの時の夢を見る。そこの森のたもとは静かで、秋の空間の明澄さがあり、事物が遠くから接近して来て、鮮明に見えるようになる。女房と二人で、玉石のように美しいジャガイモを掘る。小丘の切り株に、牧夫たちが群がって、次々と袋を被り、素足を抱え込み、乾燥した杜松《ねず》の枝をどっさり運び、焚火に火をつけると、棒切れで灰の中から焼けたジャガイモを掘り出す。空中に杜松のかぐわしい煙が漂う……

少し加減がよく、意識がいっそう冴えている時には、それほどひどく熱に苛まれていない時には怖くなり、打ちのめされ、痛めつけられた者たちを襲う、身の毛のよだつような不安に捕らわれた。農夫の実体は、その不安に圧し潰されて、ドクゼリの種ほどに小さく凝集し、不意の予測に、何かのけたたましい音に追い立てられて、底なしの虚空の岩棚にぶつかりながら、落下して行った。

ようやく足の傷が癒え始め、熱も下がった。哀れな病人の魂は、まるであの世からのものでもあるかのように、魂の本来の状態に、次々に目の前に現れたものについての瞑想に戻ったのだった。だが、この瞑想の真髄はどんなに変わってしまったことか！　かつてそれは嫌悪感から芽生えた憐憫の情だった。――今やそれは、傷ついた獣の憎しみ、激烈な報復の願望、隣に寝ている不幸な者たちのみならず、彼を傷つけた者たちにまで、貪婪《どんらん》に襲い掛かる激しい怒りだった。そのうえ、彼に対して審判を下した力を探しながらも、彼の思考が懸命に追跡しつつ駆け抜けた時に上げていた悲しげな訴えとして、彼の心の中で生まれ、そのまいつまでも残ったのであった。

この己を苛む状態は長く続き、心の苛立ちが募って行った。

その挙句ある日、健康な方の足の感覚がなくなり、くるぶしが腫れているのに気が付いた。

外科医長が、毎朝の回診に来た時、農夫は自分の気掛りを打ち明けた。

医師は痩せ細ってしなびた体を検査し、腫れた患部をほんの少し切開してみると、ゾンデ[4]

が骨まで達しているのが見えた。指で払い落とすと、謎めいた悲しみを浮かべて、農夫の目を覗き込んだ。

「これはいかん！　もう一本の足も……あんたも……そう思うだろう。まずいことになったな。ここに寝ていることだ。ここならお前さんの家よりましだろう。食べさせてくれるんだから……」

そう言うと、助手たちに伴われて去って行った。扉のところからいま一度、束の間戻ると、その病人の上に屈み込み、誰にも気付かれないようにそっと、いたわるように手で彼の頭を撫でた。

農夫は、突然頭頂部を殻竿の振り棒[5]でガツンと叩かれたかのように、朦朧となった。目を閉じて、長いこと横たわっていた。——すると彼の中に、それまでに感じたことのない静寂が訪れた。

人の心には、魔法の隠れ家がある。七つの鍵が掛けられ、誰も何も開けることはない。開けるのは執念深い不幸の泥棒の針金[6]のみだ。

ソポクレスはこの隠れ家を、いままさに盲《めし》いんとするオイディプスの口を通して包み隠さず名付けた……。そこには、奇妙な快楽、甘美な必然性、最高の知恵が隠されている。

みすぼらしい貧乏農夫は、静かに寝椅子に横たわり、キリストが嵐を鎮めながら逆巻く大波の上を渡ったように、自分の魂の上を渡っていた……

それからというもの、長い夜も、忌まわしい昼も、すべてを、いわば計り知れないほど遠くの、静かで、言葉では言い表せないほど居心地の良い素敵な場所から、ありとあらゆるものがちっぽけで、ちょっぴりおかしくて、くだらないのだが、それでいて愛すべきものに思われる場所から、見ていた。

「かまわねえ、かまわねえ」農夫はひとりごちた。「かまわねえ。イエス様の思し召しに、なにもかもうまく行けば……。怖がるんじゃねえ！　まあまあじゃねえか……」

„Cokolwiek się zdarzy – niech uderza we mnie…", 1891, Tygodnik „Głos"

注

1　『何が起ころうとも、我が身を打つがよい……』（原題 „Cokolwiek się zdarzy — niech uderza we mnie…"）の初出は一八九一年、週刊『声』（原題 Głos）第四〇号に掲載された。ジェロムスキのデビューは一八八九年であるから、初期の作品に当たる。

題名に使われているのは、古代ギリシャ三大悲劇詩人の一人、ソポクレス（紀元前四九七／六年頃～四〇六／五年頃）の戯曲『オイディプス王』（紀元前四二七年頃）の中で、オイディプス王が語った言葉だという。オイディプスは古代ギリシャ都市国家テーバイの王で、国に破滅の危機をもたらした災いの元凶について、先王殺害の穢れであるので、その殺害者を罰すればよいとの神託を得る。だが後に、その殺害者こそオイディプス自身であり、妻は実の母親であったことが判明し、自らの手で目を潰して自分自身を罰するに至る、という悲劇の物語だ。

訳者が調べた限りでは、タイトルや本文中に該当するセリフや描写は『オイディプス王』には登場せず、作者による意訳の可能性も高い。一方で、本作の主人公を、運命に翻弄されたオイディプス王に重ねたところは、極めて妥当であるといえる。

結核のために片足を失った貧しい農夫は、病床で苦しんでいた。ようやく傷も癒え始めた頃、もう一方の足も切断しなければならないという災難に見舞われる。それを知ったときの衝撃、そしてその後訪れた静寂。災いを自分に与えられた運命として受け入れた農夫の感情は、「すべてを、いわば計り知れないほど遠くの、静かで、言葉では言い表せないほど居心地の良い素敵な場所から［中略］見ていた」という文に集約されている。自分ではどうにも出来ないこの悲劇的な運命に直面し、不幸のどん底に達した時に得る、悟りのような境地。盲目となったオイディプス王が自らを国から追放し、放浪の旅に出たときの心境と似通ったものだったのではないだろうか。

ポーランドでは、高校国語（ポーランド語）でソポクレスの『オイディプス王』が必読書とされている。本作のタイトルを見ただけで、内容が想像出来る読者もいるのかもしれない。ジェロムスキの時代でも、読者の誰もが一般常識としてオイディプス王を知っていたのであれば、哀れな農夫をオイディプス王になぞらえて読むことは容易であったことだろう。

2　作男（parobek folwarczny）。かつて富農のもとで、あるいは農場で雇われて働いていた賃労働者。

3　コリヤナギの籠馬車（wasąg z półkoszkami）。コリヤナギの籠の二つの部分の片方を天井の壁、底、両側面に張った馬車のこと。

4　ゾンデ（sonda）。体内に挿入して用いる細い管上の医療器具。

5　殻竿の振り棒（bijak cepów）。脱穀用の農具。

6　泥棒の針金（wytrych złodziejski）。泥棒が錠をこじ開ける道具。

黄昏

小原雅俊訳

鈍緑色をした丘陵のなだらかな斜面に、黒々した無数の切り株が斑模様を作っている伐採地の縁に、ぽつんと突き出した数本の欧州トウヒの太い幹の間に、澱んだ層になって、遠くの視界の上空に漂う透明な塵にも似た赤銅色の輝きの中を、太陽が滑り降りて行った。その照り返しがまだ縁で光を放って雲を金色に塗り込め、深紅色に染め、灰色の渦の襞の間に喰い込み、水面でガラスのように煌いていた。

刈り入れが済んだ畑や秋の最初の鋤起こしの後の畝間、先頃の嵐の後、水の筋が出来たままになっているぬかるんだ耕地と真新しい開墾地には、焼き過ぎたガラスの破片のような赤茶けた斑点がきらきら光っていた。叩いて平らに均した畝の上に、眼にとっては煩わしい、人を欺く菫色の影が落ち、砂山が黄味を帯びていた――土手の雑草や畦の灌木はどこかそれ自身のものとは異なるかりそめの色をしていた。

東と北と南から、森から剥ぎ取られた半円形の丘陵に囲まれた深い峡谷を、まさにそこのところで地下の水源から姿を現わした小川が、氾濫しては入り江や沼、広大な浅い水溜りや狭い通路を作りながら流れていた。水の周囲の泥炭の絨毯の上には、葦の茂みやほっそりした藺草、菖蒲や丈の低い柳の木の木立が伸びていた。今や睡蓮の巨大な葉と無定形の淡緑色の斑点のように見えるざらざらした藻の下から、澱んだ赤い水が光って見えた。

コガモが小さな群れになって飛来し、あたりに響き渡る心地よい旋律の羽音で静寂を破りながら首を突き出し、何度か旋回し、次第に小さくなる楕円形を空中で描いていたが——やがてパチャッと胸を水に叩きつけると、葦の中に隠れて見えなくなった。地響きのようなシギの飛び交いや陰にこもったオオバンの呼び声が静まり、おどけた間合いのチュウシャクシギの鳴き声が収まり、それどころかガラストンボと藺草の茎のまわりで網目のような羽根を延々と羽ばたかせていた紺色のハグロトンボまでもが次々と姿を消した。疲れを知らぬ水アブがきらきら光る深みの水面をまだ、髪の毛のように細いけれども巨大な脂ぎった脚で歩き回っていた——そして二人の男女が働いていた。

沼地は領主屋敷に属していた。ずっと以前の若い相続人はそこを、ポインターと一緒に鴨とシギを追って苦労しながら歩き回ったものだったが、それも森を全部切り倒し、畑を作付けせずに放って置き、相続権を外されてはるかワルシャワの町に辿り着く時までのことで、今では、彼はその町の街角の売店でソーダ水を売っているのである。

新たな知恵者の相続人がやって来て後を継ぐと、杖を手に畑を駆けずり回り、鼻の穴をほじくりながらよく沼地のほとりに佇んだものだった。
両手で沼をかき回し、穴を掘り、測量し、嗅ぎ回っていたが――その挙句に遂に妙なことを思い付いた。畑仕事の監督人にこう命令を下したのである。泥炭を掘るために毎日、繰り返し農夫を雇い、手押し車で泥を畑に運び出して山積みにし、貯水池用の場所が決まる前にそこらじゅうに穴を掘るように、と。それが終わると今度は堤防を築き、それより低いところに二つ目の貯水池用の穴を掘るように命じた。こうして十幾つかの穴が掘り上がった。すると今度は、溝を穿ち、水を入れ、木製の水門を取り付け、そして魚を閉じ込めるように命じたのだった……

泥炭の搬出作業にはすぐに近隣の寒村のヴァレク・ギバワが雇われた。自分の農地を持たない雇い人のギバワは、以前の相続人に馬丁として奉公していたが、新しい相続人のもとでは続かなかった。新しい相続人と新しい管理人は、まず初めに現物支給と給料を減らし、次いでありとあらゆる事に盗みを発見しようとした。以前の相続人のもとでは、どの馬丁も自分のひとつがいの馬から燕麦半升[2]を差し引いて、夕方、煙草代や巻き紙代、少量の火酒代として居酒屋の主人ベルリンのもとに持って行ったものだった。新しい管理人がやって来た途端、すぐにこの利得に感付き、ほかならぬヴァレクの身にその咎が降り掛かったために、彼は横っ面を張り飛ばされ、奉公先を追い出されてしまったというわけである。

それ以来というもの、ヴァレクと女房は奉公先を見つけることが出来なかったから、村で住み込みの雇い人をやってきた。管理人がどこにも奉公を願い出ることなど出来ないような証明書を彼に渡したためであった。採り入れの季節には二人であちこちの農家を駆けずり回って稼いだ。しかし、冬と収穫前の時期には名状しがたい激しい飢えで、今にも死にそうになるのだった。鉄のように強靭な筋肉を持った骨ばった大男がすっかり痩せ細り、黒ずみ、背が曲がり、衰弱した。女房は――いかにも女房らしく――近所の女たちのところで飢えを凌ぎ、茸や木いちごや野いちごをたっぷり集めては、領主の屋敷かユダヤ人の家に持って行って、せめて丸パン一個なりと稼いでいたが、男は食物なしでは脱穀の仕事には耐えられない。畑仕事の監督人が草原の穴掘りを予告した時には、二人とも目を輝かせたほどだ。管理人自ら一尋《ひろ》[3]の土を運び出すごとに三十コペイカ支払うと約束したのだった。

　ヴァレクは来る日も来る日も穴掘りのために女房を連れ出した。彼女が手押し車いっぱいに積み込み、彼が深い水溜りに掛け渡した板材の上を通って泥を畑に運び出すのだった。彼らは仕事が速かった。大きな、深い手押し車を二つ持っていて、ヴァレクが空の車を引いて来るとはや次の車が満載されていて――馬用の胸帯を肩に掛け、そして坂を押して行くのだった。鉄の車輪はけたたましい軋み音を立てた。水をたっぷり含んだ、たちまち漏れ出す、草の根がびっしり張った黒い泥が、遁走し、そのかけらが膝まで剥き出しになった農夫の足に落ちた。手押し車が板から板に飛び移る時には胸帯が襟首と肩に食い込み、臭い汗の黒い縞模様をシャツに浮かび上がらせ、腕は肘がガクガクになり、足は泥に嵌っているために痺れ、こわばった——だが、日が長いときに汲み出した二立米、それはつまりは懐に大金が入ることを意味した。

二人は秋の終わり頃には三十ルーブル蓄え、家賃を払い、キャベツを一樽買うことが出来、ジャガイモを五石《コジェツ4》ばかりと麻の野良着と靴と前掛け二枚ほど、そして女房のためのエプロンと肌着用の亜麻布が買えて、そして春まではある時は雇いの脱穀で、ある時は家での織物で稼ぎながら飢えを凌げればと思っていた。

ところがそこのところで、突然、管理人には、立米《りゅうべ》あたり三十コペイカというのは多過ぎるように思えたのである。誰もが朝早くから夜まで泥を穿り返す気になるわけではないし、嫌がりもせずたちどころにこのような仕事に取り掛かるからには、どうやらやつらは腹いっぱい食っていたに違いないと推量したのだった。そしてこう通告するのであった——二十コペイカずつならよかろう、もし嫌ならそれはそれで構わんとも……

こういう時には百姓じゃ稼げない、領主屋敷は脱穀機と農機具の作業は自前の人間でやりくりする——着替え用の服もないし。ヴァレクはこう告げたあと居酒屋に出かけ、腹いせに大酒を食らった。あくる日、かかあを叩きのめし、一緒に仕事に連れ出した。

それ以来というもの——日が短いときには——暁から深夜まで仕事の手を止めることなく、二立米《りゅうべ》を放り出している。

そして今や、見よ、彼方から夜がやってくる。遠くの、淡青色の森が黒ずみ、灰色の闇の中に溶融し、水面で光が輝きを失い、夕焼けを前にして聳える欧州トウヒからは巨大な影が落ちる。丘の頂きの皆伐区域にはまだところどころに、ある時には切り株が、ある時には岩石が赤く光る。このきらきら光る地点から、小さな、弱々しい光線が反射して、事物の間に不完全な闇が作る深い虚空の中へ飛び込み、その中で震え、砕け、つかの間、震え、消える、次々と消える。樹木と灌木は膨らみと塊状と自然の色を失い、奇怪な輪郭を持つ、真っ黒な、平たい形状としてのみ、灰色の空間に留まる。

低地にははや濃密な薄闇がどっかりと腰を下ろし、人間を貫通する冷気を引き込む。漆黒の闇が目に見えぬ波となって落ち、刈り入れ後の畑や倒木、岩くずの山、岩塊の不毛の色を中に吸い込みながら丘の斜面に這う。

沼地からは薄闇の波を迎えに、別の白みがかった、透明な、かろうじて目に見える波が立ち上がり、筋になって這いずり、渦巻いて藪のまわりに巻き付き、小刻みに震え、水面の上でしわくちゃになる。冷たい湿気のそよぎが波を捏ね、谷間の底を打ち、ズックの布切れのように平らに広げる。

「霧が掛かって来たわ……」とヴァルコヴァが囁いた。

それは、目に見える一切の形が崩壊して塵芥と無になるかに思われ、地上に灰色の虚空が広がり、目を覗き込み、かつてない悲嘆でもって胸を締め付ける、あの黄昏の瞬間だ。ヴァルコヴァを恐怖が襲う。髪の毛が逆立ち、鳥肌が立つ。霧は生きた肉体のように歩み、身を屈めて彼女に這い寄り、背後から邪魔をし、後ずさり、待ち伏せ、そして再びますます執拗に、ひとかたまりになって滑るように進む。ついにはその濡れた手を彼女の上に置き、体の骨にまで染み込み、喉をひっかき、胸をくすぐる。

その時子供のことを思い出す――昼から顔を見ていないのだ。一人っきりで、締め切った部屋で、天井梁のそばの、白樺の蔓に吊るされたシナノキ製のゆりかごの中で眠っている。たぶんそこで泣きじゃくり、むせ返り、しゃくり上げている……。母親にはその、まるで荒野のノスリの声のような、何とも不思議な、哀れっぽい泣き声が聞こえる。耳の中で響きわたり、脳の中のどこか一か所を苦しめ、胸の中で苛立たせる。厳しい労働が一切の思考を追い散らし、ほとんど無に帰せしめ、掻き乱すために、丸一日その子のことを考えなかったのだが、今や夕暮れの不安が、この幼子に……考えを集中させ、固執させる。

「ヴァレク」亭主が手押し車を曳いてきたとき、おずおずと言う。「急いで家に帰って、ジャガイモの皮を剝こうか……?」

ギバワは聞き取れなかったかのように返事をしない。手押し車を取り上げると、あたかもライ麦の大袋のようにデシマル天秤[5]の上にしばし腰かけ、また立ち上がりながら歩き出す。戻って来たとき、女房は再び哀願した。

「ヴァルシ[6]、行っていい?」

「何だよ」と彼はぞんざいに呟いた。

彼女は彼の怒りを知っていた、あばら骨の下を掴み、皮膚を掌の中に集め、一度、二度と激しい音を立てて叩きつけ、その後、人間を石のように葦の茂みの中に放り投げかねないことを知っている、彼女の頭から襤褸切れを剥ぎ取り、拳に髪の毛を巻き付け、肝をつぶした女房を長い道のり、引きずって行くか、あるいは我を忘れて泥の中からシャベルを引き抜き、頭を――殺すことになるかどうか考えずに――叩き付けかねないことを知っている。

しかし痛いほど掻き立てられた耐え難い不安が罰の恐怖に勝つ。時折、女房は逃走をもくろむ。四つん這いで峡谷に滑り落ちるや否や小川を跳び越え、そのあとは畑の上を、畝の上を、近道をしてすっ飛んで行くのだ。身を屈め、手押し車を一杯にしながら、思いはイタチのように疾走し、飛び跳ね、はやほとんど痛みすら感じている。裸足で細かなリンボクと黒イチゴが成長した刈り株の上を走って行くからだ……。その尖ったとげは足に刺さるだけでなく、心臓を貫くのだ。百姓家に駆けつけ、木の鍵でかんぬきを開けると、暖かさと部屋のむっとした空気が彼女の顔に打ちつけ――ゆりかごによじ登る……。ヴァレクが百姓家にやって来たら、彼女を殺そうとし、情け容赦なく殴る――しかし、だからどうだというのだ、それはまた先のことだ……

だがヴァレクが霧の中から姿を現すや否や、拳固の恐怖が彼女を捕らえる。再び意気消沈して祈る、あの強盗が彼女を放さないことは分かっているのだが。

「あの娘、ひょっとして凍え死んでいるかも……」

ヴァレクは何も答えず、肩から手押し車の革ひもを外すと妻に近付き、首を振って、今日掘り終えなければならない印の杭を示す。そのあとシャベルを掴むと泥を次々と自分の手押し車に放り込み始めた。それを死に物狂いで、素早く、全力でやる。目一杯積んだ手押し車の泥を放り出すと、速足で駈けながら手押し車を押し、そして去り際に言った。

「お前も自分の分を押すんだ、このぐうたらめ……」

この、彼女の愛情のためにした寛大な譲歩を、この乱暴な思いやりを、この非情で仮借ない、いわば愛撫のごときものを彼女は理解した。もしも二人で土を放り出せば、はるかに早く仕事を終えることが出来るからだ。今や彼女は、猿のような素早い、熱心な彼の身ごなしを真似て、四倍も速く——もはや筋肉ではなく、百姓の思慮に富んだ肉体的努力の節約でもってではなく、苛立ちの力で泥を放った。胸はぜいぜい言い、瞼の下では鮮烈な色が瞬き、胸はむかつき、目からは——この冷たい、悪臭を放つ糞尿の中に——いわれのない痛みの苦い、大粒の涙が流れ落ちた。シャベルを地面に打ち込むたびに、杭まで遠いかどうか見る。積み荷の準備が出来ているときには手押し車を掴み、夫を真似て、急いで走って行く。

霧は高くよじ登り、葦の群落を包み、ハンノキの頂きの上空に不動の壁を作って留まっている。その中には曖昧な色の、妙に巨大な形の斑点のような樹木を、また、恐ろしく巨大な幽霊のように、峡谷を横切って走って行く貧乏人たちを見て取ることが出来る。

彼らの頭は胸に垂れ、手は一様な動作を行い、胴体は地面に向かって撓む。

手押し車の車輪はゴトゴト、ギシギシ鳴り、水で薄めた牛乳にも似た波が黒い小山の間で揺らぐ。
天界の奥底に宵の明星が灯り、震えながらきらきらきら輝き、黄昏を横切っておのが貧弱な光を投じる。

Zmierzch, 1892, Tygodnik „Głos"

注

1 低い柳の木。Creeping Willow の名がある。学名 Salix repens（サリックス レペンス）。ノルウェイ、イギリス、ポルトガル、ロシア東部、ウクライナ、バルカン半島等に分布。
2 ガルニェツ（garniec）。昔の容積の単位。四リットル。
3 一尋《ひろ》（ソンジェン・クビチュヌィ sążeń kubiczny）。昔のポーランドの度量衡単位。約一・七立方米。
4 石（コジェツ korzec）。一コジェツ＝三十二ガルニェツ。約一二〇リットル。
5 デシマル天秤（waga dziesiętna）。一方の棹の長さが他方の十倍あり、重量物を軽い分銅で量ることが出来る。
6 ヴァルシ（Waluś）。ヴァレク（Walek）の愛称形。

悪い予感

鈴川典世・小原雅俊訳

私は、列車の到着を待ちながら、鉄道駅ですでに一時間前からあくびをしていた。退屈のあまり、駅の構内の様々な角で同じくあくびをしている数人のご婦人方をじろじろ眺めた。それどころか「色目」の成果さえ得られたのであった。なぜなら、白い小さな鼻と薔薇の花びらのごとき愛らしい口元、青いスベリヒユの花びらのごとき瞳のうら若い金髪の娘が、ひなげしの花弁のごとく丸めた舌を出して見せたからだ――そして……暇をつぶすのに何をすればよいか分からなかった。

幸いにも、家畜用の敷き藁のごときもじゃもじゃ顎鬚までも泥にまみれ、長旅で疲れ切った放心状態の二人の若い学生が駅の構内に入ってきた。とりわけそのうちの、横顔がこの上なく美しい明るい金髪の一人は、妙に夢見心地かもしくは絶望し切っているようだった。片隅に腰を掛け、帽子を脱ぎ、ひっきりなしに手のひらに顔を埋めていた。相方が切符を買って彼に手渡し、そばに坐り、ひっきりなしに彼のそでを引っ張っていた。

「何を嘆いているんだ？　まだ、みんなうまく行くかも知れないよ。アントシ、[1]聞いてるのか……」

「いや、無駄だよ、死ぬんだ、分かってる。分かってるんだ、ひょっとするともう……」

「よせよ。父さんはいつかこの種の発作を起こしたことあるのかい？」

「あるよ……十三年心臓を病んでいるんだ、酒は……たまに飲んでた。考えてもごらん、俺たち八人、幼い女の子たち、病弱な母さん。年金をもらえるまでにはまだ半年あるんだ……これが運命なんだ」

「アンテク、[2]父さんはよくなるさ……」

ベルが鳴った。駅の構内に混乱が生じた——包みのひったくり、足の踏みつけ合い、入口のドアからの集団での警備員の突き飛ばし、喧噪とてんやわんやの大騒ぎ。私は金髪の学生が席を占めた同じ三等車の車両に乗り込んだ。友人が彼に付き添い、病人のように窓際の座席の隅に腰掛けさせ、元気付けようとしたが手こずり、喉まで出かかった言葉を飲み込んだ。金髪の学生の顔は時折ひきつったように震え、瞼がうつろな眼の上に垂れた。

「アントシ、兄弟よ、いまに分かるって……神かけて！　納得するって、くそ！」ともう片方が言った。二度、三度とベルが鳴り、元気付けていた若者は車両から飛び出した、そして、列車が動き出した時、連れに向かって、まるで拳で脅しつけるかのような奇妙な挨拶を送った。

車両の中には、普通の人たちやユダヤ人、ビスケー湾[3]のごとく幅広いサロパ[4]をまとったご婦人方が大勢いた。べちゃくちゃおしゃべりし、拳で叩いて席取りをし、たばこを吸っていた。

学生は窓際に立って、ただただ見詰めていた……

結露した窓ガラスの向こう側に、赤熱した針金のごとき火花の帯と、風が千々に引きちぎり、地面に投げ付けた巨大な綿くずのごとき濛々たる蒸気と煙が次々に現れた。この煙は、そこの穴の中の雨に濡れた地面に生えている小さな灌木の上に広がって行った。秋の日の黄昏が風景を、どこか名状しがたい、鬱陶しいメランコリーに満ちた薄明かりで覆った。

哀れな、哀れな若者よ……

彼は人生の英知の領域に踏み入る果てしない悲しみの虚無が見詰める、輝きを失った目で見詰めていた。この虚無の中にはただ一つの変わることのない中核、すなわち不安があることが私には分かっていた。この中核には、意識の境界の外側に隠された何か未知の織機から送り出される、とても長い、か細い希望の糸が巻き付けられていることが分かっていた。ぼんやりと濛々たる煙を目で追いながら、彼は誰も見ていなかったし、何も聞いていなかった。彼がどんなに気分が悪くて、彼にとって列車がどんなにのろのろと進んでいるか、どんなに疲れているか、出来ることなら、今にも泣き出したいと思っているか、私には分かっていた。希望の糸が彼の心をくすぐる。誰に分かると言うのだ、父親が元気になるかもしれないし、全てうまく行くかも知れないではないか……

そして突如、私は思い当たった！　顔から血の気が引き、唇は白くなって震えだし、恐怖で大きく見開いた目は遥か、遥か彼方を見詰めていた。これまで死せる、虚ろな空間だったところで、あたかも、指を立てて脅し付ける手が彼に向かって伸びるがごとくに、風が大声で「用心しろ！」と叫び始めたかのごとくに、何かが生き返った。

希望の糸が切れ、それまで信じていなかった赤裸々な、あまりに痛ましい真実が抜き身の剣のごとくに彼の胸を貫いた。

もしもその時、彼に近付いて、私は全てを知る霊で、彼の父親は今現在死んでいないという、彼にとってよい知らせがあると言っていたならば――彼は私の足元にひれ伏し、信じていたことだろう。私は彼に特別の慈悲を垂れたことであろう……

だが、私は彼のもとには行かなかったし、彼の手を握り締めもしなかった。私は兄弟の――そしてひとりの人間ののっぴきならぬ、飽くなき好奇心から、彼をまじまじと観察する方を選んだのだった。

Złe przeczucie, 1892, Kurier Codzienny.

注

1、2　アントシ（Antoś）、アンテク（Antek）。ともにAntoni（アントニ）の愛称形。

3　ビスケー湾（Biscay）。フランスのブルターニュ半島とイベリア半島に挟まれる湾。スペインではビスカヤ湾、フランスではガスコーニュ湾。

4　サロパ（salopa）。長い婦人用マント。普通、綿入れや毛皮。フードつき。十八～十九世紀に流行した。

ピョトル博士

前田理絵・小原雅俊訳

　ドミニク・ツェヴィナ氏の部屋は暗く静かだった。とは言え、この年配の紳士は寝てはいなかった。枕に背中をもたせかけたあと、ベッドに上半身を起こして、夜の静けさによって未曾有の巨大さにまで高められた奇異な想念に浸っている。夜は死ぬほど静かだ。月明かりが、窓ガラスをあたかも石灰のように白く覆った厚い霜の皮膜を射抜いた後、古いガラクタと二面の壁、天井と床の一部の表面で、まるで寒さでかじかんだかのようにじっと動かない。おそらくそれは今宵、氷に押し潰された水域の底で腐っていく丸太を照らすに違いない同じ月明かりだ。大きな暖炉の裏の隙間では時折蟋蟀《こおろぎ》が鳴き、部屋の隅では、過ぎ去りし栄華の最後の遺物となった古い箱形大時計が低い音を立てている。蟋蟀の歌声と振り子の鈍いコチコチいう音はドミニク氏を定義し難い安堵の気持ちにさせるのだ。もしもこの二つの憐れみに満ちた囁きがなければ、おそらく感情の殺到と嵐が彼の心臓をずたずたに引き裂き、陰鬱な想念の颶風《ぐふう》が理性を奪っていたことだろう。薄暗い部屋の隅から不安の幻影が身を乗り出し始める頃には、胸の中で弱々しい悲嘆が灼熱し始め、残酷な苦痛の涙が瞼を焦がす頃には

――蟋蟀がさらに大きな声で囁く――あたかも明晰な言葉で、一音節一音節を区切りながらこう述べるかのように

「苦難の日にはわたしを呼び求めよ。わたしはあなたを助け出そう。あなたはわたしをあがめよう」[1]

この奇妙な文章は、夜の虫の囁きに隠されたこの助言あるいは祈りは、通常の順番から撥ね付けられた世捨て人の思考にとっての唯一かつ最後の拠り所なのだ。

明かりが気持ちを落ち着かせてくれると考え、彼は幾度かろうそくを灯してみた。無駄だった。マッチを擦った途端、息子の手紙が目に飛び込んで来て、この苦しみがどんなものでどこに源があるのかを思い出させるのだった。今や彼はもう一度不幸の目そのものの中を覗いてみたいという願望に捉われ、哀れな勇気が生涯悲しみに暮れる者たちを魂の無力さから立ち上がらせたのだった。傷の奥深くまでゾンデを降ろし、徹底的に探って見つけ出し、この目で間違いなく、それが治癒不可能だと確信するのだ――そう、その後はもう、どうとでもなれ！

眼鏡を掛け、手紙を炎の向こう側に持って行き、ゆっくりと小声で読み始めた。

『お父さん！　僕の崇高な夢の全てを悪魔がパイプに火をつける巻き紙にしてしまったよ。昔、僕は自分の数学の才能を自慢し、友人たちが、お前はまだ母親の胎内にいて、六か月の

胎児の身分でこの微積分の浮世に出て来る瞬間を待ちながら退屈しのぎに伝令に関する代数問題を解いていたんだろ、なんてからかった時は自惚れで目の玉が飛び出しそうだった。でも今となってはこの才能とかいうものもこのくだらない算数もくそったれだ。もし僕が共同放牧地で牛の番をしているかあるいは豚だけの番をしていたら……

いや、回りくどく言ってもしようがない！　騒ぎはこんなあらましだ。三週間ほど前、教授が僕を呼び付けて、化学者でイギリスの大学の一つで教授をしていたジョナタン・マンズリーとかいう人からの手紙を読めと手渡した。この人は大学の講座を捨てて自分の研究所を作り、僕らの教授のところにそちらの工科大学の助手の中から一番優秀な者を紹介してくれ、そういう奴にそのあばら屋の管理を任せたいというのだ。ひと月二百フランの給料と住居、化学的な人間が欲するであろうあらゆる材料と燃料、その他の楽しみ――それに、職場におけるほぼ完全な自由も与えると約束している。僕がその手紙をゆっくり、一語一語読んでいると教授はそれを僕の手から取り上げて、丁寧に畳み、引き出しにしまい、いつものように顔をしかめ、のろのろと僕に手を差し出した後、デスクに向かい、夢中になって書類に読み耽ったんだ。驚きに駆られて彼の禿頭を眺めていると、この無様なご老体はこう呟いた。

「向こうにはもう手紙を書いた……。暖かいズボンとウールの靴下を持って行きたまえ。よく知られたことだが……霧がね……ハル[2]という海辺の町だ。もし君にお金が足りないなら三百フラン無利子で三か月貸してあげてもいい。そう……三か月だけだが」

ひどくきまり悪くなった。この僕が――僕は思った――化学者たちの中で最も優れた化学者という役割を引き受けて、海辺へ、ハルという町にまでウールの靴下を履いて行くというのか。どうしてそのような名誉の抜擢、そのような幸運に恵まれるのが他の誰かではないのか。運だからだ！　マンズリーの研究所では明日のディナーや今日の靴の継ぎ当ての心配もいらずに、新しい知識の獲得のためだけでなく、自分自身の脳からほじくり出した仮説を満足させるために働けるのだ。

この化学というものは犬の戯れみたいだ……。人間、ひとたびその泥沼に嵌ると、もしまだ調べ尽くされていない永遠の難題をさらにひと嗅ぎすれば、まるで新しい「時流」を発見しようとする靴職人の情熱のように、その者をとりこにして、ウールの靴下のことについてもあまり気に掛けなくなってしまうだろう。もっとも、父さん、イギリスを、その真に偉大な産業を、その文明の奇跡を、その人類の才能の巨大な跳躍を見られるとは！　僕は急いでそこを後にした。シュタプフェアヴェーク通り[3]にしばらく坐っていて、そこから不安に駆られて街に向かった。とはいえ、特別な出来事を盃を上げて祝う事を伝統的に厳しく禁じられているクロプフ[4]に観衆を呼び集めることはせず、湖へ向かった。いつヴェストミュンスター[5]に通ずる道にたどり着いたかは覚えていない。暗い霧が逆巻く波の合間で水浴をしていた。赤茶けた、引きちぎられ、ギザギザになったスロープと山並みのなだらかな斜面が、空想上の素敵な島々であるかのようにそこから時折姿を現した。水面すれすれを滑空しながらカモメが物悲しく鳴いていた。

　というわけで、行こう――僕は考えた――水陸両生の営みを続けて来たイギリス人の土地へ、行こう、海辺へ、遠い、未知の海辺へ……。僕は、かくも長い間、むなしく、他の国へ行き、八年後には違う景色を見るのだという夢を抱いていた。この三年間にどんなに多くの熱烈な情動に満ちた推薦文をウーチに、ズギェシュ[6]に、同様にパビャニツェ[7]に無駄に送りつけたことか。雇って下さい、給金はひと月四十、三十ルーブルで、いやもう、くそくらえだ――二十五ルーブルでも構わないから。自分の化学の才能を褒めちぎり、自分の特許を数え上げ、ペルカルの新しい捺染用インキを発見すると約束したけれども無駄だった。僕が評判を落としたというのは単に僕自身の考えと聖なる学問の評価でしかない。そこではユダヤ人とドイツ人がもう全てを発見し、全てのポストを埋め尽くし、巨大な産業を推進している。親父さん、あなたを華々しく僕のところに連れて来て、新しい服を買うとか（山羊皮のブーツだけは一人二足ずつだ）、たばこと砂糖と紅茶とソーセージ、そのほか何でもいい、代わる代わる、沢山運んで来るとか、近年の靴職人のように夜ごとドミノをし、一文なしになって、今は亡きコジクフ[8]の思い出に浸るとか……といった夢は吹き飛んでしまった。

　コジクフだよ！……父さん、うちの庭の裏の、曲がりくねった松の木と背の低い、硬くてざらざらした手触りの草が一面に生えていたあの吹きさらしの場所を覚えているかい？

どうしてあの辺鄙な場所のことを考えるのがこんなに好きなのか僕は自分でも分からない。

忘れはしない、ある時……長く厳しい寒さが続いた後、厳冬の後に、最初の暖かい日が、ほとんど酷暑とも言えるような日がやって来たことがあった。あれは三月初めの頃だった。正午頃、あの丘のてっぺんが思いがけず雪の中から姿を現し、殻を脱いで、怪物の瘤みたいに白い地平線の上に黒々と聳えていた。その時僕は窓のそばに立って、家庭教師に課題の発表をしていたんだ。父さん、彼を覚えてるかな？　毛むくじゃらのカヴィツァだよ。何かが僕の心を貫いた。どうやって課題を言い逃れたのかは知らないけど、外に飛び出すと農場の犬を呼び、「速歩」で畑を駆け抜け、放牧地を駆け抜けたんだ、帽子もかぶらずにね！……今日まで僕はあの瞬間、あの気持ちをまるで昨日のことのように胸に留めている。松の枝葉を伝って、根元の樹皮を伝って、巨大な、濁った水滴が吹き溜まりの上に重たげに滴り落ち、真ん中に穴を開けた。硬直した一本一本の茎、一つ一つの切り株、一つ一つの石、一本一本の樹木、一つ一つの物体がどの季節にも太陽光線を吸い込み、飲み込み、そして一瞬のうちに熱源となった。樹木と茂み、乾いた雑草の茎の周りや石と杭の周りには、見る見る巨大な穴が穿たれ、その中に白っぽい、締まりのない砂が見えていた。その一粒一粒がたっぷり熱で満たされ、灼熱し、燃え上がるかと思われ、凍え切った仲間たちに喜びの火を広げて行った。砂粒たちは下から雪をあぶり、樹木と茂みはそれに暖かい水滴を浴びせ掛けていた。土手と畝は圧し潰された背中を持ち上げているようだった。遠くの野原から暖かい煙のような濃い蒸気が流れて来て、すばやくよぎり、平地の上空ではもくもくと湧き上がり、丘の上では揺れ、きらきら輝いていた。スズメの群れが枯れた柳の枝の上で体を温め、警戒を呼び掛けるかのようにさえずっていた。七面鳥のように大きく広げた羽は枝から氷と白霜や被膜を払い落とし、嘴はつららが垂れ下がった朽ち木をせっかちにつついていた。その時僕にはその群れ全体が一つのおかしな聞いたことがない、骨髄に徹するほど胸を打つ歌を歌っているように思われた。そしてとうとう、思いがけない幸せの涙のように溢れんばかりの唐突で、激しい春一番の雪解け水が流れ出した。幾筋もの溝になってゆっくりと流れ、橇で抉《えぐ》られた青ずんだ轍の中に深い河床をくり抜き、ぶつぶつと嬉しげに呟きながら、雪の殻の表面を流れていた。我が家の小川も水嵩が増し、沸き立つ渦が出来上がり、岸がむき出しになり、その上を膿のように、黄色くて荒い、水分を含んで柔らかくなった粘土が流れ落ちていた。川岸の白樺の幹は川につかり、根でもってこの生きた水を吸い込んでいた……

僕は激しい怒りに駆られた。そして小川の水を抜き、滝が流れ落ちやすくしてやり、水路を掘り、堰を設けた……。かじかんだ茎が暖まり、もう一羽のスズメも凍えないことを心の底から喜び、人生で初めて子どもの両手をその巨大な未知数にまで広げていた……

あの場所もまだあそこにあるのだろうか？　ピョトル・ツェヅィナ博士の頭とペンにふさわしい問いだ——そうではありませんか？　ああ、そうか！……粉々に砕けた手を切断された人は手と同じ長さの何もないところに絶え間ない痛みを感じるという。僕はしょっちゅう深い眠りの後、何もないところのこの鎮めることの出来ない痛みとともに目覚める。もうすぐ新しい春がやって来る……。僕はそれを工場の煤で灰色がかった霧の中に目にする。――そして向こうでもここでも亡霊の牙が深く心に食い込んでいるのを感じる……。どのみちいつも、永遠に……

本当のところ父さんに何が書きたかったのか忘れてしまった。父さん、親父さんよ……僕はこの世で一人っきりだ、父さんを自分の半身だと、引きちぎられ、果てしもなく遠くに投獄された魂の半分だと思っている。つまらないことを書いているからって怒らないでね――自分自身に書いているようなものだから……。だから湖のほとりに立っていた時、僕は恐ろしく惨めな気持ちだった。大きな、透き通った薄緑色の波が、霧に隠されたどことも知れない所から寄せて来て、岸辺でバシャバシャと音を立て、石の尖端で裂かれて、どの波もが深みに滑り落ちながら、こうため息を漏らしているかのようだった。〈お前は森で育った蟻のよう、風が池の真ん中に運んで行ったなら[9]……〉』

ドミニク氏は腹立たし気に手紙を投げ捨て、両こぶしで顎を支えると、鳶のような厳しい顔をして坐っていた。今はもう荒唐無稽で無内容な妄想が彼を悩ますことはないが、その代わり、論理的で同様に痛みを伴う考えが集合し、連合するのである。なぜ人生はこのような結末を迎えてしまったのか。どこにこれら全ての症例の原因があるのか。なぜ唯ひとりの息子が頼みにも懇願にも提案にも命令にも耳を貸さず、弁明をする代わりに感傷的でわけの分からないことを書いて来るのか。なぜ帰って来ないのか。姿を見せさえしたら、取り立ててやる時には、少しばかり踏み付けてやった後で、あいつのために申し分ないポストと持参金がたっぷり付いたヨメを見つけてやれるだろうに……。なぜだ？　分かり切ったことだ。人生を満喫すると同時に働くことは出来ないから――ツェヴィナ氏は自答する――もし誰か彼以前に人生を満喫せず、彼のために働かなかったとしたら、その誰かとは一体誰だ？――父親だ。誕生によって父親はまだ息子に命を与えてはいない――単に命の約束を与えているだけだ。教育が新しい命に道を付け、承継がようやく保証し、補充するのだ。ここに人類における承継の不可欠性の源がある。それは死に行く世代と生まれ来る世代を結び付け、肉体の必要の点で不可欠であることから生じ、家族を作り出し、不滅のものにする絆なのだ。承継のない家族は馬鹿げた、痛ましい関係であり、神意によって人間に押し付けられた責苦なのだ……。こういう呪いをわしはピョトルシとともに背負っているのだ！　承継こそが人間であることの印なのだ。そのおかげで、労働の成果とともに、父親は自分の感情や観念、思慮分別、発見や推測、一言で言うと長年の経験で得られた全てのものを息子に残すのだ。息子は父が立ち止まった地点から歩を進め、その先の道中で、富と知性を手に入れようとし――この順番で仕事は手から手へ受け渡され、蓄積され、発展し、支え合い、その上にどんどん高く聳え立つ……文明の台座を造るのだ。社会がますます発展するにつれて、もし誰かがその筋道を見失えば、もはやそれを捕えることは不可能だ——そしてもし父親が仕事の上で無能だったなら、息子はその犯してもいない罪に苦しむ一方、不幸は血とともに受け継がれる。承継はこどもを家庭の中に繋ぎ止め、最後の、そしてそれゆえにかくも大きく激しい老年の激情、子孫と交わりたいという激情を満足させるのだ……

「わしはその全てを失った」ドミニク氏は頭を抱えながら呟く。「しかも永遠に失ったのだ！　老年の声がわしの魂と血に呼び掛け、わしは期限内に彫像を完成させよと迫られているのに、胸の中の理想のイメージ以外には、一握りの粘土もない彫刻家のようなものだ。十八歳の青二才を一文無しで、ほったらかしで外国に出した……わしの想像とは無縁な人間に、近代人に育ってしまったのは不思議ではない。何でもってわしはあいつの心を引き付ければよいのだろう。愛でか、癒しがたい思慕でか？　わしらを繋いでいるものは何だ？　あいつが今風に軽んじている苗字だろう、おそらく。近代人だから、自分のやりたいことをやりたいようにやるのだろう。

わしらの時代には、息子は父の所有物だった、父の言葉に従い、敬い、厳しい裁きを免れるため家族を置き去りにする権利はなかった。父を悲しませなかった。なぜなら息子の上には厳しい、強固な不文律がのし掛かっていたからだ。今やそれは、われらがシュラフタの慣習が消滅してからというもの、廃棄されたままだ。われらの息子たちは故郷を捨てて長い旅に出た……新しい真理を探しているのだ。硬い街道を、猛暑の中、疲労困憊して急いでいる。なぜなら彼らにはこの道の一番近い丘の上にその宝だけでなく魂の幸福もあるように思えるからだ。その望みは人を惑わす幻影であることを示しながら、わしらの行路を押し止めたのは親の知恵だった。彼らを押し止めるものは何もなく、それゆえ彼らの心には思いやりの「柔らかい繊維」はない。弱くて卑劣な父親たちがいるだけだったのだ。ああ！　わしらの大罪だ！……だが、わしらだけの罪だろうか。

わしら、大きく勢力を伸ばしたシュラフタ家族の成員は独自の社会を成し、群衆の汗を肥料として育つ貴重な穀物だった。わしらは進歩を創出しなかっただろうか、文明を大切にしなかっただろうか、わしらの考えを正しく発展させなかっただろうか。時代精神はまるで誰かが丈夫な、実ったライ麦の四分の一を貧弱なカラスノエンドウの畑に蒔くかのように、わしらを共同体の中に蒔いた。わしらは個人に分裂し、退化し、完全に消滅した。わしがこの状況に適応したからといって、運命の落とし子のもとやどこかの物売りの息子のもとや様々な後ろ盾や非合法の奨学金や袖口に卑屈に接吻をしてエンジニアの学位と鉄道の線路で金をかき集める機会を手に入れた成り上がり者のもとに手当たり次第に奉公したからと言って、それがどうだというのだ。わしがまるで骨を折るかのように苦労して、関節を砕いて自分の傲慢な考えを取り出したおかげで、かつてのわしの作男の最後のひとりのように平身低頭して働くことを学んだからと言って、それがどうだと言うのだ。わしが吐き気を押さえて近代観念の回転木馬に乗り込んだからと言って、それが何だと言うのだ。わしは自分であり続け、都市民にはならなかった。

それより百倍も悪いことにわしは自分の息子が分からないし、決してあいつの友達にはなれないし、あいつの同情に、広い世界全体でわしの血を引いた唯ひとりの人間であるあいつの同情にふさわしい人間にはならない。しかもこのおぞましい人生では注目に値する唯一の出来事以外には、死以外には、もはや何も起こらない。ピョトルシはイギリスに行ってしまう。ということは、わしが死にかけていて、だれか哀れみ深い人があいつを電報で呼んでくれたとしても、どんなに急いだとしても、到着するのはわしの葬式の翌日だろう。わしの惨めな死の……。もはやあいつの髪の毛をまさぐることも声を聞くこともない。どんな話し方をしていたかも忘れてしまったし、その響きも思い出せない。しょっちゅう誰かの話の中で声がわしに呼びかけ、耳の周りを巡って、しょっちゅう欺く。もはや二度とあいつの姿を、男らしい広い肩を目に収めることはない。あの時は、これが最後だという予感もなく送って行ったあの晩は、あいつはあんなにもひ弱で、やつれていた。わしは最後まで、人生最後の一瞬まで、耳をそばだて、ただただじっと待ち続けることだろう——空しく！……」

その瞬間、老シュラフタはまたしても自分の中に微かな凍てつくような不安を感じた。

「あいつはすっかりわしのことを忘れてしまうだろう」白くなった唇で囁いた。「一度だってわしのことを考えもしないだろう……。しかしどうして考えようとしないのだ！　あいつは自分からわざと連絡を絶ち、手紙を書くのを止め、縁を切るのだ。あいつの頭を何かの観念が捕らえるのだ。父性とは何ぞや？　近代哲学者のように自問する。証拠を集め、父性とは感情の錯覚であり、あれこれの理由によって魂から駆逐すべきある種の道徳的習癖であることを抗いがたい自明さでもって立証するだろう。もしかすると……ああ、なす術とてない！……あいつの方が正しいことになる！　全く卑劣でもなければ愚かでもなく、単に教養があるだけなのだ。そのことであいつを罰する者はいないし、告発さえしないだろう。一体、そのためのどんな法律があるというのか」

「わが身を守らなければ」と老人は手を揉みながら言った。

冷たい汗が額から流れ落ち、心臓が激しく、大きな音を立てて、ゆっくりと鼓動する。精神力の助けを借りて、いっそう強いけれどもいっそうか細い、突然凝集して道徳的本質の奥深くから抜け出たある種の自我の助けを借りて、息子の詭弁と戦うためにおのが知性を診断し、高め、鍛え、研ぎ澄まそうと努めるのだ。

「やつめ、ただで置くものか、愚か者め、お前はでたらめを言ってるんだって納得させてやる」と低く厳しい声で言った。

痛ましい、増幅した無益な認識の激発が彼に珍奇で下品な文章を耳打ちした。老人はそれを捕まえ、見逃し、ほかの言葉を探し、そして再び、冬の吹雪の時に強風が吹き払うのろじかの跡をブラッドハウンドが追い掛けるのと全く同じに息子のますます卑劣さを増す考えを追い掛けるのである。

「化学はわんぱく小僧の悪戯みたいなもんだ……　だからどことも知れぬ遥か遠くを目指すのだ。次々と何もかも運命に奪われ、衣類の最後の襤褸切れと最後の幻想に至るまで奪い取られた老いぼれ爺に何の意味があるというのだ！」

老人は父親らしい心の全ての力でこの学問を呪う。何かの能力が、打ち砕くことも憎むことすら出来ない何かが――死神のように息子をさらって行ったのだ。

「やつをわしに返してくれ！」と悲しげに訴える。「丸一日だけ貸してくれ。それ以上は望まん」

どこか果てしなく遠くの雪の吹き溜まりの中を走り過ぎる列車の突然の、助けを求めるかのような空気を貫く汽笛の音が響き渡る。その後再び深い静けさがやって来る。月明かりのきらめきがゆっくりと老人のベッドに近付く。老人は身もだえし、この暗い片隅で涙を流し、単調で哀れな訴えを呟くのである。

＊

テオドル・ビヤコフスキ（またはビヤク）氏が交通大学を卒業したのはちょうど避けがたい経済事情が、強奪せよ、おお、美しき彫像よ！……と呟きながら札入れを開いた時期のことだった。文筆活動の傾向がエンジニアを称えるカンタータを歌い、その姿をベンガル花火で照らしていただけでなく、さらに、幸運だけでなく、周知のように最も抜け目なく時代精神を嗅ぎ付けられる賢い娘たちが、いきなり自分たちのランプを灯し、白い胸を露わにし、寝ずの番をしながら、よい花婿がドアをノックするのを待ち受けていた。テオドル氏は娘たちよりさらに正しく時代精神を読み取っていたから、適宜結婚することに決めた。その頃彼はワルシャワの金持ちの網製造人の家に出入りしており、その魅力的な娘はバックル[11]の作品の最初の数ページを大事に暗記していた。

テオドル氏は首都ワルシャワの街の、たしか、彼の父が慎ましくみすぼらしいがこぎれいな、小さな街角の居酒屋を営んでいたクロフマルナ通りで生まれた。少年時代、幼いテオシ[12]は兄と弟と一緒に、言うならば不良仲間とつるんで、ユダヤ教徒の隣人たちの窓ガラスを割って回っていて、もしもある幸運な事情がなければ永久に野蛮状態に留まっていたことであろう。ここに、老ビヤクの仕事場が入っている建物の所有者で、時代の歯によってかすり傷を負い、まことに妙に細やかな情の持ち主のレディーがおられたのだが、ある美しい朝、幼いろくでなしの手が引っ張ったパチンコの狙い違わぬ球が命中したのだった。石は髷のど真ん中に嵌り込み、いささかお年を召した娘を数日間涙に暮れさせ、精神的苦痛をもたらすこととなった。

彼女はテオシを自分のもとに呼びつけるように命じ、長いこと彼を見詰めていたが、最後にこう言った。

「行け！　幼子よ、勉強しなさい[13]」

少年は思いがけず優秀で、たちまち熱心に勉強し始め、あらゆる事を酒で片付けるビヤク＝シニアにも内緒でギムナジウムに合格してしまった。そこでも数々の賞を手にしながら黙々と控えめに進級を重ねた。庇護者には名の日にお祝いのカードを贈り、膝と手に接吻し、彼女の死後は、みなしごは、それはたくさんの手に接吻しまくらねばならず、ついに大学に合格し、数学科を終了し、あれこれの人々の助けを借りて交通大学に辿り着いたのだった。

彼にとっては全てが順調に進んだ。彼の学位授与や情事や苦労や考え方と滞在場所の変化の全てを褒め称えることはすまい――数多くの美しい橋や大きな駅や沢山の線路区間を建設したこと、そして大学卒業から十年経つ前に我らが彫像はすでに数万ルーブルを安全かつ極めて巧みに投資していたと言えば十分だろう。開発の際、ポストは急がず、常に大物と親しくし、新しい道路の建設の手助けをする方を好んだ。彼の懐には幅広い河床をつたって金が流れ込んだ。往々にして細々した世話や巧みな褒め言葉、潔い、見た目には罪のない商取引、さらには、見事なワルシャワ小話が、とあるエンジニアたちのどんちゃん騒ぎの後一時的に空っぽになった札入れを改めて満杯にしていったのであった。深く体系的に考え抜かれた活動計画の結果についてはは言わずもがなである……

……幸運の女神の微笑みに囲まれて我らがエンジニアはクロフマルナ通りの一族のことを忘れていなかったことは認めなければならない。背後に兄弟だけでなく遠縁近縁の親類とさらなる遠縁の親類の歩兵隊を従えていたが、その中の誰もが恩人の目の届くところで商取引を行なった一週間後には、はや時計を身に着けて歩き回り、流行のハヴェロク[14]に金を使い果たした。クリミヤ半島の南沿岸地帯にテオドル氏は豪奢な別荘を持っていて、そこでは今を盛りと美しく咲き誇る彼の妻、いつぞやのバックルとミル[15]の読者が君臨していた。そこは世にも美しいところだった。遠くで海が波打ち、周りには亜熱帯地方の灌木の森が広がっていた。どうやらテオドル氏は一生、暇な折にはデカメロンのあちこちのページを声に出して読んで過ごすつもりのように思われたのだが（なぜならこの学識豊かな書物を寝不足の電信局員に記念に分け与えていたのだった）、そんな時突如、まさに思いがけず不安の悪霊が現れたのだった……

……ちょうどその頃国内では鉄道の建設が始まっていた。――テオドル氏がやって来て新しい線路区間を引き受けた。

工事を引き受けてすぐ、完膚なきまで没落した地主ドミニク・ツェヅィナ氏が彼のもとに迷い込んで来た。最初は建設中の鉄道築堤の上で通常の警備員の職務、烏合の衆の追い立て役を務めていたが、のちに我らが企業家の愛顧を賜って、他の目的に用いられるようになった。この、上品で背筋をピンと伸ばした、地主面の、常にりゅうとした清潔な服装をし、髪を平らに撫で付け、髭を丁寧に剃った老人が、椅子にだらしなく寄り掛かっているビヤコフスキ氏の前で、ドアの近くに突っ立っている姿は、おかしなものだった。エンジニアはかつての地主をドアのそばに立たせ、彼に向かって「ツェヅィナさん、私のために行ってくれたまえ」……あるいは「ツェヅィナさん、もう何度も言ったじゃないかね」……あるいは「ぐずでなくっちゃいけませんよ、ええと、そうそう……ツェヅィナさん」と言いながら民主主義的な愉悦を味わっていた。

　老シュラフタの顔は一度も怒りの跡も、気に障った様子も、驚いたそぶりも見せなかった。ただ、時折固く結んだ唇に悲しげな、子どものような微笑みがわずかに浮かび、時折色褪せた目がなお一層霧に覆われ、何も見えないのではないかと思われるだけだった。しかしながら決して彼を苛む屈辱感は、言葉の響きにも内容においても、表に出ることはなかった。

「これも名誉、名誉の問題だ」と考えた。「わしは、どのみち、シュラフタだ、そしてお前はどのみち下賤の身だ！……」

　この人間にはたった一つの慰めと希望があった。夕方になり、汗だくになった労働者たちがシャベルを放り出し、食事を終えて深い眠りにつく頃、雇い主のエンジニアたちがヴィント[16]に興じる頃には――ツェヅィナは鉄道築堤の上を隣町まで歩いていた。

　その時彼の頭は誇らしげに持ち上がり、目は輝きを帯び、唇は囁いていた「ピョトルシよ……ああ、ピョトルシよ」

　郵便局の窓口をノックし、馬鹿丁寧で気弱な声で、ドミニク・ツェヅィナ宛の手紙はないかどうか尋ねた。もし待ち焦がれた手紙を受け取れたら、封筒を指で撫で、唇に押し付けながらすぐに立ち去った。そして自分のみすぼらしい部屋で、ベッドのそばにろうそくを立てて読み始めた。ゆっくりと、奇妙なやり方で読んだ。すぐに手紙の全部にざっと目を通すのではなく、一つ二つの文章や、いくつかの単語を盗み見て――手紙を畳んだ。時には手紙の末尾は受け取ってから三日目にようやく読み終えたこともあった。彼は嫌な思いをしたり、侮辱されたり、まるで何かが鉄のタガのように胸郭を締め付け、頭に血が上るのを感じた時には――彼は息子からの手紙の束を入れて持ち歩いていたフロックコートの脇ポケットに触って――落ち着きを取り戻すのだった。昼食や作業中のつかの間の休憩時の息抜きの時にはいつも、手紙を一枚取り出してはどれかの平凡な文章について深々と考えを巡らせた。そういう時には、太陽の一筋の光のような穏やかな微笑みが無感情な彼の顔を晴れやかにし、顔に凝り固まった心労を打ち砕いたのであった。

テオドル氏の線路区間の鉄道築堤から一露里《ヴョルスタ》[17]の距離に、杜松が茂り、灰色のギザギザした石灰岩の尾根で終わっているひときわ高い丘が野原の中に聳えていた。山はザプウォチェ[18]分農場の一部で、一方その農園はユリウシュ・ポリフノヴィチなる人物のものだった。エンジニアは工事を始めてすぐにその丘に目を付け、岩石を調査し、その中に豊富な石灰岩とわずかな量の不純物を発見し、山腹と崩れ落ちて出来た瓦礫の山には結構な極上の粘土層があることは明らかなことに気付いた。――そこで到着の数日後にツェヴィナ氏を伴ってポリフノヴィチの農園に出かけた。

馬車がザプウォチェに近付いた時にはもう黄昏が迫っていた。農園は山のすぐふもとにあった。屋敷には枯れかけたポプラの木の広い方陣が巡らされていた。建物は見るも無残なありさまだった。古いアルコール蒸留所は崩れて瓦礫と化し、まるで骸骨の脛のように藁葺き屋根から剥ぎ取られた垂木を空に向かって突き出し、納屋の屋根は地面に向かって傾き、あちこちに崩れた垣根の杭が突き出していた。石だらけの、ぎょっとするほどの亀裂が変化をつけている道は一種の門のようなもののそばを通って館の前に続いていた。家屋の巨大な黒い屋根は壁から後方へずり落ち、その一方の端はほとんど地面に着いていた。

我らが実業家たちの籠馬車が車寄せの前で停まった時、二つの窓に明かりがついていた。人影がドアの中に現れた。

「シュリム、お前か？」戸口に立っていた人が大きな声で尋ねた。

「いや、シュリムじゃない」とビヤコフスキは答えた。「地主はご在宅かな？」

「一体誰だ、お前は？」

「ここの地主はご在宅か？」

「地主だと？」

「お会い出来ますかな？」

その人物は姿を消し、ほぼそれと同時に窓の明かりが消えた。我らがさすらい人たちは玄関口に入ったがドアは閉まっていた。ビヤコフスキはノックした。

返事はない。

「驚いたな！」とドミニク氏は言った。

エンジニアは玄関口から下に降り、他の入口を探しながら館の隅の裏手を覗き込んだ。そこには何らかのドアがあるはずだった。なぜなら人がそこを駆け抜けたり、白い人影が館に入って行き、洋服ダンスとか鏡、ソファ、テーブル、ベッド、絵といった類いの、何か重たいものを運びながら、こっそり庭に抜け出したりしていたからである。

「珍しい家だな」とひどく好奇心をそそられてブルジョワは独り言を言った。「この地主さんはどうやらお引っ越しになるようだ……それとも何か？　まいったな……こんな時間に……なあツェヴィナさんよ……」

ドミニク氏は憂鬱そうに頷くと、小さくため息をついた。

イラクサとライラックの群生の間からようやく老婆が姿を現し、ビヤコフスキに近付いて来て、横柄に彼の目を覗き込んだ。

「あんたたち、何者だい？　どこから来た？」

「私たちは鉄道の者です。ここのご主人とお話ししたいのですが」とツェヴィナ氏は彼女に言った。「ご主人にお願いしたいことがあるのです。石を買いたいのですが……。聞いてるのか？　お宅のご主人だ。会えるかね？」

「ご主人だって？」老婆は考え込んだ。

「当たり前だ、お前さんにじゃない……」

その時暗闇から別の人影が現れた。

「鉄道員の方々でしたか……。そうかそうか……どうぞ、どうぞ。マルィナ、急いでランプを灯しなさい。元のところへ運ぶように言いつけてくれ。さあさあ、どうぞ……私がポリフノヴィチです」

車寄せから玄関口に続くドアが再び開き、客人たちは天井がとても低い大きな部屋に通された。そこには大量の家具と道具が置いてあり、かなり独特なグループ分けがなされていた。整理ダンスは部屋の中央に押し出してあり、その上には厚みのある金張りの額縁に入った数枚の絵と鏡が置いてあった。テーブルには皮帯、轡《くつわ》、鞭、乗馬鞭、腹帯、狩猟用具が入った獲物袋の山が放り出されていた。蓋が開いたトランクには汚い下着と擦り切れた衣類が目一杯詰まった内部を曝け出していた。ぼろぼろの掛け布団で覆われたベッドの上には巨大なグレートデーン種の犬が横たわり、しわくちゃのソファの上では小さな毛むくじゃらの小犬が寝ていた。主人は無理矢理灯心をひねって煤だらけのランプの炎を大きくしようと苦労していた。それは年は三十くらい、少し猫背でしなびた、憔悴した顔の若い男だった。

「どうぞお坐りください」散らかった男ものの衣服の一部を椅子から床に放り出し、びっこの椅子を客の方に寄せながら言った。「我が家は何でも独身男式ですが、これもあの徴税人たちのせいでして……フィンティク！　あっちへ行け！　悪党め！……」

毛むくじゃらの小犬はしぶしぶ顔を上げ、尻尾を振りながら床にすべり下りた。

「実はですね」ビヤコフスキが口を切った。「我々の用件といいますのはこのようなことです。私共が進めている鉄道線路の近くにある山はあなたの所有でしょうか」

「山ですか？　『豚害《シフィンスカ・クシヴダ》[19]』のことか？　そう、俺のもんだが……でそれがどうした？」

「あなたはその山から何の利益も得ていませんね？」

「あんな山からどんな利益が得られるって言うんだ？　からかってるのかね？」

「放牧地ですね、多分」ツェヴィナ氏は恐る恐る口を挟んだ。

「放牧地なもんか！」ポリフノヴィチは憤慨した。「石の上に石、そして杜松が少し。キアオジのうんち場でさあ……そう言いたかったんだろ、きっと。しかしまたあんた方はあの山に何の用があるのかね？……フィンティク！　あっちへ行け、悪党め！……」

　小犬はその上で体を掻いていたソファから再び跳び下りた。

「手短に言うと」エンジニアは続けた。「私はあなたからあの山の石と粘土の採掘権を買ってもいいのだが。承諾しますか？」

「石？　あ、そうか……。もちろん、大喜びで」

「それで幾らお望みでしょうか？」

　ポリフノヴィチは煙草を指の間で回し始め、先の尖った靴の端がほとんど自分の鼻に付くくらいに脚を組み、そして——黙り込んだ。煙草を吸い口のパイプに入れるプロセスを済ませ、煙の輪に包まれた後、ようやく躊躇せずに言った。

「あなたに八百ルーブルで譲りましょう」

ビヤコフスキはけたたましく笑い出した。

「七百ルーブルだ。……。そんなに！　それもキアオジのうんち場に……ハッ！……ハッハ！……、よろしいかな……」

「七百じゃない、八百ルーブルだ！　じゃあ幾ら出すか言ってみろ！　誰かが俺を鼻で笑うのは気に食わねえ！　フィンティク！　うつけ者め、おっぽり出すぞ、俺んとこでたっぷり儲けようってのか……」

小犬はまたベッドから下りた。ビヤコフスキはまじめな顔になり、ふくれっ面をした。

「お宅は馬鹿者を相手にしてると思ってるんだろうが」とこの若い地主は左目を細めながら言った。「俺はね、ドゥブラヌィ工業・農業大学の卒業生でしてね、一定量の砂が混ざった脂気が全くない粘土にどんな価値があるか知ってましてね……あんた、このあたりでそういう粘土とそういう石を見つけてみなさいよ」

「分かりませんよ……もしかしたら見つけるかもしれません」とエンジニアは立ち上がり、暇を告げようとして言った。

「じゃあ……、幾ら出すんだ？……聞かせてもらおうじゃないか」

「まあ百ルーブルより上は無理ですな」

ポリフノヴィチ氏は深い物思いに沈んだ。

「現金で二百ルーブル出せ……くそったれ！……」

「だめだ」冷たくビヤコフスキは言った。

「じゃあ、仕方がない……百五十ではどうだ？……」

エンジニアは皮肉っぽくにやりとした。

「契約書を書こう……まあよかろう！……お茶でもいかがかな？」

「まあ、お茶だって！」思いがけず隣の部屋から返事が返って来た。「ご主人様はお茶を出すとおっしゃるが、わたしゃあそのお茶をどこから手に入れればいいか分かりませんけどねえ！……」

「黙れ、売女め！」ポリフノヴィチは全く振り向きもせず言った。「なんなら茹でジャガイモにケフィアはいかがかな？……」

「いいえ、結構です。百ルーブル払うので互いに契約を交わしましょう。証人がいます、こちらツェヴィナさんです……」

「ツェヴィナさんだって！」若者は燃えるような視線を客人に浴びせながら叫んだ。「コジクフのツェヴィナさんか？」

「はい、かつては……」

「どういうことだ？　もうあんたを追放かい。ハ、ハ！……やれやれ、それこそ地主階層の虐殺だな！　旦那様は今は鉄道を建設なさっているのかね？……」

「働いています」ドミニク氏は謙虚に答えた。

「まいったな！……そうか、まあ、どうしようもないか！……その契約書を書きましょう。そしたら少なくとも明日ユダヤ教徒たちの口に何か突っ込むことが出来るってもんだ」

契約書が作成された——そして夜遅く実業家たちは農園を後にした。

十数日経つと山の麓ではレンガを製造する機械が作動し、岩石の上には人の姿が群がっていた。エンジニアは山頂に現れてはそのふもとに広がる一帯を興味深そうな、物思わしげな目で見渡していた。

八月の終わり、耕耘《こううん》の時期だった。ポリフノヴィチの畑には完全な静けさが支配していた。ビヤコフスキは農業経営には詳しくなく、穂で小麦と大麦を見分けるのに苦労するほどだったが、ザプウォチェの地主の休耕地への独特な偏愛は彼を考え込ませた。かつては規則的な畝で刻み目が付けられていた土壌の灰色の筋は、あたかも物悲しい墓地のような印象を与えていた。ところどころで休耕地の単調な色彩は刈り入れ後の畑や小さなジャガイモ畑で途切れていた。——その向こうには再び休耕地が現われ、荒地と放牧地と一体になってはるか遠くに姿を消していた。

若い地主は毎日山の上へやって来ては石の上に坐り、次々と煙草を吹かしては談笑していた。

「あなたの農園は」ある時ビヤコフスキは彼に向かって言った。「この山から見ると死体に似てますな」

「いや、まったく……死体にね！　俺は親父からこの悪経営の農園を継いで、熟練した輪作を導入しなけりゃならなくてな……」

「輪作？　ここのどこでどんな産物に替えるって言うんです？　ここには何の産物も全くないが」

「ないって、なんで？」

「詳しくないが、ここにはライ麦も見えないし……」

「そらまめは？」

「どんなそらまめかね？」

「やれやれ、あんたは批判してばっかりだ。あの緑の筋が見えるだろう？」

「緑の筋が、あるいはそのそらまめがどんな儲けになるって言うのです？　ライ麦は見えないが」

「じゃああそこの刈り入れ後の畑は何を植えてたと？……羊肉の付け合わせのキャベツかい？」

「まさか、でも農民は二倍もライ麦を蒔いている！」

「だが、農民は土壌をだめにしているんだよ、ライ麦の後にライ麦をまいて……。ただ、あんた、農民にはやりたいようにやらせてやりな、そうすりゃ、あんたのために劇場広場に

「いも」をいっぱい植えたからと言って、そのやり方を真似て俺らが土壌をだめにしていいということにはならんしな。実際ここでは少しばかり資本金が必要なのでさ……」

　どうしてそうなったのか詳しくは覚えていないが、とにかくその時がやって来た。新しい鉄道で最初の機関車が汽笛を鳴らし始める頃、ジュールズ[20]・ポリフノヴィチは数百ルーブル入った旅行鞄を引っ提げてザプウォチェを出ようとしていた。農園は休耕地と空っぽの納屋と借金のリストとともにビヤコフスキ技師の所有となった。新しい地主はしばらくの間、傾斜した畑と地中に没さんとする昔のシュラフタの屋敷、こずえが枯れた背の高いポプラの木々をうっとりと眺めていた。俺の地所だ！　古い家屋敷――憧れだったものだ――それは管理人にあてがおう。丘の上に、正面が鉄道築堤に面した、質素だが様式にかなった小さな宮殿を建てよう。だが我らがエンジニアは、小さな宮殿に関する理想的な夢が休耕地に関する考えを背後に追いやることが出来るためには、あまりにも長いこと実務的な人間だった。

　あの休耕地をどうしようか？　というか、ザプウォチェのようなところに腰を据え、蓄えた金を溝や納屋や羊小屋に「注ぎ込み」始めていいものだろうか？　毎週日曜日に家族と一緒に村の教会に通い、ライ麦が雹害に遭わないように、放火されないように神様の愛顧をいただくのか？

　夏、村の居住地にやって来て、奥方と日没を眺め、かぐわしい草原で色とりどりの蝶々を追い掛け（かの奥方とともに）、年を経たシナノキの木陰でジョバンニ・ボッカッチョを読み、小川で底魚の竿釣りをすること――それは甘美な楽しみだ、すごいことだ。しかし冬、ここに籠って走り抜ける列車を目を輝かせて見るというのは――少なくとも無分別というものだろう。

全く別の感情がドミニク・ツェヅィナ氏の魂を揺さぶっていた。エンジニアが農園を取得したことによって、管理人のポストを手に入れ、田舎の耕地に戻り、古い館の藁葺きの住居を存分に、好きなように切り盛り出来る希望を手に入れたのである。それゆえ彼のビヤコフスキへの貢献と忠誠、無慈悲な勤勉さは我慢の限界だった。

『このエンジニア氏はよく知っている』と老シュラフタは考えた。『ツェヅィナ氏にどれほど価値があるか。あれは利益を追い掛けているだけの成り上がり者でないことを知っているし、ツェヅィナのような人間は飢え死にしても地主の所有物に手を出さないことを。仕える人のためには身を粉にして働くことを、なぜならそれがこの人の今の人たちにはない属性、滑稽でちっぽけな古シュラフタの属性――名誉を持ち合わせている人間だから』と。

ドミニク氏の望みは叶わなかった。

「個人農家」たちが出現し、エンジニアに農園の分割を持ち掛けて来た。熟考を重ね、借金の返済をした後――ビヤコフスキは自分用に建物と岩だらけの山と庭の外の耕作に適した小さな区画を残して休耕地を切り売りしてしまった。

この一画の土地の形状はすっかり変わってしまった。ぼさぼさ髪の頭をした個人農家たちは間もなく農場の畑に妻子と牽引用の牛馬を連れ、財産を携えて集まって来た。入植者のやせた駄馬は森から梁材と屋根板を引いて来て、荷馬車の車輪は荒れた畦道沿いに新しい道の溝を付けた。井戸が掘られ、垣根が巡らされ、大急ぎで家屋が建てられた。来る日も来る日も斧の音が聞こえた。一面に貧弱な、渦巻き状の茂った葉が付いた草に覆われた酸性の放牧地は、歴史的には、車大工のピャスト[21]の時代からドゥブラヌィ工業・農業大学卒業生ポリフノヴィチの時代に至るまでは足の速い野うさぎたちの競技と散歩のための場所でしかなかったが、森の近くの空き地や死に絶えた休耕地は今やとてつもなく大きな価値を帯びたために、多くの人間にとって体の一部のようなものとなったのである。数多くの目がこの土地の区画に不安げに注がれ、胸はそれに望みを託したのであった。

　春がやって来ると、休耕地に鋤が出て来て、草ぼうぼうの畝をすき返した……

春がやって来ると、土地の人々の言葉で『豚害』という名の山の麓に濛々たる煙が沸き上った。山の斜面に押し付けられた坑道石灰窯の巨大なシリンダは湿った霧の中に火花の束を放出していた。長い、絶壁の上に掛けられた歩行者用の橋は煙突の煤だらけのてっぺんと、岩肌の白い切り立つ岩山の麓とを繋いでいた。数百歩先、さらに館に近い所には、レンガ工場のほっそりとした赤い煙突が聳えていた。

　天空に浮かぶ煙の筋は人目につかぬ森に隠れた遠くの小村落からお腹がへこんだ、恥も外聞もなくジャガイモだけを詰め込み過ぎたせいで消化管が伸びた、ズボンを穿かない人々の群れを誘い出した。彼らはやって来て、文明の創造者の前に出て来た。エンジニアは彼らのしなびた胴体、垢だらけの彼らの子どもたち、妻や娘や愛人たちのスカートのごくわずかな残骸を賢者の目で確かめ、そして彼らに慈悲深く人類の進歩の中に居場所をあてがったのであった。

エンジニアが指示した場所に梁材の木っ端から住宅を建て、新たにやって来た者たちをそこに住まわせた。生産全体の責任者になったのはドミニク・ツェヅィナ氏で、彼は館の居住用の小部屋二つに居を構えた。エンジニアは先祖伝来の土地を去り、避けがたい経済事情が呼び寄せた場所へと赴いたのである。出発前、彼は老シュラフタに伝授した。社会問題をどう考えるか、どこに粘土の採掘所を設置するか、石の塊をどうやって炉に放り込み、それから丸屋根を形作るのか、その塊から炭酸が排出したことを石灰の強い光でどう見分けるのか、付着物が生成されるのをどうやって避けるか、別の炉床から炉に入って来る炎をどう調整するのか——等々。

そうして単調な、規則正しい、とても長い誠実な仕事の日々が流れた。管理人は夜明けとともに起き、家人たちを起こして仕事に連れて行き、夜遅くになってやっと古いぼろ小屋に帰って来た。

太古の昔からの石はハンマーの下で呻き、うまずたゆまず叩いて掘り崩された崖全体が崩落し、両腕の労力によってぐらつかされた巨大な塊がてっぺんから落下して砕け、粉々になった。鉄の棒を食い込ませて支えにした深い場所と重いつるはしの嘴《くちばし》で穴を開けられた峡谷と円丘は、永遠に後に残り、そこに人間がどれだけ筋力をつぎ込んだかを証明していた。二つの推進力――すなわち棒とつるはし――を用いて底層から岩が丸ごと押し出され、巨大な層が粉砕された。道具の不足は自然に対する粗野な「方法」で、脳みそのではなくどちらかというと筋肉の思い付きで代用された。毎日夜明けにお抱えごろつきどもと大量の岩石との出会いが始まり、その岩石は人間の思い上がった攻撃に屈服する前に、人間に復讐し、その一瞬の不注意や力尽きる瞬間を窺っていた。突き出した岩塊はうかつにもその秘めたエネルギーの束縛が解かれるとまるで雷が落ちたかのように突然落下して死傷者を出す。どの岩も窯の深い穴に放り込まれないうちにと、重さや硬さや尖った表面でとことん傷付け、押し潰し、懲らしめ、あたかも不倶戴天の敵のように命を食い尽くしつつ炎で火傷させ、煙で息を詰まらせた。

露出された無定形の深層と折り取られたてっぺんはその戦場の跡に墓標のように、石棺のように立っている。秋の悪天候や冬の嵐はその表面に謎の秘密めいた印を穿っている――もしかしたらそれはそこで自然との闘いで戦死した「文化の騎士たち」の名前なのかもしれない。

＊

ドミニク氏は明け方になってようやく眠りについた。それは元気を付けてくれる休息ではなく老人性の半醒だった。たちの悪い迷走性の痛みは去らず、治まらず、死刑執行人の斧のように重く、押さえがたく、夢の形を取って彼の打ちひしがれた魂の上にぶら下がっていた。彼は凍った池の岸辺のぬかるんだ土手に立っている夢を見た。池の氷は鉛色で脆く、水をたっぷり含んでいた。突然池の反対側の端から彼の方へ向かって来る靄がかかったシルエットを目にした。幽霊は軽く体を揺らしながら歩いていて、かろうじてなめらかな水面に足を触れながら、器用に円を描いていた。するとそこに――一瞬――岸辺のすぐそばに、ほとんど自分の足下に、大きな渦を巻く波と割れて細かな浮氷になった氷が、また水面には亜麻のように明るい色の、濡れた髪の毛が見えた。若者の見事な巻き毛はまるで王冠を作るかのように水面を四方八方に走ったか思うと、今度は房になって額に、ピョトルシの白い額に張り付いた。老人は叫ぼうとするが、喉が締め付けられ、まるで凝固した血の塊が詰まったかのようだった。水に飛び込みたいのだが、なぜか水に届かない。ようやく両手を肘まで浸すと冷たさを、血も凍るような、凄まじい、命にかかわるほどの冷たさを血管や胸や心臓の中に感じる。もし呻き声を上げられたら、呻き声一つだけでも、叫び声一つでも上げられたら……せめてため息をつくことが出来たなら……

冬の夜明けの薄明かりで、凍り付いた窓ガラスが白くなった。四世帯用共同住宅のドアが開く音と凍った雪を踏みしめる音、人の話し声が聞こえた。ツェヴィナ氏はハッと我に返り、どんよりした目で部屋中を眺め回した。ついさっき見たものはただの夢だったのだと気付いた時、それは彼の心のわずかな慰めとなった。おあいにく様！　ついさっき感じたことはずっと続いていたのだ……。眠りにつく前の悲嘆が再び彼に躍りかかり、執念深い、怒り狂った蜜蜂のように彼の心を刺し始めた。この部屋に対する、あくる日に対する、さらにはひょっとして自分自身に対する不吉な嫌悪感に襲われていた。

上半身裸でベッドに坐り、ぼんやりした力ない目で部屋の隅を見詰めていた。自分自身でも聞き取れないくらいに、わずかな唇の動きだけで呟いた。

「くそ、いっそひと思いに……死んでしまい……」

見張りの任務に就いていた労働者の一人が一抱えの薪を持って暖炉に火を起こしに来たことを管理人に知らせる、窓ガラスをノックする音が響いた。ドミニク氏は身じろぎ一つしなかった。激しい嫌悪感と思慮分別なき怒りに駆られてこぶしを固く握りしめていた。彼の知性の全てが一つの冷静な考えに蝟集した。

「いっそ……」

繰り返し窓を叩く音がし、聞き覚えのない声が呼んでいた。

「ドミニク・ツェヅィナさんはご在宅ですか?」

老人はパッと立ち上がった。誰が叩いていようとどうでもいい――よその、誰か知らない人なら、あの悪臭を放つ羊の毛皮コートを着た作男でなければ。

「ツェヴィナさん！」誰かが窓の外から呼んだ。

急に全身の血がご老体の心臓に流れ込んだ。急いで長靴をはき、肩にキツネの毛皮のショールを引っ掛け、つま先立ちで窓に駆け寄るとガラスに息を吹きかけ、窓霜を拭って丸い穴を開け始めた。突然その動作を止め、急に壁の方に向きを変えた。丸く背を屈め、目には白斑が出来、顔は苦痛に歪み、両手は痙攣で固く結ばれた——そして誰にとも知れず、小さな、単調な声で言った。

「もしもあそこに、窓の外に、ピョトルシがいるのなら、わしは返すとも……わしが嘘をつかないことは知っているな……わしはお前に返すとも……」

もう一度強く、強く両手を固く握り締め、落ち着き払ってドアの方に向かった。掛け釘を投げ捨て、玄関口に出ると車寄せへの扉を大きく開け、敷居の中に立った。小道には短いオーバーを着て旅行鞄を手にした若者が立っていた。夜明け前の青い薄明の中で老人は彼の顔立ちを判別出来なかったが、若者は一歩前に出て小さく、言葉では表せない優しさを込めて言った。

「父さんだろ」

老ツェヴィナはくぐもった声で嗚咽しながら両手を伸ばし、来訪者を長く優しく、父親らしく貪欲に愛撫した。

その後、途切れ途切れの言葉を涙とともに飲み込み口籠もりながら、無理やり部屋に引っ張って行き始めた。彼の手から鞄をもぎ取り、オーバーのボタンを外し、戸棚からテーブルの上へ酢と灯油とテレビン油、ウォッカが入ったすべての瓶を取り出し、部屋の隅にあった皮帯と古屑鉄の山の中のウォッカグラスを探し、ひっきりなしに唇を震わせながら呟いていた。

「手紙を出したんだ……イギリスへ……町へ……」

ピョトル博士は涙ぐんだ目で老人を追い、口を利くことが出来なかった。ようやくドミニク氏は我に返った。

「風邪でもひいたのかい?」――まるで太陽を見上げているかのように掌で目を覆いながら尋ねた。

「いや……」

「そんな! まさか! すぐに暖炉に火をつけるよ」

暖炉の前の腰掛けの方へすっ飛んで行き、乾いた薪を部屋の真ん中に投げ出し始めた。その後、その薪を顔を赤らめ、息を弾ませながら暖炉に入れた。

「よしてくれよ、父さん」と若い博士は父を妨げた。「ここは暖かいよ。正直に言うと僕は一眠りしたいんだ」

「そりゃそうだ! このおいぼれは突然間抜けになったか! ちびっ子はたくさん世界を旅して来たんだ。おいで、ソファを持って来よう……まだわしらの緑色のソファがあるんだ

「……あの……緑色のだよ……」

二人はありとあらゆる種類の台所用品やがらくたで埋まった隣の寒い部屋に入り、上部が動く大昔の伝家のソファを元の部屋に運んで来た。

ドミニク氏はその上に自分の寝具を延べ、息子を寝かせた。自分はつま先立って歩けるように足を滑稽にねじりながら、住居から出て行った。

ピョトル博士は頭を枕に付けるや否や、長時間の列車の旅で疲れたせいで、たちまち眠りに落ちた。瞼はくっ付いていたが、神経に潜伏している絶え間ない電鈴のような音がぐっすりとは寝付かせてくれなかった。数え切れない鉄道駅でそのベルは車窓の外で小さな、突き刺すような、しつこくて残酷な音を立てて鳴っていたので、ついには耳の中で休みなく鳴り響き始めたのだった。彼には車内で過ごした最後の三日目の夜がずっと続いているように思われた。彼がまどろむのは父の藁葺き屋根の下ではなく、震える木製の壁に頭を持たせかけていた狭いコンパートメントでだ。列車がオーデルベルク[22]から北へ疾走していた時の、極寒で縮んだ線路の両端に打ち付ける車輪の轟きが——そして線路の下で——低く呻く凍り付いた地面の陰々たる轟き——「トヤ　トヤ　トヤ（私だ、私だ、私だ）」がまだ聞こえている……。軽くつむった目の下には、あの時窓ガラスに顔を押し付けて見たのと同じ何も生えていない、大きく広がる、果てしない風景——雪の吹き溜まりに押し潰されたあの荒野がこの瞬間まで見えている。遠く、煌々と照る月明かりで百姓家が微かに黒く見えている。地平線に長く連なって――遠く――はるか遠くに立っている……。旅人の胸の中で鼓動しているのは、すでにかくも多くの錯覚に打ち勝って来た彼自身の雄々しい心臓ではなく、とうの昔に過ぎ去った心配事や悩み事に屈服する子どもの心臓だった。子どもじみた後悔もしくは大いなる改悛がリンボクの刺のように心臓を貫き、不安に満ちた唇が囁くのだ。

「主よ、私はふさわしくありません[23]…」

ドミニク氏は乾いた木端の束を抱え、つま先立ちで戻って来ると、暖炉に火を起こし始めた。博士は、その丸めた背中と白髪の、短く刈り込まれたもじゃもじゃ髪を見ていた。時折彼には、その愛すべき頭が壁と天井に大きな折れた影だけを残して部屋を出て行き、姿を消すのではないかと思われた。途切れ途切れの不安に満ちた眠りが彼を襲った……。半ば目覚めた時、暖炉の前に先ほどと同じように老人が火の方を向いて坐っていた。小窓の近くではすでに石炭の小山がくすぶっていた。ほっそりした薄紫色の残り火がゆっくりと小山を覆って行き、その上でひっきりなしにバラ色の這いずるような火花が瞬いていた。ドミニク氏は火花をじっと見詰め、その迷走する小さな明かりたちに不思議な物語を聞かせているかのように口髭を動かしていた。時々手を伸ばし、石炭に寄せかけた鍋のクリームの薄皮を掻き除けていた。

博士の臥所の枕元には古時計が立っていた。振り子はちょうど彼の頭の真上で揺れていた。振り子が左の影の中に進むと、ハエが卵を産み付けた表面に楔形《くさびがた》の光が煌めいた。古時計が口をあんぐり開け、嬉しさのあまり笑い転げているかのように思われた。長年のほこりに覆われた箱の中では、古道具の心臓の鼓動のような、絶え間なく歯車が軋む音が上がった。その囁きの旋律は寝ている者の夢うつつの頭の上で、馴染みの、大好きな、懐しくて言葉にならないほど甘美な歌のようにたゆたうのである。

「お前は知らない」とその旋律は歌う。「こどもよ、お前は知らない、思慕とは何であるか……。一度だけでも見てごらん、見てごらん、年を取ったツェヅィナさんの目から転がり出たあと、カタパルトの端のボートのように、彼の左の口髭の一番長い毛の端にぶら下がったあの涙が見えるかね。なんという重さ、なんと巨大な涙だろう、なんと途方もなく大きな涙だろう！　ポタッ！——左の長靴《ちょうか》の甲革の上に大きな音を立てて落ちていった。あれは何だ？　あれは？——二つ目の、もっと巨大でもっと重いしずくが湧き出した……。ボタッ！——もう髭にぶら下がっている。老人は涙が火かき棒の上に落ちて大きな音を立て、お前の眠りを驚かせ、逃げ出させないかととても恐れている。見ろ、何て滑稽に、何ておかしな格好で不器用に二本の指で髭の涙を拭っていることか……。この涙は——と古時計はしゃべる——心の中の、この決して乾くことのない思慕の傷がある場所の、蜘蛛の糸より細い繊維だった。それは無数にあり、それぞれに蚊の針のように鋭いギザギザがあった。互いに並んでひとかたまりになって坐っていて、思慕菌という大げさな肩書を付けていた。この剽軽な生きものたちはたくさんの人たちの魂を吸い尽くしたたし、たくさんの人の理性を齧り取った……。そうとも、そうとも、敬愛する生きものよ……。それなのに、お前は強者、息子としてのただ一度の抱擁でその者たちに毒を盛ったのだ。

その涙はどれも死んで大粒の幸せの涙に融解した。ああ、考えてもみたまえ……せめてあの涙の一粒でもお前の胸の上に落ちていたなら！……ああ、考えてもみたまえ――その涙はお前を地上から抹殺したかも知れないではないか……ああ、考えてもみたまえ……

お喋りな古道具の歯車とローラーの行進中に、突然、まるで古時計が自分の歯で自分の舌を噛み切ってしまったかのような何らかの大惨事が起こった。鈍いカチカチという音と混乱、鈍い轟音が響き渡り――そしてゆっくりと、カッコウの声を不器用に真似て、荘重に十時を打った。若者は半分開けた目で朗らかな太陽の光線が当たって溶けた窓をじっと見詰めた。雪の結晶が煌めく平原の一画と、遠くの細長い森の帯、澄み切った青白い空の一画が見えた。彼は神聖な空想にとらわれた。過ぎ去るこの瞬間、振り子の一振りと次の一振りの間に持続するこの一瞬が――それは最高の、最も崇高な絶頂の瞬間であり、一生にたった一度の青春の絶頂なのだ！――と彼ははっきりと感じた。その前に何があり得、その後に何があり得るか？　人生の全道程をこのように鋭く見ることに、この冷徹な確信にどんな感情を比べることが出来ようか――私がこの瞬間に決心することは賢明で相応なものであるだけでなく良いものでもあるのだ……

「いや、イギリスなんかに行くものか」ピョトル氏は考えた。「我々をからかうんじゃない！　教授先生に三百フラン送り返してやる……。稼いでやる、たとえ家畜の糞尿の片付けをやることになろうとも……」

*

身を切るような寒さの数日、数夜が過ぎた後、雪解けが始まった。空間の驚くべき明澄さが消え去った。石のように固い雪の層の上空で揺れていた微かな霜のほこりが降り、ポプラの木の痩せ細った骸骨とフサスグリの細枝、雪の下から突き出ている野菜の枯れた茎を飾り、太陽の光を浴びてバラ色になっていた白霜は消え失せた。朝から大きな、汚れた水滴が屋根から滴り落ちていた。空中には屋根の上をさまよう煙を押し潰しながら、灰黄色の湯気が垂れ下がった。地平線の端には、地面も丘も森も遠くの村々をも押し潰す力がある巨大な重石にも似た果てしのない霧が覆いかぶさった。

午後一時、ドミニク氏は雇った馬車で郡の中心都市からの帰路についていた。

百姓の駄馬たちは溶けた雪の中を苦労して進んでいた。橇のむき出しのすべりは地面に潜り込み、つや出しローラー機の上のように滑るか、あるいはでこぼこやへこみに潜り込んだ。ご老体は赤茶けたアライグマの毛皮にくるまり、前びさし付き帽子《カシケット》を目深にかぶり、安い葉巻をふかしながら「お考え遊ばした」。その昔、四頭立ての去勢馬の馬車と金色がかった制服をまとった御者付きの見事な橇を乗り回していたし、荒々しいクマの皮が裏打ちされたコートにくるまっていたものだ……。やれやれ、なんてこった！――大地は震え、馬具に付けた鈴は半マイル先まで聞こえ、馬は鼻を鳴らし、農夫やユダヤ人は帽子を脱いで立っていた……。ふん……あっちは今はもっとひどいかな――どうでもいい。なぜなら、何もない野原を橇で走るのが、百姓の籠馬車で走っている今日ほど楽しかったことはないのだから……。家ではピョトル・ツェヅィナ博士が待っている！　ハ！　ハ！……突っ走れ、やくざ馬ども、元気を出せ！　あともう一つ小さな森だけだ、ザプウォチェ近郊の小さな窪地だけだ。

「こいつぁ面白い」とドミニク氏は考える「ピョトルは出納簿を作って清書しただろうか。ろくでなしめ、わしがお前に何日も百姓家をあちこちうろつき回って（多分女の子たちにドイツ語を教えて……）時間の無駄遣いを許すと思っていたんだろう。そう、そう……お坐りなさいな、化学者殿、儲けの計算に励みたまえ、どんどん数字を付け足して、きれいな字でエンジニア氏のためにリストを書いて、老父の代理を務めたまえ。わしがタダでお前に煙草を運んで来て、まさか、イワシ缶のために財産を使い果たすとでも？」

馬は中庭に駆け込み、館の車寄せの前で止まった。ツェヅィナ氏は橇を降り、パタパタと音を立てて靴の雪を払いながら玄関に入った。部屋のドアの中にピョトル博士が立っていた。

「どうした？　どうやら頭が痛いようだな！」ドミニク氏は叫んだ。

「まさか、そんなことはないよ！」息子は仕方なしに答えた。

「なんでそんなに顔色が悪くてしかめっつらなんだ？」

若者は事実浮かぬ顔をしていた。

彼のまなざしは奇妙に冷やかになり、悲しみで曇っていた。イライラと煙草を吸いながら部屋の隅から隅へと歩いていた。

「ヤグニャにバルシチを出すように言おう、そうすればすぐに元気になる。バルシチ無しでは人間、いつも気分がすぐれないものでな」

「僕は食べられないよ、それに……僕にはあまり時間がないんだ」

「あまり時間がないだって？」

「そうなんだ！」ピョトル博士はぶっきらぼうに言った。「僕は……分かるだろう……行かなきゃならないんだ。しようがないんだ……ハルのあのポストに就くために行かなければならないんだ」

ドミニク氏は何も言わなかった。コートや帽子も脱がずに椅子に坐りこみ、うなだれた。息子のすることには注意を払わなかったし、何も見ていなかった。ただ、息苦しく、自分の胸が窮屈に感じただけだった。外の新鮮な空気にあたって落ち着きを取り戻し、考えをまとめることが出来たらどんなに嬉しいことか。だが、何故かその場から立ち上がることが出来なかった。若者はテーブルの上に散らばった書類と出納簿を整理していた。汚いリボンが巻きつけられた小さな古い油だらけのノートを手に取り、次々とページをめくっていった。

「ほら、父さん」声に後悔と悲しみを滲ませながら言った。「このノートから僕には即刻支払わなければならない負債があることが分かったんだ」

「よしてくれ、いい加減にしてくれ！」老ツェヅィナは両手に頭をもたせかけながら言った。

「出発する前に、どうして出かけるという決断を下したのか、父さんに説明しなければならない」

「何を説明すると言うんだ、何を。馬鹿者が」老人は勢いよく立ち上がった。「行け、それがお前の意志ならば。ただ、もう後生だからからお前の賢さを褒め称えさせないでくれ」

「率直に、腹を割って、僕にとって大きな意味のある用件について話したいんだ。四年前、父さんは僕に分割で二百ルーブル送ってくれた。翌年には二百ルーブル。そのあと二百五十ルーブル、そして去年また二百ルーブルだ。合計八百五十だ。父さんの受け取る給料は年三百ルーブルだ。一体どこから？……」

「愛する息子よ……わしを泥棒扱いしないでくれ。もしお前が出納簿を注意深く見たら、わしが一コペイカたりともビヤコフスキの金を自分のものにしてはいないことに気付いたはずだ。すべてはリストの中にある。わしが石灰もレンガもこっそり売ったりしていないことは、出納簿からも納得出来るはずだ。それだけじゃなく、神かけて……わしは、ビヤコフスキの一コペイカたりとも良心にやましいことはない！　神に誓って！」

「ああ、その通りだ」

「お前が告発者の役で登場するのなら、少しは商売について知っておくべきだ。すべての秘密はビヤコフスキがわしに利益配当を、確かに独特ではあるがロイヤリティーを、受け取る権限を与えてくれたことによる。それを売上高からは決してわしに認めようとはせず、わしの執拗な要求はいつも一言で退けた。『もっと安く生産しなさい……』。それで得たものはお前さんのものだ』と。人々には最初三十コペイカずつと約束していた。わしはそのあと彼らに二十ずつやった。それでも、もちろん、彼らは受け入れたんだ、他ではどこでもそれ以上稼げないし、ここでは安定した稼ぎがもらえるからな。こうやってお前のための金を貯めていたんだよ」

「ああ、まさにそれに出納簿を見ていて気付いたんだ……」

「それが秘密の全てだよ、告発者君！　わしは泥棒なんかではなかったし、神の思し召しなら、これからもならん！」

「そして僕もそうなりたくはないんだ、父さん。だから八百五十ルーブル返さなければならないんだ……」

「誰に返すんだ？　わしはそんな金など受け取らん……分かるだろう……受け取らん。わしはお前に生活費と学費としてもっとあげることが出来なかった。神もご存じのように……だが出来るだけのことはした……せめて少しでも父親としての責任を果たそうとしたのだ」

「僕に学費を出してくれたのは父さんじゃない、この辛くてひどい借金を返さなきゃならないのは父さんにじゃない……」

ドミニク・ツェヴィナは眉を高く上げ、驚いて息子を見た。

「わしのピョトルシよ、どうかしてるぞ。何を馬鹿なことを言ってるんだ？」

ピョトル博士は椅子に坐り、何も書いてない紙切れを近付け、ゆっくりと話し始めた。

「生産終了後の各商品の価値は固定資本（これをcの文字で表そう）、可変資本つまり賃金労働者の賃金（これはvとしよう）及びいわゆる付加価値、つまりpで表す利益からなる。付加価値の可変資本に対する比率、つまり労働者の賃金に対する利益の比率、p対vは付加価値の値、つまり搾取率を表す。父さん、綿密に算出しよう、収入と支出は……」

夕方近くになってようやく父と息子の激しい口論が終わった。二人とも頑固さのせいで黙り込んだ。それはまるで愛しい人の遺体の上で棺桶の蓋が閉じるかのように隙間なく心を閉ざしてしまったようだった。

老人は冷ややかに、蔑むようにピョトル博士が旅行鞄の周りで忙しく動き回っているのを見詰めていた。時折嘲るような笑みが微かに彼の口元に浮かび、目には怒りが燃えていた。

長い沈黙の後で見下すように、冷ややかに言った。

「お前はくだらない感傷を満足させるために充分にはここでは稼げないと言うのか？」

「だめなんだ、父さん、僕が望むほど早くは稼げないんだよ。向こうにはポストと比較的いい給料があるんだ」

「ここでも職は見つけられるんじゃないかな。ビヤコフスキが……」

「僕は決してビヤコフスキさんたちとは一切関わりを持つつもりがない。誰も一度も僕を後押ししてくれなかった、僕の知識と仕事以外はね」

「お前を何とかいう教授が後押ししてくれたと手紙に書いていたじゃないか」と老人は冷ややかに言った。「お前は自分自身と矛盾しているよ、ご立派な哲学者さんよ」

「いや、教授は僕の名前を出したけれども、それはだ、要求に応じて誰かの名前を挙げる必要があったからだ。僕の名前を挙げたのは僕の良心的な仕事と独自の実験に対する姿勢かられが当然だと考えたからだ」

「さもありなん、その通り、物理学だ！　ビヤコフスキだってその点やら何やら……から当然だと考えるだろうさ……」

「誰だって自分から疥癬にかかりたくはないからね……。だから僕も、まだ清潔なうちは……」

老人は吹き出した。再び沈黙が続き、そのあと若者は木くぎからコートを外し、のろのろと肩に羽織り始めた。

「お前、本当に……？」ドミニク氏は尋ねた。

「ああ、父さん」

「神がお前を厳しく罰しませんように、わが子よ！」

「最初の払い込み金は五月には送れると思っている。このノートに四年間の各年度の金額を計算してみたんだ。願わくは父さんがしっかりと……」

「馬鹿もん、とっとと失せろ！」激しい怒りに駆られてドミニク氏は乱暴に叫んだ。

その手は震え、目には怒りの炎が瞬いていた。

ピョトル博士は真っ青になり、目に涙を浮かべて彼に近付き、足元に跪いた。老人は彼を押し退け、部屋の隅に退き、背を向けた。ドアが静かに軋み、背後で閉まるのを耳にし、ドアノブの乾いたカチッという鈍い音を耳にしたが振り向かなかった。怠惰な平穏の状態に、あまりにも完全なためにほとんど満足感と紙一重の無関心状態にゆっくりと陥って行った。

「よかった、『馬鹿もん』と言ってやって」とちらっと思った。「これであいつも思い知るだろう……」

十数分したあと、窓から外を覗いた。外には誰もいなかった。日没の頃おい、物がはっきりと見えた。どの窓ガラスにも幻想的な霜の枝が浮き出し、下から上にみるみる育って行った。老人はその枝にじっと見入りながら、昔のことを、とてつもなく遠い昔のことを考えていた。少しの間、美しい館で美しく、優しい、愛する母の横に坐って霜の枝を眺めている幼い男の子の気持ちになっていた……。退屈すると、泣くかむずかるかしていただろう。もしも、這いずる霜の分枝と細枝、鋸歯状の葉っぱがあんなに彼の興味を引き、あんなに楽しませることがなかったならば……

ようやく彼を物思いから目覚めさせたのは遠くの機関車の汽笛だった。その音は彼にまるで頭を金槌で殴られたかのような痛みを与えた。帽子を手に取って部屋を出た。

鉄道駅に向かって列車が雪をかき分け、吹きだまりにはまりながらゆっくりと近付いて来た。まるで吹き溜まりを鉄の胴体で押し分け、穴を開けているかのようだった。ドミニク氏は駅に向かって大股で歩き始めた。たちまち夕闇が落ち、闇が深まるにつれて、線路の信号機は大きな危険を知らせる慈悲深い霊のように、ますます鋭く光り輝いた。ツェヅィナ氏が途中まで来たとき、駅から来る人の遠いシルエットが見えた。ピョトル博士が戻って来るのではと期待して深々と息をついた。間もなくその人物と並んだ。それはレンガ工場の職人で、若くて陽気な作男だった。

「お前、どこへ行って来た？」管理人はむっつりした声で聞いた。

「駅へです」

「何で？」

「若旦那に付いて、包みをお運びしやした……」

「どこの若旦那だ？」

「ピエトル様で」

「出かけたのか？」老人はどうでもよさそうに聞いた。

「出かけましたです、旦那様」

「見たのか?」

「いやあ、見るも見ないも。それぱっかりか、包みを列車にお運びしましたんで」

「お前に何か話したか?」

「ええと、話すには話したけんど、多くはお話になりやせんでした」

「うちに帰れ!」

若者は道の端を通って足早に遠ざかった。そのあと溝を飛び越え、山に向かって野原を斜めに横切って行った。

ドミニク氏は若者が重々しい山の陰に隠れてからもずっとその姿を見詰めていた。老人の顔は縮こまり、小さくなり、鼻は曲がり、顎に向かって伸び、目は下瞼が被さった。その場に佇み、まるでレンガ職人を呼び止めようとでも言うようにひっきりなしに手を伸ばした。そして、もう何かをするつもりもなければ目指す方角も知らずに、ゆっくりと歩き出した。地面に屈み込み、柔らかい雪の中に印され、今、慈悲深い酷寒が彼のためにこの無慈悲な道の上に残した息子の深い足跡を、夕焼けの最後の微光の明かりで見分けようとしていた。その一つ一つの足跡の上に立ち止まり、杖で触った……一つ一つの足跡の上で彼の胸から静かな、途切れることのない呻き声が漏れ出た。それは墓地の土饅頭の上を渡る物悲しい風の哀泣にも似ていた。

Doktor Piotr, 1894, Tygodnik“Głos” 及び “Przegląd Poznański”

注

1　「苦難の日にはわたしを呼び求めよ。わたしはあなたを助け出そう。あなたはわたしをあがめよう」「詩編」50-15

2　ハル（Hull）。イギリス東海岸に位置する都市、港。キングストン・アポン・ハル（Kingston upon Hull）。

3　シュタプフェアヴェーク通り（Stapferweg）。チューリヒの街路名。

4　クロプフ（Kropf）。チューリヒの人気喫茶店。

5　ヴェストミュンスター（Westmünster）。チューリヒ湖岸の地名。

6、7　ズギェシュ（Zgierz）。パビャニツェ（Pabianice）。いずれもウーチ県の町。第二次大戦前はドイツ人やユダヤ人が数多く居住し、繊維業や商業に携わっていた。

8　コジクフ（Kozików）。プウォツク南東にある村か？　一八八〇年代ロシア分割領下の村。

9　〈お前は森で育った蟻のよう、風が池の真ん中に運んでいったなら……〉ポーランドの国民的詩人アダム・ミツキェヴィチ（Adam Mickiewicz）の詩「オルレアンの乙女（Dziewica z Orleanu）」の一節。

10　ピョトルシ（Piotruś）。ピョトル（Piotr）の愛称。

11　バックル。ヘンリー・トマス・バックル（Henry Thomas Buckle）（一八二一～六二）。イギリスの歴史学者。『イングランド文明史』の著者。

12　テオシ（Teoś）。テオドル（Teodor）の愛称。

13　「行け！　幼子よ、勉強しなさい」（Pójdź, dziecię! ja cię uczyć każę!）。社会問題をテーマにしたポーランドの詩人マリア・コノプニツカ（Maria Konopnicka）の詩「裁判にて（Przed sądem)」の一節。

14 ハヴェロク（hawelok）。十九世紀末から二十世紀初めにかけて流行したケープ付き男性用コート。

15 ミル。ジョン・スチュアート・ミル（John Stuart Mill）（一八〇六〜七三）。イギリスの哲学者、政治哲学者、経済思想家。

16 ヴィント（wint）。カードゲームの一種。

17 露里（wiorsta）。古いロシアの長さの単位。一露里は約一〇六七m。

18 ザプウォチェ（Zapłocie）。この地名は各地に点在するが、ここでは実在するか不明。一八八〇年代ロシア分割占領下の村。

19 『豚害』（シフィンスカ・クシヴダ。Świńska Krzywda）。イノシシの獣害の酷さが名前の由来。

20 ジュールズ（Jules）。ポーランド語名（Juliusz）（ユリウシュ）の英語名。

21 車大工のピャスト（Piast Kołodziej）。九世紀ポーランドの伝説的な君主。ピャスト家の祖。ホシチシュコの長男。ミェシュコ一世の高祖父にあたるとされる。通称車大工のピャスト。

22 オーデルベルク（Oderberg）。ザオルジェ（シレジアのうち現在チェコに属する地域）の鉄道連結駅ボグミン（チェコ語でボフミーン）のドイツ語名。

23 「主よ、私はふさわしくありません……」「マタイによる福音書」8-8の一節。カトリックの聖体拝領の前に司祭と信徒が唱える言葉。

郵 便 は が き

適宜な
切手をお貼り
下さい

〒101-0064

東京都千代田区
神田猿楽町2-5-9
青野ビル

（株）**末知谷** 行

ふりがな	お齢
ご芳名	
E-mail	男 女
ご住所 〒 Tel. - -	

ご職業	ご購読新聞・雑誌

愛読者カード

ご購読ありがとうございます。誠にお手数とは存じますが、
アンケートにご協力下さい。貴方様の貴重なご意見ご感想を
賜わり、今後の出版活動の資料として活用させて頂きます。

本書の書名

お買い上げ書店名

本書の刊行をどのようにしてお知りになりましたか?

書店で見て　広告を見て　書評を見て　知人の紹介　その他

本書についてのご感想をお聞かせ下さい。

ご希望の方には新刊書のご案内をさせて頂きます。　要　不要

通信欄（ご注文も承ります）

われらを啄ばむ鴉たち[1]

小原雅俊訳

一条の生きた光線とて、突風に駆られた雲の海を貫くことは出来なかった。乏しい朝の光がひっそりと増殖し、平坦な、広々とした、全く人影のない風景を露わにして行った。穀粒のように細かな、激しい雨が降っていた。風が、落ちて来る途上の雨粒をひきさらい、斜めの方向に運んでは地面に叩き付けた。

陰気な秋が、もうすでに植物を枯らし、芝と雑草の間の、かつては生命を保っていたすべてのものを毒殺していた。丈の低い、葉をむしり取られた黒ずんだ柳の木が[2]、枝を地面の上まで垂らして悲しげにさやいでいた。じゃがいも畑や刈り株だけが残された畑、わけても最近耕され、播種が済んだばかりの農地は、柔らかくなって、底なしの沼と化していた。引きちぎられ、もみくちゃにされた暗灰色の雲が死に切った、雨に打たれた畑の上を、いまにも地に触れんばかりにすばやく飛び去って行った。

アンジェイ・ボルィツキ（彼はシモン・ヴィンルィフという偽名の方でいっそうよく知ら

れていた）は、まさに夜明けとともに、ライグラ丘陵の裏手から出発し、ナシェルスク近郊[3]の広大な平原へと向かったのであった。茂みを出たのち、しばらくは、細い野道の跡を辿っていたが、それが水溜りの中に見えなくなってからは、畑の畝を横切って、真一文字に前進したのであった。

　すでに二晩、彼は眠っていなかった。三日目、やはり彼は馬車のかたわらを歩いていた。靴は軟弱なぬかるみに嵌り込んで、見事なまでに泥まみれになり、ために上皮は上皮、底は底と勝手に動き、素足の裏だけがすっかり孤立するはめになった。彼は濡れ鼠になっていた。芯まで凍え切っていた。

　この襤褸《ぼろ》を纏った男が、この世で最も陽気だった、いわゆる「万力」兄弟団[4]のもと団長、ワルシャワの人魚姫たちの王にしてスルターンなる、あのイェンドレクだと一体誰に分かったろうか。髪は伸びて「鷲の羽根」と化し、爪は「猛禽の鉤爪」に変わっていたし、今では、汗みずくの麻製の野良着《スクマナ》を身に付け、豚の燻製脂身とともに黒パンを貪り、あたかも房すぐりの果汁入りソーダ水のごとくにぐいぐいウォツカ《ゴジャウカ》をあおっていた。

　馬は飢え、あまりに激しく追い立てられて疲れ切り、しょっちゅう立ち止まってばかりいた。そうしたとて何の不思議があろう。車輪は軸の先までぬかるみに嵌っていたし、両側に梯子形の枠が付いた馬車には、わずかな榛木《はんのき》の柴や干し草や麦藁の下に、より小型の武器は含めずとも、鉄砲だけで六十挺、そして十数振りの軍刀が積んであったのだ。それは決して駄馬などではなかった。背の高い、脚が長くてほっそりした、痩せぎすではあれ優秀な輓馬の血統を受け継いだ馬たちだった。十分な休息を二度ほど取らせ、飼葉をしっかりと与えさえすれば、一昼夜に十マイルは難なく走ってのけることが出来た。この馬どもは、ムワヴァ近在に住むとあるシュラフタ所有のものだった。それは、彼の財産のかなりの部分に当たっていた。というのは、このシュラフタは、しめて三頭の馬を持っていたに過ぎないのだから。それにもかかわらず彼は、ヴィンルィフが必要とする時にはいつでも、その馬を貸し出した。そのヴィンルィフはと言えば、たいてい、夜遅くにやって来て、屋敷の窓を叩くのだった――二人は一緒に外に出て、作男たちが目を覚まさないようにこっそりと馬を出し、馬車を引き出して出立した。夏場はそれは――その旅は――しごく楽なものであった。昼間、ヴィンルィフは森の茂みのなかで眠りを貪り、馬は草を食んでいた。

だが今は、眠ることも草を食ませることも出来なかった。ヴィンルィフは誰かに替わってもらえることを期待したものだった。この上なく厄介な哨所や障害を、無事通り抜けたような時にはとりわけそうだった。

だが、もはやそんな時期ではなくなっていた……。もし言葉の完全な、余すところない意味において、まだ戦い続けている者がこの地上にいたとすれば、それは彼、ヴィンルィフであった。彼一人が、いまなお武器を受け取りに通い、一人気落ちしないでいた。ヴィンルィフがいなかったならば、パルチザン部隊自体がとうの昔に霧散していたに違いない。嘲りを込めた片言を用いて、これら追われ、飢え、凍え、そして怖気付いた人々を長らく支えてやり、鞭で駆り立てるがごとくに彼らを駆って来たのだった。そして、何もかもが崩壊し、底知れぬ穴の中にすでに没し去ってしまった今、よく言われる言い方をするならば、彼は臍を固めたのであった。

「兄弟たち、攫《さら》おう、掴もう、逃げよう！」[6]なる「哲学的」原理が、気分や良心の中にばかりか、いわゆる政治の根底にまで、ますます傲慢に、ますます厚顔に割り込んで来るにつれて――いよいよ大胆な、いよいよ激しくなる苦痛を伴った、ほとんど狂気にも似た意固地さが胸の中に沸いて来るのを、ヴィンルィフは感じていた……

こうしてびしょ濡れになり、腹を空かし、くたびれ切って、ようやくの思いで馬車のかたわらを歩いていると、まるで寒気と一緒にでもあるかのごとくに、負け犬気分が心の中に滲み入って来るのだった。ポケットには、もはやひとかけらのパンもなく、瓶には一滴のウォツカも残っていなかった。穴だらけの靴は絶対に（もっとも、絶対にであろうが別の仕方でであろうが、そう見られるに値する皮帯が一ミリなりともついていたならばの話だが）、その負け犬気分の原因であるはずはなかった。また飢えそのものが、そしてまた寒さそのものがそういう気分にさせたのでもなかった。だが、この穴だらけの靴がぬかるみに付けた跡を辿って、遠慮会釈もなく、至聖所に侵入し、唾棄すべき高利貸しのように、大胆にも、人間精神の貴重な至宝をおのが詐欺師の手中に収め、この卑劣な行いをもっとも筋道立った三段論法で装ってはその価値を愚弄する観察のアイロニー——あの恐るべき貧困がヴィンルィフのあとに附いて来るのだった。

「何もかもが堕落してしまった」ヴィンルィフは喉をひゅうひゅう鳴らして呟く。「完膚なきまでに、いやそれどころか、息の根が止まるまでに打ちのめされてしまったのだ。今ようやく、恐怖が巨大な目を見開き、髪の毛を逆立ててこの世に飛び出し、あらゆる反動の形而上学と無知の預言者どもを鼠穴から追い出すのだ。かつては互いにそっと耳打ちすることさえ出来なかったことを、今や彼らは、六歩格《ヘクサメトル》で歌うのだ。人間の中にある追いはぎと裏切り者の本性のありったけを引きずり出し、公衆の眼前に晒して、崇め、手本とするために差し出すのだ。だがもしも、われわれはこれほどの心象の進歩をもたらした、なぜならわれわれが敗北を喫したからだと考えるとしたら、一体どうなるのであろうか……」

羊毛製のベルトをいっそうきつく締め、野良着の胸をかき合わせ、頭を下げると、彼は再び歩き出した。時折顔を上げては、力を込めて言うのだった。

「くそったれどもが！」

篠突く雨が収まって、あの切れ目のない飛沫だけが降っていた。それはすぐ眼の前に、不透明なカーテンのように垂れていた。馬車のまわりで突風が吹き荒れ、車輪の輻《や》の間でひゅうひゅう鳴り、ヴィンルィフの野良着の長い裾を膨らませ、今にもちぎれそうにシャツを引っ張った。

ぼんやりと霧のカーテンの向こうに浮き出している地平線と並んで、不意に何かの単調な動きが見えて来た。馬車の列のようでもあれば牛の群のようでもあり、あるいは――軍隊であるかも知れなかった。

ヴィンルィフは、目を細めて、しばらくそれを見詰めていた。誰かが彼の胸の下に刺し入れた指を丸めて、血管を外に引きずり出そうとしたかのような気分が襲って来た。

「ロスケだ……」と彼は呟いた。

思い切り馬に鞭をくれ、手綱を引き締めると、ほとんど間髪を置かずに向きを変え、逃走し始めた。後ろを振り返って、背後で何が起きているかを目で確かめてみようともしなかった――いや、そうすることが出来なかった。発見されずに、脇の方に姿をくらますことが出来そうな気がしたのだった。だが、不運にも、そこは、半径数露里[7]の範囲に渡って、木も生えてなければ人影もない場所だった。

逃走する馬車の姿が軍隊の目に留まった。わずかな数の騎兵の一団が行軍中の隊列を離れて最前列に出ると、全速力で駆け出した。ヴィンルィフは、すでにその様子を目にしていたが、彼らが自分をめざして疾駆して来るのか、それとも反対の方角に遠のいて行くのか見定められないでいた。

斜めに持った槍の小旗と馬の面とが見えたとき、彼はようやく事態をはっきりと呑み込んだ。その時、血管の中であがいていた血液が――凍りつき、急に流れを止めたかに思われた……。彼は馬を止め、轄《くさび》の周囲に亜麻布の手綱を巻きつけながら、身を護るために何を馬車から抜き取ろうか——軍刀だろうかそれとも装塡してないカービン銃だろうか——と考えあぐねていた。

だが、何にせよ、行動に移るより先に、彼は知らず知らず、疲れ切った馬たちに近寄って、これら捕われの友たちを解き放ち、自由の身にしてやろうとでもいうように、一頭の馬の口から馬銜《はみ》を外し、軛《くびき》を引っ張り始めていた。そうしながら、彼は、ほんの一瞬の間、馬の頸に寄りそって溜息をついた。

美事な馬にまたがった八人のロシア槍騎兵が馬車に追い付いて、たちまちぐるりとまわりを取り囲んだ。その中の一人が、一言も言わずに、枯枝と藁束を槍で掻き出し、馬車の中を調べ始めた。

穂先が鉄砲の銃身に当たる音が上がると——兵隊はヴィンルィフの肩を軽く叩き、連れの兵隊たちに目くばせした。同僚たちは、背中に担いだ鉄砲に手を伸ばした。ヴィンルィフは馬の頸を抱いたまま、一つところを動かなかった。その口が嘲るように歪み、心の中では、あの雄々しさではなく軽蔑が、限りない軽蔑——この地上の一切のものに対する軽蔑がはっきりと形を成していた。

「こら、こいつをどの部隊に運んでいたんだ?」

さきに検査を行なっていた兵隊が訊いた。

「愚か者めが！」ヴィンルィフは顔を上げずに答えた。

「どの部隊に運んでいたんだ？　おい、このポーランド野郎！」

「愚か者めが！」

「こいつは百姓じゃないな」と年かさの肩に金モールを付けた兵隊が、部下に向かって言った。「こいつは叛乱者の一人だ」

「愚か者めが！」ヴィンルィフは地面を見詰めたまま言った。

「そやつをつかまえろ！」一人の兵隊が怒鳴った。

たちまち、兵隊が二人走り出し、数十歩の距離を取ると、すばやい動作で槍を水平に構えた。有罪を宣告されたヴィンルィフは、二人の兵隊が馬に拍車を当てがおうとしているのを目にすると、幼い子供のように、急いで頭を両手で覆って、小さな、何とも言いようのない声を上げた。

「殺さないでくれ……」

二人の兵隊が、一度に弾《はじ》けるように飛び出した。そして同時にヴィンルィフを突き刺した。一人は腹をひどく破り、もう一人は胸骨を折った。三人目の槍騎兵は、十数歩馬を先に遣り、前の二人が槍を引き抜き、唾を吐きかけて脇に寄ったあと、叛乱者の頭を標的に選んだ。兵隊が引き金を引いたのは、この不幸者が、ちょうど畝間に這い込んだ時のことだった。弾丸は右手の馬の頭を貫き、即死させた。

刊行案内

No. 58

（本案内の価格表示は全て本体価格で
ご検討の際には税を加えてお考え下さ

ご注文はなるべくお近くの書店にお願い致しま
小社への直接ご注文の場合は、著者名・書名・
数および住所・氏名・電話番号をご明記の上、
体価格に税を加えてお送りください。
郵便振替　00130-4-653627 です。
（電話での宅配も承ります）
（年齢枠を超えて柔軟な感受性に訴える
「８歳から８０歳までの子どものための」
読み物にはタイトルに＊を添えました。ご検討
際に、お役立てください）
ISBN コードは 13 桁に対応しております。

総合図書目録

未知谷
Publisher Michitani

〒 101-0064　東京都千代田区神田猿楽町 2-5-9
Tel. 03-5281-3751　Fax. 03-5281-3752
http://www.michitani.com

リルケの往復書簡集二種完結

「詩人」「女性」からリルケ宛の手紙は本邦初訳

き詩人への手紙

き詩人F・X・カプスからの手紙11通を含む

イナー・マリア・リルケ、フランツ・クサーファー・カプス著

エーリッヒ・ウングラウプ編／安家達也訳

208頁 2000円

978-4-89642-664-9

き女性への手紙

き女性リザ・ハイゼからの手紙16通を含む

イナー・マリア・リルケ、リザ・ハイゼ 著 ／ 安家達也 訳

176頁 2000円

978-4-89642-722-6

8歳から80歳までの

岩田道夫の世界

子どものためのメルヘン

田道夫作品集　ミクロコスモス ＊

フルカラー A4判並製 256頁 7273円

978-4-89642-685-4

皮は天才だよ、作品が残る。生きた証も人柄も全てそこにある。
家はそれでいいんだ。」（佐藤さとる氏による追悼の言葉）

のない海＊

192頁 1900円

978-4-89642-651-9

靴を穿いたテーブル＊

200頁 2000円

978-4-89642-641-0

ー走れテーブル！　全37篇＋ぷねうま画廊ペン画8頁添

楽の町のレとミとラ＊

144頁 1500円

978-4-89642-632-8

ーレの町でレとミとラが活躍するシュールな20篇。挿絵36点。

ファおじさん物語　春と夏＊

978-4-89642-603-8 192頁 1800円

ファおじさん物語　秋と冬＊

978-4-89642-604-5 224頁 2000円

らあらあらあ　雲の教室＊

シュールなエスプリが冴える！　連作掌篇集　全45篇

廊下に出ている椅子は校長先生なの？　苦手なはずの英語しか喋れない？　空から成績の悪い答案で出来た紙飛行機が攻めてくる！　給食のおばさんの鼻歌がいろんな音に繋がって、教室では皆が「らあらあらあ」と笑い出し……

192頁 2000円

978-4-89642-611-3

ふくふくふくシリーズ　フルカラー64頁　各1000円

ふくふくふく　**水たまり＊**　978-4-89642-595-6

ふくふくふく　**影の散歩＊**　978-4-89642-596-3

ふくふくふく　**不思議の犬＊**　978-4-89642-597-0

ふくふく　犬くん　きみは一体何なんだい？　ボクは　ほんとはきっと　風かなにかだと思うよ

イーム・ノームと森の仲間たち＊

128頁 1500円

978-4-89642-584-0

イーム・ノームはすぐれた友だちのザザ・ラパンと恥ずかしがり屋のミーメ嬢、そして森の仲間たちと毎日楽しく暮らしています。イームはなにしろ忘れっぽいので　お話しできるのはここに書き記した９つの物語だけです。「友を愛し、善良であれ」という言葉を作者は大切にしていました。読者のみなさんもこの物語をきっと楽しんでくださることと思います。

――――工藤正廣　物語と詩の仕事――――

幻影と人生 2024 ВИДЕНЬЕ И ЖИЗНЬ 2024г.

ウクライナの激戦地マリウポリの東方100余キロ、チェーホフの生地タガンローグ近郊。だが領土紛争の記録ではない。2024年春までを舞台に、密かに今もロシアの人々を逸脱へと駆り立てる精神の普遍性を、詩人のことばで語る物語。

248頁 2500円
978-4-89642-724-0

没落と愛 2023 РАЗОРЕНИЕ И ЛЮБОВЬ 2023г.

ロシア文学者として何か語るべきではないか、ロシアとはいつも受難の連続だったのだから……権力者の独断と侵略、それでも言葉を導きの糸として、文学言語が現実を変容させて行く、ロシア人の心の有り様……2023年必読の物語。

232頁 2500円
978-4-89642-693-9

ポーランディア　最後の夏に

一年のポーランド体験の記憶を、苛酷な時代を生き抜いた人々の生を
四十年の時間を閲した後に純化して語る物語

232頁 2500円
978-4-89642-669-4

☆ **毎日出版文化賞 特別賞** 第75回（2021年）　受賞！

チェーホフの山

ロシアが徒刑囚を送り植民を続けた極東の最果てサハリン島を、1890年チェーホフが訪れる。作家は八千余の囚人に面談調査、人間として生きる囚人たちを知った。199X年、チェーホフ山を主峰とする南端の丘、アニワ湾を望むサナトリウムをある日本人が訪れる――正常な知から離れた人々、先住民、囚人、移住農民、孤児、それぞれの末裔たちの語りを介し、人がその魂で生きる姿を描く物語。

288頁 2500円
978-4-89642-626-7

アリョーシャ年代記　春の夕べ

304頁 2500円
978-4-89642-576-5

いのちの谷間　アリョーシャ年代記2

256頁 2500円
978-4-89642-577-2

雲のかたみに　アリョーシャ年代記3

256頁 2500円
978-4-89642-578-9

9歳の少年が養父の異変に気づいた日、彼は真の父を探せと春の荒野へ去った…

〈降誕祭の星〉作戦　ジヴァゴ周遊の旅

192頁 2000円
978-4-89642-642-7

懐かしい1989年ロシア語初版の『ドクトル・ジヴァゴ』、朗読と翻訳、記憶の声

―――西行を想う物語―――

郷愁
みちのくの西行

1187年69歳の西行は奥州平泉へと旅立った……

256頁 2500円　978-4-89642-608-3

1187年の西行
旅の終わりに

晩年、すべて自ら詠んだ歌によって構成する二冊の独り歌合を、それぞれ当時の宮廷歌壇の重鎮・藤原俊成とその子定家を判者に恃み……

272頁 2500円
978-4-89642-657-1

丹下和彦　ギリシア悲劇を楽しむ

ギリシア悲劇？アッ敷居が高いな、と思っていませんか？　心配ご無用、観るも読むも自在でいいのです…

最新刊！　**ギリシア悲劇余話**

184頁 2000円 978-4-89642-730-1

ご馳走帖　古代ギリシア・ローマの食文化

144頁 1800円
978-4-89642-698-4

ギリシア悲劇の諸相

144頁 1700円　978-4-89642-682-3

長篇小説の愉しみ

0世紀前半 ポーランド ワルシャワ

:スカット一族

アイザック・バシェヴィス・シンガー著
大﨑ふみ子訳

のイディッシュ語新聞に三年連載。作者曰く、「一つの時代を再現す
ことが目的だった」……分割支配下ポーランドの伝統的ユダヤ文化圏
世代百余人を登場させて十全に語る。近代化によって崩壊していく、
千年に及ぶ歴史を持つユダヤ社会と人々の生活、そこに始まった第二次
界大戦、その日々を赤裸々に描いた傑作長篇。

872頁 6000円
978-4-89642-717-2

9世紀 ポーランド ワルシャワ

＊第69回読売文学賞、第4回日本翻訳大賞受賞

、形 ポーランド文学古典叢書第7巻

ボレスワフ・プルス著
関口時正訳

世紀ワルシャワ、商人ヴォクルスキの、斜陽貴族の娘イザベラ嬢への恋心を中心
話は進む…とはいえ、著者はジャーナリストとしても知られ、作中にはワルシャ
の都市改造、衛生や貧困などの社会問題、ユダヤ人のこと、伝統と近代化、男女
等、宗教論、科学論、文明論、比較文化論といったさまざまな議論が、そして
様な登場人物が繰り広げるパノラマに目も眩まんばかり。日本語訳で25ヶ国目、
ーランドでは国民的文学でもあり、世界の名作『人形』がついに日本へ。

1248頁 6000円
978-4-89642-707-3

20世紀前半 ロシア

ドクトル・ジヴァゴ

ボリース・パステルナーク著
工藤正廣訳

これで神から遺言された義務を果たし得たのです》
05年鉄道スト、1917年二月革命に始まる労働者蜂起、ボリシェヴィキ
権、スターリン独裁、大粛清——激動のロシア革命期を知識人として奇
的に生き抜き、ロシア大地と人々各々の生活を描き切った、何度でも読
たくなる傑作スペクタクル！

A5判 752頁 8000円
978-4-89642-403-4

哲学的思考方法を身につける

現代の古典カント

ヘルベルト・シュネーデルバッハ著／長倉誠一訳

1私は何を知ることができるか／2私は何を為すべきか／3私は何を希望
することが許されるのか／4人間とは何か。カントはなぜこのような発想
を得たか、彼の死後、現在に至るまでどう受容されてきたか、綿密かつ詳
細かつ明晰な思索と説明に同伴するとはじめの4つの問いへの応答が明ら
かになる。申し分ない稀有なカント哲学の入門的決定版！

256頁 3000円
978-4-89642-713-4

子どものためのカント

ザロモ・フリートレンダー著／長倉誠一訳

本書では、カントが使った専門用語はほとんど使われていない。たとえば、
「超越論的」という形容詞は全く登場しない。「カテゴリー」も「統覚」も
ない。だがカント哲学への導入としては過不足のない立派なものである。
……具体的に全体のイメージまで提示している。（「訳者あとがき」より）

176頁 1800円
978-4-89642-228-3

単独者と憂愁 キルケゴールの思想

セーレン・オービュイ・キルケゴール著／飯島宗享編・訳・解説

先行する解説と、主要著作からの絶妙な引用によってキルケゴール思想の
全体像が明らかになる。自身の言葉によって構成される彼の哲学の分かり
易い要約であり、実存思想の本質を端的に学びたい初学者にも最適。

272頁 2500円
978-4-89642-392-1

実存思想

飯島宗享著

日々の経験のなかで決して〈わたし〉を手放さず、果たして人間とは何だ
ろうかと考える、実存思想のエッセンス。キルケゴールに寄り添い考え続
けた日本人哲学者の名著（『論考・人間になること』三一書房、1983）旧
稿「主体性としての実存思想」を加えて復刊。

240頁 2500円
978-4-89642-691-5

馬は悲しげな呻き声を上げて、息絶え、瀕死のアンジェイの足の上に倒れ込んだ。兵隊たちは馬を降りて、野良着の空っぽのポケットの中を探った。ヴィンルィフがウォツカをすっかり空にしていたことに腹を立て、瓶をその頭に叩きつけて割り、頬を拍車でズタズタに切った。帰隊を促す合図の音を耳にして、彼らは鞍に飛び乗り、馬車の中から、上等なベルギー軍刀を数振りずつ掴んで、すでに霧と雨天の中にかき消えた部隊を追って出発した。騎兵中隊の指揮官は、消滅寸前にある叛乱軍の部隊を懸命になって追跡していたために、ヴィンルィフの馬車に残した武器を取りに畑に引き返す余裕はなかった。

そうこうするうちに、再び激しい雨が降り出して、叛乱者の息を、ほんの一時《いっとき》吹き返らせた。

苦痛と死の恐怖に固く閉ざされていた目蓋が重たげに持ち上がり、その目が、これを最後と雲を見た。唇が震え、すばやく流れ去って行く雲に向かって、末期の思いを口にした。

「……私たちが私たちの罪人を赦すように、私たちの罪を赦してください[8]……」

不滅への大きな希望が、いままさに死のうとしている者を包んだ。それは、果てしのない空間のごときものであった。そういう希望を胸に抱きながら、彼は死んで行った。

ヴィンルィフの頭に圧しつけられて、ぬかるみに窪みが出来ていた。今やそこに、細い筋となって雨水が流れ込み始め、次第に大きな水溜りを作って行った。この水溜りを雨しずくが叩いて、大きな、高く盛りあがる泡を立て、あたかも人間の錯覚そのものでもあるかのように、たちまち跡形もなく砕け散った。殺された馬は、寒さのせいですぐに冷たくなったが、もう一頭の生き残った方は、まるで誰かに皮の鞭で打たれでもしたかのように、馬車に繋がれたまま激しくもがいていた。不意に、轅《ながえ》の上から、死んだ仲間の上から屈み込んでヴィンルィフの頭を嗅いだ。死臭を嗅ぎつけた途端に、その眼は血走り、頸すじのたてがみが荒々しく逆立った。激しく後ずさりし、体ごと前に突進し、前足を地面に叩き付け、後足でいたるところを蹴り上げた。

その怒りはあまりにも激しく、ついには片方の後足が馬車の前輪の輻《や》の間に嵌《は》まってしまった。その足を今度は渾身の力を込めて引いたために踵《きびす》のわずかに上のあたりをひどく折ってしまった。その痛みのせいで、馬はいっそう激しく暴れ出した。猛り立ち、恐ろしい勢いで跳ね回り始めた。骨は真っ二つに割れ、そのために鋭い、ナイフのように尖った骨片が皮膚を突き破り、暴れれば暴れるほど皮膚を削ることになった。

あくる日の朝になって、風こそ少しも衰えなかったが、ようやく雨が上がった。ところ、異形の日陰の深淵で分かたれた雲が空を流れていた。鴉《からす》が、あるいは群をなし、あるいはばらばらに、風上に向かって、まるで雲を目指すかのように渡っていた。その鴉たちを突風が引きさらい、再びもとのところへ押し戻した。時には、鴉の羽根をおかしな格好に捻り上げ、地面に向かって石のように投げ付けた。鴉の群が、畑に転がる屍獣の上を旋回し始めた。懸命になって高度を下げ、長らく強風と戦った末に、遠く離れた畝の上に止まった。

馬はまだ生きていた。折れた足を車輪の輻《や》の間に挟んだまま立っていた。痛みがひどかったから、もう引き抜こうとはしなかった。むき出した骨が、動くたびに木にひっかかって皮膚を切り刻んだ。

のっそりした足どりで、馬車に向かって近付いて来る鴉を見て、馬がいなないた。あたかも、そこの土地に住む人たちに向かって――人間の種族に向かって叫んでいるかのように。

「卑劣な人間ども、邪悪な種族よ、殺人者の一族よ!……」

その叫びは、あたりの荒涼たる風景の上を渡って、死体を貪る生物たちの歩みをほんの一時止めただけで、狂ったような風音の中にかき消えた。鴉たちは、大いなる分別と礼節、厳粛さ、忍耐心、そして外交手腕を見せて、首を傾げ、事態を綿密に調べながら近付いて行った。わけてもそのうちの一羽は、最大級のエネルギーもしくは他に抜きん出たいとする欲望もしくは憎しみを露わにしていた。

もっともそれは、おのが嘴と胃袋の関心事を、つまり、よく言うところの勇気(「かつては逆説であったのに、今日では自明の理となった」もの)を熱烈に感じていただけのことかも知れない。この鴉は、固まって、赤茶けた薄膜に覆われた血が、まだつららのように垂れている死馬の鼻孔のすぐそばまで歩いて行った。鋭い、突き刺すような目が、目当てのものを見つけ出した。そこで鴉はためらいも見せず死馬の頭に襲いかかった。頭を高々と持ち上げ、木を切り倒そうとして身構えた樵《きこり》のように、大きく両脚を踏んばって、嘴を垂直に向け、死骸のどんよりした目の中に鉄のつるはしのように突き刺した。この勇敢な鴉にならって、仲間たちも動き始めた。ある鴉はあばら骨を解剖し、別の鴉は足を突っつき、また他のは頭の傷口を広げていた。

すべての鴉の中で、最も目立ったのは、何と言っても、自由な思想を宿す場所、脳髄の中を窺《うかが》い、何としてでもそれを喰い尽くそうとした鴉だった（この鴉には、「これぐらい」の表現が用いられてしかるべきだ）。威厳たっぷりにヴィンルィフの足に登り、体の上を闊歩して、無事頭まで辿り着くと、かのポーランド人叛乱者の最後の砦——頭蓋骨の内部へ潜り込もうと夢中になった。

だが、人騒がせな脳髄を味わい、名声の権原なるものを手に入れるより先に、鴉は、そこに新たにやって来た者によって追い払われてしまった。大きな、灰色の野獣にも似たその者は、こっそりと、気付かれることなく近付いて来た。それは、よく詩の中に出て来るジャッカルでは毛頭なく、貧しい人間——すぐ近くの村落に住む農夫だった。この先、永久に彼の所有地となるはずの土地に死体が転がっていたために——それを運び出そうとしてやって来たのだった。

ひどくロスケを恐れていたために、農夫は、ほとんど四つん這いに近い格好で歩いていた。皮帯を切り取りたいという強い欲望に身を焦がし、軍隊による一通りの調べが済んだとはいえ、まだ屑鉄や馬専用の大綱や死体に付いている衣服を見つけ出せるはずだという甘美な希望に興奮していた。ようやくヴィンルィフの死体を見下ろして立つと、農夫は首を振り、溜息を付いた――その後、地面にひざまずいて帽子を取り、十字を切ると、声を上げて祈り始めた。

最後のアアメンを唱え終わると、早くも強欲の煌めきを目に浮かべて、まず最初にポケットと懐《ふところ》に飛び掛かり、財布を探し始めた。もはやそこにも何ひとつ見つけることは出来なかった。そこで農夫は、死体の野良着――麻くずで出来た襤褸着物を剥ぎ、靴を脱がせ、泥まみれの脚絆まで取ると、武器の一部をこれらの襤褸で包んで急いで立ち去った。それから一時間して、農夫は、獲物の残りを取りに戻って来た。昼頃、馬を二頭引いてやって来ると、片輪の馬を馬車から外した。怪我をした足を能う限り丹念に調べていたが、結局、全くの役立たずになっているとの結論に辿り付いた。何の役にも立たない馬は、絞殺する必要があった。そこで彼は、躊躇せず、馬の頸に紐を掛け、その紐を自分の二頭の馬が後ろに引きずっていた轅《ながえ》の先端に結び付けると、手につばを付け、力いっぱい鞭をくれて馬を追った。馬たちは、突然勢いよく走り出し、紐の輪が死刑囚の喉を締めて地面に倒した。しかし、その死を定められた者は、すぐに起き上がると、赤裸の、鋭く尖った脛《すね》の先端でぬかるみや石を踏み付けながら、自分を引っ張る二頭の馬の後を追って全速力で駆け出した。

それを見て、農夫は不快さのあまり目を覆った。すぐに紐をほどいてやり、刑の執行を断念した。馬を馬車に付けると、農夫はそこを立ち去った。昼すぎ、木柄の折り畳みナイフを持って姿を現わすと、槍騎兵たちに射ち殺された馬の皮を剥いだ。あとは、まだ生きている馬の皮を剥ぐ仕事が残るだけになった。哀れな農夫は考え込んだ。問題をさまざまな観点から吟味し、検討してみた。折り畳みナイフで痩せ馬の喉を掻き切って、一気に全部の片を付けても構わなかったが、精神的、肉体的に「身を汚す」のが嫌だった。しかしその一方で――夜中に、誰かがこっそり忍んで来て、このやくざ馬を撲り殺し、皮を剥いでしまうことを、本気で心配していた。しかし結局、自分の行為に対する疑いにでも捕らわれたか、横たわる馬に向かってこう言った。

「よし――そこで息をしていろ……。どっちみち明日の朝方には、くたばるとも。くたびれたわい。情け深いイエスさまが、罪深いわしを祝福してくだされたのじゃ……。誰も見てはいなかったかも知れんし、皮を取りにも来ないかも知れん。それもよし。そこで息をしていろ。哀れな奴め、息をしていろ……」

ヴィンルィフが向かっていた方角の横手の、平らな畑には、じゃがいも用の穴があった。これら領主の館の冬用の地下室には、土を通して水が滲み込んでしまったために、別の場所に移され、穴は雑草で覆われていた。ヘビノボラズの藪が穴の底と壁とを林に変えていた。枠組みの横梁が粘土の塊と一緒に崩れ落ちて、洞穴とカタコンベを作っていたが、今やそこはたっぷり水を含んだ泥で埋まっていた。農夫は、夕方近く、その穴の一つに叛乱者の死体と皮を剥ぎ取った馬の死骸を引いて行った。そして一緒に一つ穴に突き落とした。横梁と雑草との間に杭《くい》を組み合わせて支えにし、上から粘土をわずかに掛けて、鴉がこの餌を見つけ出せないようにした。

こうして、知らず知らずのうちに、かくも長きに及ぶ隷属と無知の蔓延と搾取、恥辱と民衆の苦しみに対する報復を遂げたのちに、農夫は、帽子も被らず、口の中で祈りの文句を唱えながら、我が家へと向かったのであった。奇妙に感傷的な喜びが心の中に湧いて来て、彼の眼界のすべてを、精神の腕《かいな》の全域を、さらには大地のすべてを、類いなく美しい色で装ったのであった．限りない神の慈しみによって、このように多くの屑鉄と皮紐とを恵んで下さったことに対して、深く、真に心の奥底から、彼は神を敬っていた……

突然、秋の黄昏の深い静けさの中に、絶望に満ちた馬のいななきが地上を伝って行った。農夫は立ち止まり、目の上に掌をかざして日光を遮ると、落日の方角をまっすぐに見た。ライラック色の夕焼けを背にして、前足を踏ん張って立つ馬の姿が見えた。馬は首を振り上げ、その首をヴィンルィフの墓の方角に向けていないないた。

その生ける屍の頭上を鴉の大群が羽ばたいていた。舞い上がっては降下し、そして旋回した。夕焼けはすぐに消えた。世界の裏側から、夜と絶望と死とがやって来ていた……

Rozdzióbią nas kruki, wrony…, 1895, Zbiór opowiadań “Rozdzióbią nas kruki, wrony…”, Księgarnia Polska. 1894, Słowo Polskie (Lwów) とも。

注

1　われらを啄ばむ鴉たち（Rozdzióbią nas kruki,wrony...）。タイトルは古い軍歌から取られている。マウルィツィ・ズィフ（Maurycy Zych）の名でスイスの「Księgarnia Polska（ポーランド書店）」から出版されたタイトルと同名の初の書籍に所収された。Biblioteka Narodowa 版の Wybór opowiadań では初出を 1894, Słowo Polskie (Lwów) としている。ロシアの支配からの解放を求めてポーランドのシュラフタ身分が起こした最大かつ最後の反乱、一月蜂起の敗北への暗示を含む作品。

2　柳の木（rokicina）。（Salix repens）。湿地に生える低木種の柳。rokita とも。

3　ナシェルスク（Nasielsk）。プウォツク（Płock）地方の小都市。

4　「万力」兄弟団（konfraternia śrubstaków）。ふざけて学生団体、の意。

5　ムワヴァ（Mława）。マゾフシェ県の都市。マゾフシェ地方最古の都市のひとつ。

6　「兄弟たち、攫おう、摑もう、逃げよう！」。fratres, rapiamus, capiamus, fugiamusque。ラテン語が用いられているが出典は不明。著者の創作か。

7　露里。一露里は約一〇六七m。

8　「私たちが私たちの罪人を赦すように、私たちの罪を赦してください」。キリスト教の最古で最も基本的な祈禱文、主の祈り「われらが父」。ラテン語では Pater Noster（Oratio Dominica）。ここではポーランド語を直訳してある。

9　「詩の中に出てくるジャッカル」。Biblioteka Narodowa 版の Wybór opowiadań の注によれば、これは一月蜂起の戦場跡で死体を剥いでいる場面を背景にムーザと芸術家の姿が描かれているアルトゥル・グロットゲル（Artur Grottger）の連作「戦争（Wojna）」の下絵「人間かジャッカルか（Ludzie czy szakale）」への暗示だと言う。

自分の神のもとへ

辰巳知広・小原雅俊訳

びっしりと若松の茂みが隙間なく生えた森をかき分けるように細い小道が伸び、梢の間にわずかな間隙を作っている。分厚い、つららが垂れ下がる雪の房が積もったトウヒの枝が、かろうじて二つの雪の畝によって印されたこの森の隘路――それは農夫の橇を引き返させたものだ――の上で雪の重みで撓《たわ》んでいる。

三月の――晴れた、だが寒い日だった。

西の空に青いかすかな黄昏が広がり始める今、木の幹のまわりに次々と半円形を描いている雪の吹き溜まりまでも、粉のようにさらさらになる。すでに夕焼けが燃え立つ、不思議なほどに澄んだ天空に、森がギリシャ神殿の巨大なイコノスタシスのように、みじろぎもせず聳え立っている。一陣のかすかな風が梢から微細な雪煙を吹き飛ばし、あたかも目に見えぬ下げ香炉から立ち上るかすかな煙のもつれた筋のように、枝の間の深紅色を背に舞い上がる……

そこには森閑とした、永遠の、死の静寂が……。その小道を年老いた、よぼよぼの、鳩のように白い髪をした貧しい農民フェレクが孫娘のテオフィルカと一緒に歩いている。粗末な毛皮コートの裾をベルトの内側に押し込み、自分のはるか前に杖を突き、大きく足を広げて、喘ぎ、咳込んではいるが、足は止めない。赤らんだ目が涙に覆われるのも構わず、萎《しな》びた、激しく風に打ちつけられた顔の皺《しわ》から、汗がしずくになって流れ落ちるのも構わずに。テオフィルカはそのばかでかい靴で爺さんの足跡の中に立ち、しきりに胸の上でみすぼらしいスカーフをさらに強く結び、そして疲れ切ってはいるが、老人に遅れずについて行く。二人は不安に駆られて、梢の上で輝く夕焼けを眺め、さらに急ぎ足になる。四日前から干し草の山と何も入っていない物置小屋のそばでつかの間の休息を取り、村々から遠く離れた百姓家に宿を取りながら歩き続け、無人の荒野や、暗い、ひっそりと静まり返った森を通り過ぎ、深い雪の吹き溜まりと、雪が吹き付け、足元で音を立てる川と池の氷の上を進み——森の中の、遥かな、しかし人里離れた道を通って——ドロヒチン[1]からワルシャワの町の遥かかなた[2]まで歩くのである……。告解をするために。

外国の信仰の信者リストに載せられて以来というもの、毎年、このように二人で歩いているのである。二人ともとんだ罪びとだし、ふたりとも裏切り者なのだ。

老フェレクはまだ「罪」を犯す前に、息子に五モルガ[3]の土地を譲渡していて、孫娘に恵まれ、息子の妻を葬り、今はただ暖炉のそばに坐って祈りを唱えるだけだったが、突然、それも思いもよらず、ロシア人になるように命じられたのであった。息子も同様、孫娘も……村全体が同様だった。彼ら全員が役所に追い立てられた時に、大主教自身、彼らに向かって何やらべらべらしゃべったのだった。村は抵抗した。

ある冬の夜、軍隊が襲い掛かり、凍てつく寒さの中、人々を百姓家から薄暗い野原に追い出した。コサックたちが、三日にわたって、家畜を屠《ほふ》り、全財産を破壊しつつ百姓家を宿営所にし、三日に渡って人々は被り物も付けず、神に祈りながら畑の雪の上に立っていた。とうとう軍司令官が怒りを露わにして言った――さあ、殴《ダヴァイ》れ！　順番に、激しく殴りながら男も女もまる裸にしていった――ついには全村民が激怒し、自ら服を脱ぎ、自ら鞭の下に肩を並べて横たわり始め――ついには拳固を振ってフェレク夫妻の息子を司令官のゴウォヴィンスキのもとに突き出した……。騒動になったのはようやくその後のことだった！

そのレオンをば六人がかりで、革ひもの鞭で死ぬほど打ち、襤褸着物を脱がせ、裸にされて血まみれで雪の上に横たわっている男の背中を、司令官が拍車でぐいぐい引いた。狂ったようにわめきながら――署名《ポトピシィ》しろ！

「いやだ、いやだ、いやだ」男は小さな声で言った。

そこで死にかけた男を運んで、顔を自分の方に向けさせるように命じて尋ねた。

「お前はロシア人《ルスキイ》か？」

「違う、ポーランド人だ。ポーランドの土地で生まれたんだから……」このように「違う、違う……」と囁くように独りごちながら死《ウシフィエルクウ》んだ。孫娘のテオフィルカが連れて行かれ、殴られようとした時にはフェレクは耐え切れなかった——自分のと孫娘の魂を悪い信仰に売り渡したのであった。

その心臓は老いて、爺いのそれだった……。木の葉のように震え、ロスケの足元をとぼとぼ歩き、靴の甲革《こうがわ》に接吻して——ついには売り渡したのであった。

それからというもの毎年復活祭の前には、裏切りを神に懺悔しに行くのである。祖父は憲兵だけでなく生きた人間にも会わないような道を知っているのだ。

ワルシャワの町のはるか彼方に小さな古い教会がある。そこには若くて信仰厚いけれども慈悲深い神父がいる。この神父の目は涙にあふれ、言葉は静かだが、とっても賢く、とっても優しいのである！……

二人は夜中にやって来るとトントンとノックし始め、祖父が窓ガラス越しに囁く——するとすぐに神父は彼らを通用口から教会の中に連れて行き、告解に耳を傾け、自らも心から、悲痛の涙《シルズィ》[4]を流す。そのあと全員が夜が明けるまで腹ばいに、十字になって横たわるのである。彼らが去る時には、この神のしもべはいつも同じことを説教する。「あなた方の敵を愛しなさい、あなた方の敵を愛しなさい……」

太陽が顔を出す前に、人々が目を覚ます前に、二人はすでにこの場所から遠く離れている……。たちまち一日が終わろうとする今は、ほら、はや慌てて、祖父のみが知る宿に辿り着こうと急いでいる。森がまばらになり、平らに雪で覆われた、人里離れた、遥かな、果てしのない澄み切った畑が開ける。

フェレクは森のはずれで立ち止まり、掌で眩しい光から目を覆い、地団駄踏み、唇を震わせる。彼はこの畑を知らないのだ、ここの森の近くには何軒か百姓家が建っているはずなのだ。

「知らない畑だ……」不安に駆られ、声を潜めて独り言《ご》つ。

荒野の真ん中で、風がさらさらの雪玉を巻き上げる。右に左に撒き散らすかと思うと、スコップで穀物を篩《ふる》うように篩い、かと思うと天空の全域をテーブルクロスを引きずるように一緒に引きずり、かと思うと遠く、はるか遠くで漏斗《ろうと》になって高く巻き上げ、かと思うとあたかも煙の波の中のように端から端へ飛んで行く。

「迷子になったわい、愚か者の爺めが、やい！」小さな声で言うと、帽子を後ろにずらした。

「向こうの道を行こう、おじいちゃん……」

「向こうの道か……」

再び歩き出し、膝まで積もった雪の中をひたすら進む。畑には雪が深々と横たわり、冷たい風が、嵐がやって来る。枯れた、細い去年の茎がところどころに雪の下から顔を出し、強風にあおられて悲しげに揺れている。彼女の背後でメーッ、メーッと、まるでこの少女を慟《どう》哭《こく》するかのように唸っている……。リンボクは氷とつららできらきら光り輝き、サンザシの茎は彼女のスカートにまとわり付く。まるで押し止めようとする慈悲深い手のように……。

ふたりの靴はびしょ濡れで、足は凍てつき、息も絶え絶えだ。

「ほら、ご覧、ロシア《イシィ》の召使いのこの風が、どんなにわしらを神のみもとから追い立てているか」よぼよぼ爺さんは何やらよく分からない言葉を呟いた。

突然、彼らの背後で何かが鈍い音を立てて沸き立つ。突風が森に打ち付けたのだった。そして森が振り子のように揺れ、唸り声を上げた……。今や、嵐は彼らを激しく打ち、襤褸服を撒き散らし、幾掴みもの割れたガラスのような尖った雪を目の中に投げ付ける。時には、まるで本物の力持ちのごとくに、雪の重荷をあっちへこっちへと放り投げ、そこがむき出しの地面になるまで剥ぎ取り、そして高々と――森の上空へと放り上げる。

そこの畑には大きな石があった。二人はようやっとそこに辿り着き、一息付こうと腰を下ろした……

突然、暗い夜になった。嵐は夜中、延々と荒れ狂った……。時折、急に静かになった。すると、空の高みから、青白く、冷たく、かすかな、くすんだ月の光が荒涼とした無人の地の地表に降り注ぎ、身を寄せ合い、かじかんで、頭を雪に覆われ、冷たい目を見開き、涙が凍りついてつららになって睫毛に垂れた者らを、氷のような光線が掠めた……

朝焼けが立ち昇り、赤く燃え上がると、平原は再び静まり返り、木々の頂から、目に見えぬ一陣の風が、軽やかな雪の埃をはたき落とし、目に見えぬ香炉から立ち上るかすかな白い煙のように空に舞うのみ……

Do swego Boga, 1895（マウルィツィ・ズィフ（Maurycy Zych）名でスイスの『ポーランド書店（Księgarnia Polska）』から出版された初の書籍に所収されている。

注

1 ドロヒチン（Drohiczyn）。かつてのポーランドのポドラシェ（Podlasie）県の県都だった町。十九世紀、帝政ロシアに組み込まれた。現在、ポーランドとベラルーシの国境を成すブク川（Bug）の右岸に位置する。

2 「ワルシャワの町の遥かかなた」。チェンストホヴァ（Częstochowa）のヤスナ・グラ（Jasna Góra）修道院を指す。

3 モルガ（morga）。昔の農地の面積の単位。ポーランドでは一モルガは〇・五ヘクタール強。

4 シルズィ（ślózy）。涙。古ポーランド語。

禁忌

阿部優子訳

汽車を降りた後、エヴァ夫人は足早に駅を過ぎると、泥だらけの駅舎の中庭に出た。そこには、ひどく年老いてやせ細った馬をつけた、二頭立てのおんぼろ馬車が停まっていた。夫人の姿を目にすると、『辻馬車』の持ち主は力いっぱい鞭打って馬を眠りから覚まさせ、騒々しくそばに乗り付けた。

「病院まで送っていただけるかしら?」エヴァ夫人は訊いた。

「もちろん、行かないってことはないですよ。そのために毎日ここにいるんですから。病人をお運びするんですかい?」

「違うの、私一人よ……。病人を見舞いたくって」

「奥様、さあ、どうぞ乗ってくんなせい」

「おいくらかしら?」

「へっ、はした金ですよ。貸し切りで、半ルーブルで結構。奥様、お席は全部使ってくだせえ」

エヴァ夫人は中に乗り込むと、古めかしい乗り物は、石畳の穴だらけの大通りをバウンドしながらゴトゴト音を立て始めた。駄馬が町を通り抜け、辻馬車を目いっぱいのスピードで、最後の百姓屋の裏手の開けた野原まで引っ張って行くと、遠くに一続きの病院の建物が見えて来た。春の澄んだ光あふれる大気の中に、芽吹いたばかりの四月の原っぱや牧草地の緑を背景に――その巨大なレンガ造りの建物は、陰気な岩塊でもあるかのようにどっかり鎮座していた。エヴァ夫人は、建物と周りを眺め回して驚きを隠せなかった。二月末、不幸のさなかに病気の夫と初めてそこを通った時には、この風景がほとんど目に入らなかったからだ。思い出されるのはいくつかのこと――背が低く、冬も夏も、ひ弱で枝を捥がれてしまって、まるで片腕を失った人間の姿のように悲しげな道端の小さな樹木――傾いた里標、急な道路の曲がり角……。それは、畑の柔らかな眺めから冷酷無慙に身を捥《も》がれて、道行く者の前に立ちはだかる。それは、まるで過去の遺物となった残酷な拷問道具のようだ。病院に近付くにつれ、どんどん数を増す。馬車が通りに接した建物の前に止まると、エヴァ夫人は降りて御者に支払いを済ませ、重たい入口の扉をやっとのことで押し開け、幅の広い石の階段を昇って二階に向かった。医務室には若い医師が一人いた。彼はこのあまり重症でない患者の病棟を仕切っていて、夫人の夫もそうした患者の一人だった。若い医師は夫人と優しく言葉を交わしたが、夫人の美しく蒼ざめた顔をじっと見詰める目には、優しさ以上のものがあった。

彼女を安心させようとして、おそらく彼の患者を見舞いにやって来る妻や姉妹、母親たちに向かっていつも口にしてきたに違いない、やたら学問的に聞こえる文句をいくつか散りばめた。そして、夫人を連れて階下に降り、広い中庭を通り抜け、枯れ果てた庭の中に立つ平屋の別棟へと案内した。

「あまり長い時間の面会は、許可出来ませんよ」建物全体をまっすぐ貫く廊下に足を踏み入れながら、医師が言った。

「分かりましたわ、先生」

「まずは、シスター・ユリアの部屋でお待ちください。そしたら私が旦那様をお連れして、しばらく同席します。旦那様はまだ時々、過敏になることがあるものですから。そのあと、私は廊下に引っ込みます。もし旦那様が落ち着かない様子でしたら、すぐに参ります」

「ええ、先生」

二人はいくつかの閉じたままのドアの前を通り過ぎ、右から六番目のドアの前で止まった。医師は鍵を取り出して静かにドアを開けると、応接室を兼ねた部屋に入った。エヴァ夫人はドアの近くで立ち止まったが、医師が出て行くと、小さなソファーに腰を下ろした。それまで彼女を交互に支配していた悲しみ、恐怖、嘆き、不安が——次々と消えて行った。そしてそれらの奥底から、雄々しく力強い安心感が、大いに苦しみ喘ぐ魂の不屈のヒロイズムが湧き上がっていた。ほどなくしてドアが開き、ぼさぼさ髪で乱れた服装をした、若い痩せぎすの男が部屋に入って来た。淡い青色の眼はぎょろりと見開かれ、ピクリともせず、不吉なきらめきを放ち、口は熱のせいでからからに乾き、痛々しく震え、乾いた舌でひっきりなしに口を湿らそうとしたが無駄だった。狂人は訪問者も医師も気にとめる様子もなく、二人のそばを無頓着に通り過ぎると、かすれ声で叫んだ。

「ヴォイチェフ・ヤストシェンボフスキは農学を著し、私、ヘンルィク・ドンブロフスキはより広範な社会学的見地に立ち、利他的なタマネギ学を……」

唐突に彼が目を向けたその時、ようやくエヴァ夫人に気付いたかのようだった。すぐに夫人に近付き、からからに乾いた齧りかけのスイスチーズの皮のかけらを目の前に突き付けてこうのたまった。

「見ろ、わが正妻さんよ。どうか、とくと眺めてくれ。私がとてつもなくおいしそうに何を齧っているか、何を舐めているか、何を舐め回しているか……」

「ドンブロフスキさん」医師が口を挟んだ。「奥様にご挨拶しなきゃ、お行儀悪いですよ。あなたと話をしに来てくださったというのに、あなたときたら。すぐに奥様の手に挨拶のキスをしましょうね」

病人は狡猾な目で医師を見詰めると、部屋の中を歩き回って叫んだ。

そして涙と愛を請う墓の番人となるために

そして天使の翼が
ただ虚無と墓の夢との間に広げる
影となるために……[1]

医師はわずかにドアに近付き、すかさず開けると部屋を抜け出た。そのすきにエヴァ夫人は、小さな籠の中からキャンディーの箱を取り出して開け、夫に差し出した。夫はすぐにキャンディーに飛びつき、たっぷりひと掴み取ると、自分の口に詰め込んだ。最初のひと掴みを飲み込むと、もうひと掴み、もうひと掴みして、ついには箱ごと掴んで、残ったかけらをきれいに舐めてしまった。ソフトキャンディーが跡形もなくなると、妻を眺め、またもやべらべらしゃべり始めた。おのがさすらいを止めることなく、ありとあらゆる言葉の正真正銘の洪水の中で、数度こう口にした。

「愛しいエヴァ、エヴァ……」

妻は夫の手を掴んで、自分の隣に坐らせようとしたが、夫はその手を振りほどいた――そこで彼女はベッドの縁に腰を下ろして、両手で顔を支えた。夫の身体や血管が浮き出て震える手に触った後、またもや彼女の人生を刺し貫いた槍の刃を胸に感じた……。電光にも似た石火のごとき思考の砲弾でもって、不幸な夫のせいでこの家で過ごす暗い夜のことを、その上に永遠の闇が掛かる淀んだ水をかぶった、秘密の天空にも似た夜のことを、その全てを理解しようとした。刻一刻、時の経つ間に、彼女は健全な神経で、夫の過酷な凄まじい痛み、激しい不安を感じ取り、推し測ろうと努めた。全身全霊で強力に集中して、この地下牢への入り口を破って、あちらの恐ろし気な領域の秘密をじっくりと検討し、そしてあえて戦うことに踏み切ったのだ。そうだ、戦うことに。そのためにやって来たのではないか。人間だけが駆使出来る魂の力を一つにして、未知の敵を襲うのだ。もしそれが悪霊であれば――逃げ出し、傷であれば――癒え、もしただの恐怖心であれば――消え失せ、何か不可解な痛みであれば――鎮まるだろう。

狂人は、妻の前でしばらく足を止め、そのあとベッドに腰を下ろすこととし、大あくびをしたかと思うと、次にぶつぶつ独り言を呟いていた。彼女は最大の愛情を込めて夫を抱きかかえると、彼の頭を胸に押しつけて、霊感に満ちた小さな声で話し始めた。

「ヘンルィク、よく聞いて、ヘンルィク……。言ってちょうだい、一体どうしたの、何だと思っているの。あなたに説明してあげられるように、はっきり言ってちょうだい、よく考えて。そうしたら分かるわよ、私が何もしないであなたを治してあげるって。ねえ、まだずっと怖がっているの？」

病人は黙って床を見詰め、そしておかしな仕草をした。

「まだずっと怖がっているの？」エヴァ夫人は、全身で夫にもたれかかって囁いた。その声はあまりにも奇妙に聞こえたので、たとえ彼女がその声の響きを意識して聞けていたとしても、自分の声とは思わなかったことであろう。

「おお、おお……」ドンブロフスキが呟いた。

彼女は己が魂の超人的な作業に没頭して沈黙した。その瞬間、彼女は意志の力で自分の健康を病人の中に注ぎ移して上げたい気持ちになって、暗闇の中で目に見えない手で夫の魂の傷を探し、夫のすべての苦悩を知るために、あやかしの梯子段をよじ登っていた……

「さあ、よく考えてちょうだい」彼女は言った。「この瞬間もこれからも、いつも同じことを考えて。恐怖に襲われる度に……」

「彼女は何もかも超越している、何もかも……」

「怖がらないで。私にだけ、あなたの愛しいエヴァにだけ話してちょうだい。私が全部、すぐに教えてあげるから！」

夫は気を取り直して、かつてのような愛情のこもった目で彼女を見詰めた。その顔には言い知れぬ苦悩が浮かんでいた。

夫は妻にぴったり寄り添って、秘密めかして耳打ちした。

「私を捕まえに来るんだ……」

「私がすぐに教えてあげるわ！　私の手を握っていて。そう、そこ、しっかり握っててちょうだい！　ねえ、あなたを愛していなくて……」

「また私を捕まえに来る……」夫はかっと目を見開いて夫人を見詰めながら話し始めた。

急に起き上がると、首を振り、好き勝手に叫びながら、部屋中をぐるぐる歩き回った。

「ヴォイチェフ・ヤストシェンボフスキは農学を著し……」

しばらく夫の頭を掴んでいたエヴァ夫人の手は、死人の手のようにだらりと垂れた。彼女は泣き出した。汲めども尽きぬ涙は、心から痛みを取り除くことはなく、そこから命を運び出す涙、あちこち切断された血管から血が流れ出るがごとくに人間から流れ出る涙が、頬を伝って流れた……。その涙は何かの傷を剥き出しにした。心の中の暗礁を露わにし、苦悩の奥底を露出させせつつ。

彼女は悪に打ち勝てなかった。山を一つの場所から他の場所に運ぶ愛は、何も与えてくれないし、あらゆる困難よりも強い意志と、不屈の勇気と、正義の救援軍への盲信も、なすすべがない。彼女は床を見詰めたまま、顔を上げなかった。病人はまたもや彼女の隣に坐り、くどくどと話し続けた。涙の向こうに、夫の荒々しい目と震える頭、そわそわした手の動き、もはやその中には何もない頭蓋や獣のような役立たずの胴体を目にして……

「あなたの不滅の魂は、どこに行ったの?」激しい悲しみに駆られながら考えた。その考えを、剣のようにおのが胸に突き刺し、彼女は何度も夫を打った――荒々しく残酷なまでに。

突然、病人は夫人の肩を突いた。彼女は、彼を見て死ぬほど蒼ざめた。夫は顔に嫌らしい卑猥な表情を浮かべて微笑みかけ、汚らわしい懇願の仕草をした。夫人は勢いよく立ち上がり、一跳びでドアに向かって突進した。狂人は途中で彼女を捕まえた。その時ドアがすばやく開き、医師が力強い腕で狂人の上着の折り襟を掴むと、部屋の隅に押しやった。エヴァ夫人は廊下に飛び出し、出口に辿り着き、舗装された中庭に出た。敷石の上を一定の間合いをとって歩きながら、心の底から大声で、ほとんど悲鳴を上げながら、一滴の涙も流さずにむせび泣いた。彼女は自分の編み上げ靴が敷石にぶつかりながら、何か不幸な生き物を踏み付け、傷付け、そして苦しめているのは、ほぼ間違いないと感じていた。どこへ向かっているかも分からぬまま、彼女は脇道へと続く門の中に出た。この泥道は、つい最近、役に立たない土地に掘り抜かれた道で、街道に通じていた。夫人はその道を、地面から目を離すことも、足を止めることも、歩を緩めることもままならず、顔を上げずに歩いて行った。機械的な慣性運動、突き飛ばされたものの運動のおかげで、彼女は何とか大声で叫ばずに済んだ。踏み固められた道には、あちこちに浅い灰色の水溜まりが出来ていた。ところどころ、ぬかるみに裸足の足跡が見えていた。歩いて行く彼女の前を――一つの水溜まりから次の水溜まりへと――小さなセキレイが飛んで行った。この鳥はエヴァ夫人が近付き過ぎると、その場から飛び立ち、波のような線を描いて次のぬかるみに飛び移り、そこで水の中に入ると、水面を様々な方角に行進し、首を傾げ、学究的視線でもって、経済的所見ごときものを導き出していた。セキレイは、時たま小さな声で、あたかも怒っているかのように……さえずった。病院を出た時から、いわば事物の死骸ばかりを見ていたエヴァ夫人は、今やそれが永遠の生きた点であるかのように、この小さな鳥から目を離せなくなり始めた。

「ああ、お前はなんて幸せなの。なんて幸せなの！」彼女の震える唇がセキレイに向かって囁いた。

それから不幸な女の視線は、次第に道端の草地に移った。おびただしい数のきらきら光る草の茎が、道路に侵入し、踏み固められた瓦礫の層に押し入ろうとしていた。エヴァ夫人は、そこの地中深く、土壌に押し込まれた砕石の鋭い縁に触ってせっせと調べ、自分の行く手と生命の源を探し求めて歩いて行く者たちの足の下で、倦まずたゆまず蠢いているこれらの植物の柔らかい根のことを、ほんの一瞬、つかの間、思った。溝の先には、じめじめした草地があった。その上に春雨が、あちらこちらで氾濫した紺色の浅い沼を残していた。その細長い沼に、燃え立つような黄金色のウマノアシガタの長い畝が水に浸かっていた。ハシバミの木の陰の乾いた場所には、淡青色の雪割草が見えた。周りには暴れ者《ハイダマク》[2]さながらの若草が、太陽の光を受けて輝いていた。エヴァ夫人の苦悩に満ちた目は、一番近くに生えているハーブの柔らかな草の茂みの上を力なくさまよいながら、そこから無類の治癒力がある強心剤を集め、胸に仕舞い込んだのであった。

「お前たちはなんて幸せなの、なんて幸せなの！」小さな声で言った。

明るい緑色、計り知れない多様な形、幅の広いみずみずしい葉のくぼみ、そして風のせいで背の高い雄蕊《おしべ》がなすリズミカルなお辞儀――それらが、あたかも猛毒の働きを無に帰せしめるいくつかの草の液汁のように、エヴァ夫人の魂に作用した。とりわけ彼女を気の毒に思ったのは、暖かくてよい香りがする野のそよ風だった。この足早なさすらい人が、よく香る花を飛び立ったのは彼女のためにすらりとした草を離れ、彼女を包んで愛撫するために、彼女の額から汗を吸い取り、肺の中に入り込んで神経に触れ、魂の奥深くで荒れ狂う絶望の渦の上で優しい声でこう叫ぶためにではないかという錯覚に陥っていた。「お前に命じる、嵐よ、静まれ！……」

街道の右手に牧草地を横切る道が走っていた。背の低い渦巻き状の葉が茂る草の下に、くり抜かれた轍がわずかに見えていた。まさにその方角にセキレイが飛んで行った。エヴァ夫人も、鉄道駅に向かっているのではないことをぼんやり分かっているかのように、その後について行った。どのくらいじっとしていたのか——それもやはり答えられないに違いない。かなり広々と横たわる池が行く手を遮ったその時、ようやく足を止めた。背の高い草が一面に生えた土手に登った。そのそばのもう一方の端に、土手と生い茂ったやぶの群生の陰に隠れて水車小屋の大きな黒い屋根が見えた。すぐそばには、ほんのかすかな一陣の風が吹くたびに、サラサラともの悲しい音を奏でている、前年の枯れて黄色くなった正真正銘の葦の林苑が鎮座していた。墓地の思い出のように、エヴァ夫人を不快にさせていた葉のない茎の近くでは、水中から菖蒲の最初の新芽が聳え立っていた。そのそばの浅瀬では日向で魚が産卵していて、ひっきりなしに、干からびたアシの葉も若いイグサも、あたかも愛の痙攣かのように震え、戦慄《おのの》いていた。遠くのアシの林苑の中では、その場を飛び立ち、高く舞い上がり、林苑の中に降下する小鳥たちの甘美な喚声が聞こえていた。水面の細かな波の間を太陽の光が走っていた。その光までもが、万物の感動に身を震わせているように見えた。エヴァ夫人は地面に坐り込むと、間もなく、何十マイルも休みなく歩いたかのようなひどい疲れを感じた。時折、ぎょっとするようなため息が身体を走ったが、思考と感情は、目の前の不幸から遠くに飛び去っていた。自分の周りには、辺鄙な片田舎と藪と水が見えていたが、いわばこのすべての現象の背後に、まったく別個の奇妙な現実があることに気付いていた。どうしてこれらすべてはこうでしかないのか、この上なくよく知っているし、すべてのものに浸透し、まどろんだ目ですべてを徹底的に見通している、と思い込んでいた。

「何もかもなんて無慈悲なの、なんて冷淡なの、なんて情け容赦なく、救いがないのでしょう……」遠目には緑がかった雲霧のように見える低木に覆われている広々とした場所を眺めながら囁いた。もしここで今すぐ死んだなら、水の中に滑り落ちて溺れたなら、私をザリガニと蟲が食い尽くすだろうか、この水は私の身体の上で、相変わらず見事に戯れるだろうし、これらの魚は相変わらずパシャパシャやるだろう。そして花盛りの大地からやって来るこの愉悦は、相変わらず他の人たちのもとにもやって来るだろう……

しばらくして、苦しげにため息をつきながら、またもや独りごちた。

「倒れる者、死あるのみ。死は派手な刀剣とともにではなく、裏切り者の短剣とともにではなく、屠殺者の残忍な大鉈とともに我々のもとにやってくる。自らの法に則り、自らの勘定に従って、微笑みながら殺すのだ……。そこに慈悲はない……。ああ、それなのに、なぜ私たちは慈悲を感じているのでしょう。なぜ、何のために……?」

しばらくして、夫人は忍び泣きながら、顔から地面に崩れ落ちた。随分と長いこと、心の中を打ち砕かれ、あたかも存在を止めたかのように横たわっていた。ちょうどその時、遠くから平原を走り抜ける列車の汽笛の音が、ようやく彼女を目覚めさせ、現実に引き戻した。慌てて起き上がってドレスの汚れを落とすと、大急ぎで赤い屋根が地平線上に鮮やかに見える駅舎の方角に、出来るだけ急いで向かった。速足で歩いたせいで息を切らして駅舎を駆け抜け、町へ向かう一番近い列車がいつ出るか聞こうとしてプラットフォームに出ると、「彼のお方」を目にした。その紳士は黄色い塀板にもたれて、いつものように伏せてはいるが、どんな細かいところも見逃さない目をして、独特の微笑みを浮かべていた。夫人がプラットフォームに登ると、紳士は一度だけ目を上げて彼女を見たが、夫人はただちにその表情を理解した。その目は言葉よりもはっきりとこう語っていた——「僕に立ち去ってほしいなら、即刻消えるよ……」

「彼のお方」は、どこか技術系の事務所の製図士だった。エヴァ夫人はずっと前、かつて夫が病気にかかる前に、彼とどこかで会っていたが、直接の知り合いではなかった。夕方、工場を出る時に、あるいは緑地の低木の間の遠く離れたベンチに隠れた姿を、あるいは隣の通りの壁のそばを通り過ぎる姿を見掛けていた。とある女友達から訊いて、とてもきちんとした「社会的な」男だと知っていたし、これは女友達からではなく自分自身の直観で――彼が彼女の全人生を知っていることも分かっていたし、彼の視線の一瞬の煌めきの中に、どれほど彼女を心から憐れんでいるか、あるいはひょっとすると――どんなに彼女を愛しているか、読み取っていた。彼女が彼の中で高く買っていたのは、人の噂にならないように、交際を求めたりしないで、日に一度、時には二、三日に一度、遠くから彼女をしばらく眺めるだけに留めていたことだ。

もっともこうしたことはすべて、ヘンルィク・ドンブロフスキが正気を失うという恐ろしい不運に見舞われて以来、すっかり忘れ去られていた。当時の彼女は精神的にとても落ち込んでいたので、少しでも楽しいことを考えると、迷信的な不安に満たされ、痛々しい良心の呵責の原因になったのだった。知らない人に会うことがあっても、それが夢か現か、正直、答えられなかったことであろう。ただ、彼女にもまだ陽が当たっていた人生最良の日々の思い出として、その人が彼女の愛しの人だったことだけは分かっていた。

駅舎に彼の姿を認めると、すぐ駅の待合室に引き返し、切符を買って木製のベンチに腰かけた。窓越しにその人の姿を見た。以前と同じように、手に大きな淡青色の雪割草の花束を持って坐り、その花を眺めていた。そのあと、そこを立って、プラットフォーム伝いに散歩をしていた。思わず夫人は、太陽の光を浴びて、明るい色の髪と見事に釣り合った彼のソフトハットに見入り、シックな夏用コートや花束、ゆっくりとした優雅な身のこなしを観察し、

「彼のお方」の足取りを目で追った。苦悩が爆発して、同時に彼女の魂をいわば瓦礫と灰で満たしつつ、奥底まで焼き尽くした煙のごときものが頭を包み込んだが、心は文字通り何も感じることは出来なかった。

列車が到着した。エヴァ夫人は急いで客車に乗り込み、小さな誰もいないコンパートメントに入った。一分後に、そこに彼女の崇拝者が入って来た。隅に坐ると、以前と同じようにじっと花を眺めていた。列車はすぐに出発した。エヴァ・ドンブロフスカ夫人は、窓ガラスの外を走り過ぎる風景から目をそらさずに無関心を決め込んでいた。列車の高速走行は、彼女の身体を舞い上がらせ、なおも舞い上がらせるように思われた。道連れの視線が自分に注がれているのを感じたのは、少し経ってからのことだった。今この瞬間、彼がどのように見詰めているか、どんなに激しく苛立ちながら、せめて一度、彼女が目をくれるのをじっと待っているか分かっていたし、こういう出会いをどれほど心待ちにしていたか、よく分かっていた。何か月も前から、ひょっとすると何年も前から……

ふいに彼女の胸に震えが走った。気が狂いそうなほど、その人を見詰めていたい、彼の顔を、微笑みと目を、あの人の目を見詰めていたい、と願った。

「なぜ耐え忍ばなければならないの？　私に何の罪があるというの？」抗うように自問した。

あらゆる苦悩に対して、あまりにも激しい嫌悪を感じたために、もし彼が立ち上がって彼女を腕の中に抱きしめてくれさえしたら、その胸に顔をもたせて、己が不幸のすべてを泣いて紛らせ、彼と一緒にどこへなりとも行ってしまったに違いなかった。心を苦しめている激痛の癌を引き剥がしてくれさえしたら……。この世のありとあらゆるエゴイズムが彼女の中で目覚めた。なぜ耐え忍ばなければならないのか、なぜこの世では打ち勝つことの出来ない必然と戦わねばならないのか？

座席の上の木の板に頭をもたせかけた彼女の頭が、列車の振動に合わせて力なく拍子を取って揺れ、顔には火のように燃える赤らみが浮き出て来た。

それを隠そうと、彼女はその場を離れて窓の中に立った。緑の原っぱと牧草地が遥か遠くになって行った。地平線にはもはや、高く聳え立つ精神病院の赤い煙突だけが見えていた。その煙突から、次々と暗灰色の煙が昇っていた。エヴァ夫人がその煙を注意深く眺めていると、車輪がレールに当たるゴトゴトという音の中に、またしても呪いの言葉が聞こえた。

そして涙と愛を請う墓の番人となるために……
そして天使の翼が
ただ虚無と墓の夢との間に広げる
影となるために……

夫人はこれらの言葉の意味を無感覚になった心で理解し、それどころか、それらの言葉の痛々しい声も聞いた。しかしながら、それは夫の声ではなかった。どこかの声、誰のものでもない声だった。再び蒼ざめた顔で唇を固く結んで、自分の席に坐った。座席に寄り掛かると、左手で雪割草の花束に触った。「彼のお方」がついさっき彼女がいた席のそばに置いたのだ。エヴァ夫人は花束を手に取って膝に乗せていた。そしてその美しい花々の青い色以外は何も目に入らなくなって、頭の中で囁くように独りごちた。「遅すぎたわ、遅すぎたわ……」。そんな風に、長い間、様々な想いに押しひしがれながら坐っていた。ようやく目を上げた時――それはとても悲しい目だった――彼女はゆっくりと、微笑みを湛えながら花束をほどいていたが、それは光の煌めきのように彼女の顔を明るくし、それから花を小さな束にして床に落としていった。最後の一束まで。その時彼女は連れを眺め、まるで弁解するように、許しを請うように、小さな声で言った。

「夫が病気なの、とても悪いの……」

若い男は、町の一番はずれの一番近い貨物駅に着くまで、身じろぎもせず坐っていた。列車が止まると、急ぎ足でコンパートメントを出て、荷役ホームに降り、足早に町の方角に歩き出した。エヴァ夫人は長い間、なおも彼の明るい色の髪を目に収め、うつろな足音を耳にしていた。うつろな足音を……

Tabu, 1896, Przegląd Poznański（掲載開始）

注

1　アダム・アスヌィク（Adam Asnyk）の詩「エンディミオーン（Endymion）」（一八九八年）より。

2　「暴れ者《ハイダマク》（Hajdamak, hajdamacki）」。十八世紀にポーランドが支配した右岸ウクライナにおいて活躍したウクライナ人の蜂起軍、またはその蜂起軍の一員ハイダマクから。「暴れ者」などを意味するトルコ語が起源。

悪い視線……

死者たちの永遠の非帰還のために、死に瀕する者たちの無力さのために
（ユリアン・トゥヴィム[1]「連禱（Litanja）」）

鈴川典世・小原雅俊訳

ここで思い出されるべき内的体験が生じたのは、「中央ガリツィア」の田舎医者ゼノン・エウ医師の息子、十九歳の若者の死後一年半ほど経ってのことだった。故人は一人息子だった。奔馬性肺結核のために、たちまちのうちに身罷《みまか》った。父親と高名な同僚と友人たちの知識も、彼らの一切の骨折りも処置も救済措置も何の役にも立たなかった。息子の死後、エウ医師は同じ場所の同じ家にとどまった。以前と同じように患者を治療し、周囲の人々の間で様々な社会的義務を果たすことに励んだ。隣人たちは彼を眺めながら、つかの間嘆息を漏らし、実際には誰も感じていなかったし、また感じることの出来なかったいわゆる同情を寄せて、目を細めた。その後、それもなくなった。忘れてしまったのだ。なぜなら、一体誰がど

のようにして他人の、とりわけ内面の本質について、不幸について知り得ようか。

この中央ガリツィアのアブデラ[2]の医師のうちで最も評判の高い、「並外れた診断専門医」と親交を結ぶことになった新しい人たち、よそ者たちは、あのでっぷりした、穏やかで明敏な、感じもよく気品のある人が――「どの点からみてもジェントルマン」とのうわさの人が、つい最近そんなつらい体験をしていたとは思ってもみなかった。ゼノン医師自身、賢明な人間であり、自覚的な医師であれば当然の自らの不運と戦っていた。自分の穴が空いた心には、この世に友を見出させないことは分かっていた。息子の死後の最初の時期の方が後に続く時期よりもよく耐えたと言ってよいだろう。あの明らかな瞬間から遠ざかるにつれて、忍耐の計器の中で何かが次第に壊れて行った。まず最初が、医療業務に関してだった。悲惨な事故の直後にゼノン医師は、まさにこの医療行為によって、己の心痛を「殺し」、遠くの病人のもとへと急ぐことで踏み潰していた。クロロフォルムでのように、仕事で無感覚になっていた。赤裸々な感情と真正面から付き合う暇は残して置かなかった。これ以上はないくらい内緒で言えば、あたかも強いワインに酔うがごとくに人々の大きな苦悩の光景に酔い、酒精でのように抵抗力を付けて行った。来る日も来る日も、長い夜の間にはしばしば、自分一人が死刑囚なのではないことの裏付けと立証を探し求めていた。あらゆる規範や尺度を越えて、もはや医者としてではなく、看護人として病気の子供たちの枕元で過ごした。高熱の炎でかっかするおつむを死の抱擁から解き放ち、苦痛の浮かぶ顔に笑みを取り戻して行った。父親たち、そして母親たちは、彼が姿を見せたことを歓喜の涙で迎え、祝福の言葉でいとまを告げたが、彼自身は、実際に何を成し遂げたのかにかろうじて気付きながら、だらけた心でこうした現象の間をさまよっていた。この特別な雰囲気が彼を優れた医者にしたのだった。この看護人にして博愛主義者、そして慈善家は生きた人間を治療したのではなく、病気そのものと格闘したのだった。まるで謎の怪物、人間の知性の洞察力の抱擁をすり抜ける、そのおのが秘密の構造の故に残酷で恐ろしい生き物の狩猟をしているかのように、生存の隠れ家や手の届かない洞窟の中で病気を追跡していた。

自然界の不可解な創造物──発疹チフス、猩紅熱《しょうこうねつ》、天然痘、鼻疽《びそ》、肺結核やその他無数の病気は──今や、昔とは違って彼を魅了していた。聾唖者の情熱に駆られて、今ややつらに恨みを晴らし、洞《うろ》と隠れ家から引きずり出し、途中で捕まえ、一瞬のうちにやつらのたくみと策略、悪癖、背信的な待ち伏せ、人間の血と骨と肉ともつれ合った、しかもこの血と骨と肉に仮借なく敵対的なやつらの底辺の生に気付くコツを知っていた。こうして粘り強く間断なく、知性と記憶と警戒心、そして身に付け、絶えず研究によって豊かにしてきた知識の総力を傾けて、ほとんど息継ぐ間もなく働きながら、鍛えてきた、過《あやま》つことなく正確な思考をめぐらせながら──ゼノン医師は自らと対峙しながら、一人になり、夜中に目を覚ました後、遠くに出かけては出発点に戻りながら、考えられる対象あるいはテーマを見出せないでいた。彼自身の本質的な、いわば内なる思考がこの世界のあらゆる事物から、そして内なる世界を満たすあらゆる観念の中から滑り落ちてしまったのだ。まこと――この、かくも理知的な人間が――何も考えつかなかったのである。全ての思考が時間の深淵の中へ落下し、そして空間に舞い上がった。しかじかの月の中のしかじかの日があり、そしてこれこれの数の多くの月とこれこれの数の日が過ぎ去った――以上が本質的な、内的な思考であった。今日、もしくは明日、これこれの方向のこれこれの人たちのもとに、というかむしろ診察予約券に書き込まれた苗字のもとに行かねばならない――それが内なる意志のすべてだった。こうして――人生の旅の伴侶として――唯一人の仲間――空虚な時間――と、もう一人の唯一人の仲間――空虚な空間が独りぼっちの身と道ずれになったのである。

一方すべて他のことは、どうでもよい、関係のないよそ事の堆積だった。

とある本の中で、アテナイのペリクレース[3]が、喪に服することなく二人の素晴らしい息子の死を耐え抜いたということを読んだ後、ゼノン医師はあたかも自分に対する無礼な態度、それどころか侮辱のような、内なる動揺を味わった。「一体私はどういう人間なのだ?」 蔑むように自問した。しかしながら、たちまち恭順な感想が浮かんだ。

『やはり、かのペリクレースが喪に服すことなく息子たちの死を耐え抜いたからには、その死に気付いていたという確証がどこにあると言うのだ。ひょっとすると喪に服すことなく息子たちの死を耐え抜けたのは、彼らをまったく憐れんでいなかったからではないのか。ひょっとすると彼は材木で出来た人間で、いっかな感情の腐敗に屈しない硬いブナの切り株だったのかも知れない。なぜなら、その内部の全組成が髄までブナ材だからである。シェリー[4]の証言によれば、このチェンチ一族[5]の老「父」は、神が二人の息子の命を奪うように、熱心に心から夢中で祈ったのであった。動物のように一様ではなく、多様な、複雑で謎に満ちた、人類の中の父なる種なのだ――

　とある日の夜遅く、ゼノン医師は目を覚まして、『高名な診断専門医』の機嫌を取ろうと、世間話をし、お世辞を言う一方、何度も何度も詫びを入れ、相手に合わせ、ほめそやしながら自分のそばをちょこちょこ歩き回っている不幸な父親とともに、病気の子供のところに向かっていたとき、ゼノン医師は自分の中に鋭い亀裂があるのを感じた。肉体の中のではなく魂の奥深くの強い冷気と寒気である。奥底に下品な笑いがあった。雪で覆われた何もない畑を抜け、起伏のある不快な丘を抜けてはるか遠くの町はずれに向かっていたのだった。医師の靴はずぶぬれになり、雪で濡れたズボンの裾は、凍え切ったくるぶしのまわりに湿った塊を撥ね掛けた。闇の中を畝から畝へと苦労して進みながら、医師は連れに話しかけた。

「時間は本当に存在するとあなたも思われますか。なぜなら私は……」

「あるいは空間はどうでしょう、あなたはどうお考えですか」

　一刻も早く、出来るだけ首尾よく医者を自分の病気の子供の枕元へ届けたい一心で、心配でならない父親はそこで何やら、ぶつぶつとやおら口にした。答えを聞きたかったわけではなかった……

「どうもインド人が正しいように私には思えるんですよ」と医師は教えを垂れながら熱弁を振るったが、今やこの闇の中で、とりわけ時間というのは事実上、単に世の中の我々の事物の認識における継起の秩序に過ぎないことがはっきりと分かった。さらにまた、もてはやされる空間とは、この地上の事物の配置の方向以外の何ものでもない。前者も後者も何か外面的な持続などでは全くなく、周囲の事物について我々、馬鹿者どもが知っていることの二つの捉え方なのだ。

旅の道連れは、熱心に、誠実に、熱狂的に頷いた。

「お医者様が、かように確信なさったからには、しかる上は……」

「過去、現在、未来――私たちはそれを時間という言葉で呼ぶことに慣れてしまったが、後で時間は自立した存在として続いていると気付いた。これは空虚な観念、対象なき名称だ。ここにも、あっちにも、向こうの方にも――またしても空間がある。とはいえ、私たちの感覚で時間と呼んでいるものは、広がったり、縮んだりして無限になる、あるいはそれを喜びの尺度もしくは心痛の尺度で測ると自らを無に帰せしめる。過去、現在、未来――幾何学的点に収束する線のように入り子になって、一瞬のうちに無になるのだ」

「お医者様は見事にご説明なさいますな……」

「そして、私なりの考えでは、ドイツの偉大な思想家[6]は、対象を超えた、それ自体としての時間は無だと言う。彼によれば、これは私たちの思考の感覚的投影の主観的条件なのだ。

では空間はどうか？　私たちが空間と呼ぶものは、外的対象が収まっている私たちの感覚の表象形式に過ぎない。しかしながら、この対象の形式は、本質であることを示していないし、示しえない。盲目の人に空間認識はあるだろうか。聾者や盲者、色盲の人や神経衰弱症患者、そしてまた不運な者たちは現象を、健康で通常無関心な人々にとって普通の知覚の仕方で、個々の対象に生得的な仕方で習得しているのだろうか」

　彼らは峡谷を通って町はずれの方へと下って行き、百姓家のそばを通り過ぎた。そこからこんな夜更けだというのに騒々しく音楽を演奏し、狂ったように足を踏み鳴らす音と歌声とわめき叫ぶ声が上がっていた。通り過ぎる人たちにはこの婚礼の歌が家の隅の梁を引き抜き、一方、ホウービェッツ[7]が重い屋根をトラスから叩き出しているように思えた。

「なんてこった！　この連中はこんな時間に踊って、あんなに楽しんでいるんだ……」病気の子供の父親はこの歓喜の小屋を通り過ぎながら呟いた。

「なんとあなたは幸せな人なのだ」医師は頭の中で彼に答えた。「こんな真逆のことがあなたを逆なでし、気分を害しているからには、あなたはようやく入り口に立っているのだ。兄弟よ、あなたは生きている間、地上を歩き回りながら、もはやすべてが自己意識であり、もはや空間はなく、もはや時間も全くない墓穴に横たわりながら、それがどういうことなのか知らないでいるのだ」

　田舎医者が、たいてい最も困難な条件の下で、一人でやる羽目になった、どこか遠方の家屋敷で、道具も応急手段もなく――汚穢《おわい》と貧困、虱《しらみ》とよどんだ空気から育つ病気を駆逐することが必要な困難な事例では――半ば腐った貧しい寝床の傍らで、べとつく汗のせいで朽ち果てた襤褸切れの中で――最も困難な予後と決断の時、最終的な手立てと措置に踏み切ることになった時には、ゼノン医師は自分の「助手」にして見えざる協力者の、死んだ息子に支援を仰ぐのだった。こうした決定的な瞬間には――祈りによる呼びかけに、あたかも胸が張り裂けたためかのように、はらわたと人間の本性の最も深いところからの嘆息に――いつも、目に見えざる者はやって来たものだった。本人は目にすることも耳にすることも触れることも出来ず、外的なものによっても内的なものによっても、抱くことも出来なかったが――積極的な支援の中に、共同作業の中に姿を現わすのだった。採用した考えを強固にし、また弱め、断固、最終的に決定を下し、ほとんど用具を示唆し、ほとんどを取り仕切った。その時、手は決して過《あやま》たなかったし、指示が悪い結果をもたらしたこともなかった。石油ランプの炎に照らし出された人体の洞穴の薄闇の中で、発疹チフスにかかった貧乏人の寝台に腰掛け、焼けるように熱い体と襤褸で出来た寝具に両手と衣服と髪の毛で触らざるを得なくなった時、目に見えぬ息子の掌が虱を追い払ってくれたのだった。目に見えぬ息子の顔が、感染者の痰や吹出物と膿胞、咳と排泄物の毒素から守ってくれた。何か聖なる手袋のごときものが伝染性の病気を診察している手を覆ったのだった。ゼノン医師はごくまれにしかおのが天使に呼びかけなかった。最後の葛藤の中で、死にかけている貧乏人の命を救うのか、それとも見捨てるのか、という人間的な不安の中で、そうしようとするたびに、彼の中で心が死に瀕していているかに思われた。息子を何か別の、手の届かない、この世の叡智では理解しがたい仕事から引き離しているのであり、うら若い彼の肉体があれほど耐え抜き、また魂があれほど大きな悲しみを味わったこの憂き世に戻って来るように息子に強いていることは分かっていた。この自分の呼びかけの祈りは、罪深いエゴイズムであり、神聖さの濫用であり、まちがいなく神聖冒瀆だと考えていた。しかし、蝶が翅を閉じて広げる間の言語に絶するほど短い、かのかりそめの一時、かつての幸せを胸に感じていた。再び一緒になり、肩を並べて、いずくへか歩み、自分たちの問題や世間一般の、あるいは家庭の問題について相談することを夢見た。当時、冬のとある日、激しい吹雪の中を広い道路を歩いていて、強風と目に打ち付ける雪から互いをかばい合い、一方、二つの肉体の中に、同じ燃え立つ愛情が彼らを温めた時、うつろな胸に再び情愛が現れたのだった。眼を開けると――再び空虚と静寂があった。意識には再び疑念がからみ付いていた。そして、深い深い、心の中の傷も。

医師の住まいの窓からは、午後の時間に患者を受け入れていた「書斎」の窓からは、地平線の広がりに、わずかに山腹を、広々とした谷間へと下っている二つのなだらかな丘が見えた。この斜面のひとつには、ひときわ高い樹木の群生があった。診療時《オルディナツィヤ》、ひとつの注意と次の注意との間、ゼノン医師は息抜きのいとまを楽しむかのように、たいてい窓際で少しばかり時間を過ごした。そのとき、慣れ親しんだ風景に見入った。それは生命のない土地ではなく、例外なく、すべての経験の目に見える形だった。件《くだん》の土地の一画がすべてを知っていた。彼は、恐ろしい病気のそもそもの始まりから断末魔と死を経て最後の何もない瞬間まで、苦悩の眼差しに満たされていた。もし、何かの不思議な力がかの二つの丘を抱きしめることが出来るならば、涙の河がそこから静かな谷間へと流れ出したことであろう。日没時には太陽がこの谷間の中へ下って行った。そのとき、樹木の群生は長い影を投げかけた。太陽を追って二つの丘の斜面の間へ、村の最後の共同放牧地が、この世からあの世へ続く唯一の道の窪みが、太陽の後を追いかけているかのようだった。そして絶えず同じ、常に変わらないけれども、いまだ未解決のままの問いが、この世からあの世への道のぽつんぽつんと立つ樹木の影の下のこの道に向かって発せられた。

「お前はどこにいるのだ。誰がお前を今、その胸に抱き寄せているのだ。つまり、お前がそっちに留まっているというのは、果てしなく続く夢でしかなく、自分自身の中にあって存在の場所と縦横の寸法を持たない幾何学の点に収束する線のように、無限小に収束したのだろうか。それなのにお前は私のもとにやって来るではないか！　どのようにして私が呼んでいると分かるのだ。どこからやって来るのだ。つまり、お前がそっちに留まっているのは、誰も知らない、理解しがたい、永遠に秘密の奉仕なのか？　誰に仕えているのだ？　何を企てているのだ？　どんな仕事をやらなければならないのだ？　私にだけその秘密を何かの印か夢か啓示で打ち明けることは出来ないだろうか。私はこの秘密を明かしはしない。私は掌中の珠のように秘密を守る。死ぬまで守るとも！　高潔なるスカウトよ、あらゆる点で高潔な、地上の汚れで汚れていない者よ、すなわちお前はそっちでも、神の軍勢のスカウトなのか？　そっちにいて、この世とこっちの仕事を悔いてはいないのか――そっちの方がこっちよりよいのか？

目から勝手に流れ出る涙に似た、言葉にならない思考が人間の貧困から流れ出し、地平線のかのはるか彼方の眺望にと蝟集《いしゅう》し、自ら詩篇の永遠の言葉に流れ落ちていた。『私の目を輝かせてください……』[8]

道の反対側の家のすぐ前に、耕作用の小さな畑、所有者によって念入りに垣が巡らされた矩形の土地が広がっていた――少し遠くには、木造の、車寄せが付いた平屋、地方都市の郊外に典型的な小さな館が建っていた。この小さな館には医師は個人的には知らない家族が住んでいた。なぜなら、その家族の誰一人として、彼に医師の注意を求めたことがなく、ずっと前からついつい隣人を覗き見して知っていたからだった。この家族の父親はかつて官吏であったが、視力を失い、完全な身障者として、果てしない仕事と行き届いた配慮、絶え間ない献身の女性である妻の介護を受けていた。この家族の三人目はひとりっ子の息子で、十七歳か十八歳のギムナジウムの生徒で学校の最優等生、そして「慰めならびに最後の望み」であった。この、道の向こうの低い家で暮らしている四番目の生き物は、ドゥナイ（ポーランド語でドナウ川の意）という犬で、胴長で背の低い、典型的ながにまたの、その素敵な川の名前にまるで似つかわしくないダックスフントだ。優等生アントシとちびのドゥナイはいつも一緒で、絶えず付き合っていた。ゼノン・エウ医師は時計を見なくても、ドゥナイが道に突っ立って夢中になって空気を嗅ぎまわり、しきりにあくびをし、地団駄踏みながら、しかしさほど熱心に地面を爪で引っ掻くでもないのを見ればすぐに、何時か分かった。それは、アントシがもうぴょんぴょん飛び跳ねながらゆっくりと昼ご飯を食べに近付いていることを、どこか遠くの郊外の道の石畳の上で、底にたっぷり釘を打ち付けた彼の靴がきしんでいることを意味していた。盲目の隣人の家族には女中を食わせる贅沢は許されなかった。台所や居住用の小部屋の家事はすべて、アントシの母親が彼に、進んでたっぷり手伝ってもらいながらこなしていた。この大きくて、屈強な筋骨たくましい、立派な体格をし、体操で見事に鍛えられた若者は台所に水を運び、薪を割り、部屋を掃除し、冬には雪かきをし、衣服と靴にブラシをかけ、ジャガイモの皮をむき、そして籠を手に店へ買い物に走った。時として、洗濯物の山を抱えて、しわ伸ばし機に走っていくときやジャガイモ袋を手押し車に積み込むときに、彼の背に投げかけられる笑いの中で、若い女中と料理女の口にのぼせられる苦い嘲りを堪えなければならなかった。しかしそれは、もっとも、その他の人々のいろんな評判もそうだったが、聞き流していた。それは歌うアントシだった。何もかも歌いながら、飛び跳ねながらやった。この若い人間は、膝屈[9]をして暮らしていて、あらゆる生活活動を一曲目と二曲目の歌の間の必要不可欠な休憩とみなしていたと言ってよいかも知れない。これらの種々な短い、素朴な歌は、翼が鳥を運ぶように、彼を世界中に運んで行くように思われた。すべてを風とともに、いともたやすく畑の排水路の中に片付けてきた。隣人の井戸から水がたっぷりはいった桶を手に、小さな草地を走って通り抜ける時には、彼の両親の台所でぶっそうな火事が発生し、ほかでもない彼が勇敢にも火を消すということもあったかも知れない。学校に行く時には、彼の釘を打ち付けた靴の踵と底の下からは隙間があまりに急になくなったために、ドゥナイ自身が決して彼の足のスピードに遅れずに付いていくことが出来なかった。一度ならずゼノン医師は買い物から戻って来たアントシを迎える母親の叫び声を聞いた。

「もう帰って来たのかい！　さっき出掛けたばかりなのに、もう戻って来たのね。あんた、そんなに歩き回らないで、だって靴が……」

靴や靴底の値段に関する雄弁な非難の文句と、新旧の値段の比較などなどの惨めな人間の繰り言が続いた。とはいえ、それは大して功を奏さなかった。実際、靴は郊外の道路の舗石と称するものの上で、不吉な仕方で台無しになった。アントシの運動能力としなやかさは何にもまして、彼のクラスのほとんど全員が所属していたスカウトの「狼」隊の点呼の最中に明らかになったものだ。

秋や冬、早春には、草地の所有者が春の緑地を踏んではならない、と告げる前に、この小さな空間で、小競り合いや機動演習、分列式、閲兵式、分列行進、さらには通常の後方での跳躍、ダンス、ひねり体操、駆け比べ、そしてこの若者仲間の競技大会が行われていた。その時には秋の凍土が、あるいは地面の一画の、早春には地味が痩せている泥土が、突然、おのが胎内から特別な花々の軍勢を放り出したかに思えた。大きなつばのある帽子、首に巻いた緑色のスカーフ、肩まわりの色とりどりのリボン、茶色の衣服、そして明るい色のステッキが色とりどりの花の縁取り花壇のごとくに、見物人の目の中で瞬いていた。見物人は目をつむった。なぜなら、このチームの中には自分の精華を見つけ出せなかったからだ。彼はその昔、ここで、誰よりも美しい子どもとして跳ね回っていた。夜ごとの度の過ぎたる「寝ずの番」、あまりにも大きな重荷を肩に担いでの張り切りすぎの行進、野原の湿った地面での休息、じめじめした溝の中での待ち伏せが、かなり大きく与かって力があった。それゆえ、医師の目はスカウトや彼らの演習を見て目をつむったのだった。しかしながら、彼らの号令の怒鳴り声やラッパや歌は、どこであれ、彼らの痛々しい——残念なことに！——光景から隠れた至る所に届いていた。春にはもう、草地の所有者は咲き乱れる生花の絨毯に足を踏み入れることを誰にも許さなかった。自分の草地にトーマスリン肥料を入れて耕し、熱心にまぐわですき、そして乾季には水をやった。それゆえ彼の草地には鬱蒼と草が生え、この辺りでは誰も知らないし、見たこともない花々が育った。色鮮やかな大きなクローバーの球が、明るい緑の全空間をおのが喜色で満たし、ひときわ丈の高いイェローメリロットがおのが花冠に何千もの蜜蜂をいざない、青い花と白い花のなせる筋がこの草の木立に魅惑的な色合いを与えていた。この頃は香しい草地に足の裏をこすりつける者はもういなかった。誰もが草地を大事にし、鬱蒼たる隣人の花壇を食い尽くす罪は目でしか許されなかった。唯一未開の生き物——短足の、耳が垂れたドゥナイを除いては。このコミュニストは最高に美しい植物の間を、頭をもたげて勝手気ままに歩き回っていた。というのもイェローメリロットの木立の中に全身がすっぽり消えていたからだった。恐らく、自分専用の犬のための医学あるいは薬学の知識を鍛えながら、そこで何かを嗅ぎ付け、噛み、かじり、味見し、吐き出していた。

ただ一人の人間だけには、ただ一つの形も見えておらず、あるじの色とりどりの草地の一つの色すら見えておらず、その点では犬のドゥナイよりも惨めであり、あらゆる蜜蜂とマルハナバチ、ハエそしてスズメバチよりも惨めであった。それはアントシの父親であった。低い家の窮屈な玄関口に、あたかもゲッセマネの園の世にも美しい花と草の目による瞑想に耽っているかのように、草地の方に顔を向け、身じろぎもせず、口も聞かずに何時間も坐っていた。ことによると、すらりとしたツリガネズイセンの色合いが生れて来るのを耳にしたのかも知れない。もしかするとその萼《がく》が空と朝焼けの色で描かれた奇跡の木立の誕生と形成を鼻孔で嗅ぎ分け、感じ取っていたのかも知れない。あるいは暗がりで自らの体内に見出し、形を与え、改良した未知の感覚でもって、幼年時代に、心の中で慈しみ育んだ幸福な千里眼の日々に、遠くから香りに辿り着くことができるようになったのかも知れない。

屋根の小さな張り出しの下、いつも父親の横でアントシはそばについて離れないドゥナイと一緒に動き回っていた。ゼノン医師は離れていたために父と子の会話は聞き取れなかった。届いたのは単語の断片と不鮮明な響きだけだった。アントシは父親にそこの草むらで何やら説明し、一本の草も駄目にしないように慎重に、細心の注意を払って足を運びながら、場所を示していた。センブリの茂みの中やムシトリナデシコの節の中の何かの茎と葉に触っていた。

あたかも上空の目の細かい篩《ふるい》にかけられたかのような、五月の温かな小雨がそぼ降るときには、短いマントをまとったアントシと高々と尾を巻き上げたドゥナイが、草地の遠方の畦《あぜ》を苦労して歩いていた。スカウトは小さな垣根の雑な作りの杭を支えている白樺の小枝の木釘を直した。吸い上げた水を、湿気を本溝へ導いている何本かの小さな溝の中に流した。そこでリュウキンカか勿忘草《わすれなぐさ》の種族の誰かの生活の苦労を、身の丈の大きな自分の友人のすべての行為に好意的なドゥナイの積極的な手助けのもと支援したのであった。

夏の天気の良い日には、アントシの父親は町に出かけた。そういうときには、幅広の羽飾りがついた、いささか形は古めかしいが真新しい、昨日、流行りの店で買ったばかりのような帽子を被り、きれいにブラシをかけた外套をはおり、スカウトにふさわしい厳密さと精巧繊細さを備えた「ピカピカの」靴を履き、エレガンスの規則の決定版に従って、アイロンできれいな折り目を付けたズボンを履いていた。事の本質を知らぬ通りすがりの人間は、背筋をピンと伸ばした年配の紳士を、自分の外見を過度なまでに気にする郊外出身の伊達男とみなしたかも知れなかった。アントシはいつも腕を組んで父親を連れて歩いた。二人ともほとんど同じくらいの背丈だった。始終、何か自分たちのことをひそひそと話し合いながら、リズミカルな足どりで歩いていた――ひょっとして道に転がっている少なからぬ数の石についてであったかも知れない。そのどれかが盲人の足を傷つけることがないように、と。

そんなある日のこと、二人が町から家へと戻るときに、ゼノン医師は自宅の窓から彼らを見詰めていた。その視線がこの二人連れに釘付けとなり、視線を通して恐ろしい嫉妬の針が心臓から突き出した。頭は、一枚岩のように窓枠の上に剥げ落ち、唇は盲目の老人の耳に囁いていた。

「それで、お前は、目が見えないからといって、どうだというのだ？　どうだというのだ？　まるで自分の目がついているかのように、彼と一緒に歩いているではないか。彼を通して見ているではないか。お前の老いぼれた心臓には二つ目の生気にあふれた、若く、純真で、創造的かつ神聖な心臓がある。力強く、愛情こまやかな手がお前の一歩一歩を支えているのだ。お前の腕には他人のものだが同時に自分自身のものでもある腕が触れている。あたかも強大な力が永遠であるがごとくに。それで目が見えないからといって何だというのだ！　空間はお前にとっては消え去り、時間に変容をとげた。それは確かだ。しかし、お前が大人になろうとしている息子と肩を並べて歩くとき、その彼の肩を通して今一度、お前の中に空間が戻って来るのだ。お前たちは一の存在の中の二だ。自然の奇跡なのだ。だからお前は盲いているのであり、主人の中の主人であり、王の中の王なのだ。では私は？　私はすべてを、空間と時間、光と闇、眠りと不眠をむしり取られている。私はお前たちが日のもとを散歩する妨げにならないように、全能の足が蹴飛ばし、道から放り出した石なのだ。私は一体何なのだ？　無ですらない！」

　息子の一周忌がやって来たとき、ゼノン医師は教区に死者ミサを申し込んだ。しかし教区司祭は病気で、ミサの日取りは当面決められなかった。故人の学友たちがこの敬虔な追悼への参列を希望しており、したがって日取りの問題にはこまごまと関心を寄せていた。ある日、ゼノン医師は誰かが住まいの入口の扉をノックするのを耳にして、扉を開けに行った。ドアの戸口に、盲目の隣人の息子、アントシがいるのを目にした。スカウトの制服に身を包み、背筋をピンと伸ばしたかの若者が、手に教区司祭からの手紙を握り締めていた。その手紙を手渡すとき、使者の口元にはすべてが包摂されたえもいわれぬ美しさの笑みが浮かんでいた。もしこの笑みを見事に彼の人間の唇から剥ぎ取って、外の世界に留め置くことが出来るならば、それは永遠の魂が存在する最も明白な証明となることであろう。手紙にはミサへの招待状が入っていた。

　それから間もなくして故人の没後最初の誕生祝いがやって来た。そして再び年長の学友も年下の学友も、あたかも彼らのイニシアチブでなく行われた最初のミサに対する報復であるかのように、「自分たちの」死者ミサを申し込んだ。

ある日の朝、誰かが再びゼノン医師の家の扉をノックした。そこで自分で扉を開けると、またしても盲人の隣人の息子、アントシが戸口に立っていた。最初のときと同じように今度もスカウトは同じ美しい笑みを浮かべて医師に、ミサへの招待状が入った手紙を渡した。

この何の意味もない、取るに足りない出来事から——パイプオルガンの音色とその中の恐ろしい神の言葉が啓示されている陰気な歌の響きからいくらも時間が経っていなかった。

ある日、ゼノン医師は、いつもの小道を患者から患者へと回りながら、途中で思いもかけず、ずたずたに引き裂かれた、しかもあちこち汚れたスカウトの制服を着た若者に驚かされた。震え、しゃくりあげ、何もかもこんがらかり、旅で疲労困憊し、青白い顔をしたその若者は、山で借りた荷馬車での数人のスカウトの小旅行で、タトルィ山地の頂上から滑落した学友の亡骸を運んでいると伝えていた。死者の学友は家族に知らせる勇気がなかった。医師にどうすればよいかと尋ねた。ましてや、犠牲者の父親は盲目なだけに……。ゼノン医師はよろめいた。医師は若者が知らせた道を走った。二人は大通りを急いで数露里、町の外へと坂道を登って行った。ようやく、半日と一晩、山地からマウォポルスカ地方の低地へと、かの悲しい重荷を引いてきた一頭の駄馬を付けた枠付き荷馬車が現れた。医師は、血まみれの亡骸を覆っていた布を放り投げた。アントシを、というよりはずたずたになり、押し潰され、バラバラになった彼の亡骸を目にした。ただ顔の残りの部分に生き残ったうっとりするような笑みが彼を驚かせた。

「私の使者よ、使いの者！……」　医師は絶望に手を揉み、目を涙で塞ぎながら囁いた。「一体誰が二度もお前を私のもとによこしたのだ？　誰がよこしたのだ？」

しかし、その神聖な若者の笑みは、秘密を閉じ込めたまま、変わることがなかった。

はるか遠い遠い昔に、遠くから人知の及ばぬ力が運んで来て、海から姿を現した土壌の上に堆積させた高い山々の中で、数万年も激しい強風と穏やかな天象の中に立っていた山々の中で——謎の犯人はアントシの軽はずみな手を待っていたのだ。広大無辺な、かの時間の大海原から、孤独で青春時代の情熱と剛毅さに駆られた向こう見ずな若者が、聳え立つ頂上によじ登り、力強い腕で最も高い砂嘴《さし》のてっぺん《スクシジャウ11》を掴むまで待ち伏せていた。まさにそこで不死身の敵が待っていたのだ。何世紀にも渡って花崗岩が下から砕け、雨による洪水が濡らし、冬の霜が凍らせ、ついには粉々にして、ちょうどよい、動く土の塊に変えたのだった。アントシの手が掴んだとき、その塊は彼もろとも百メートルの高さから墜落した。アントシを殺し、空中を飛びながら、彼をずたずたに引き裂き、何度も何度も押し潰し、その全血管から最後の一滴まで流された血をたっぷりと飲み込んだのだ。しなやかな脛と力強い前膊《ぜんはく》を一度、二度、三度、そして十度と折り、喉を引き裂き、その喉から生きる喜びを讃えた、美しい、生き生きとした歌を剥ぎ取り、駆逐した。

ゼノン医師は、周知のごとく、死んだアントシの両親と同じ町の一画に住んでいた。スカウトからの依頼とは別に、彼には医師として、そもそもこの人たちの家に事故を知らせに行って当然だった。しかし医師は胸の内で不安に駆られた。これら二人の者たちへの、彼らのアントシからの使者になる力はなかった。そこで臆病にも、盲目の隣人の小さな家の方を見ないようにしながら自分の家に戻り、自分の用件に取り掛かった。この日と次の日々はその方角には目を向けなかった。二つの丘の間にゆっくりと夕焼けが広がって行った時には、日の入りにすら目もくれなかった。

しかし、三日目あるいは四日目に、たまたま窓から外を覗くと、盲人とその妻を目にした。黒い縮緬の喪章の帯で飾っただけのいつもと同じ身なりで、二人はどこからか家に帰るところだった。妻は腕を組んで盲人を導いていた。盲人はいつものようにピンと背筋を伸ばし、ぎこちなく、荘重に、冷静に歩いていた。妻の顔は、幸いにも、喪章の分厚い、黒いヴェールの下になって見えなかった。二人を見ながら医師は考えていた。

「みなし児たちよ、あなた方は外面的なことがらと内面的なことがらについての、神と自身の存在についての真理を知るだろう。そうとも、そうとも！　我らが道の石は固いのだ……」

この二人連れは街道から彼らの住処に続く小道へと曲がった。女は家の奥に消え、盲人の方は町から帰って来た時と同じく、帽子を被り、外套を纏《まと》い、杖を手にして、玄関口のベンチに腰を下ろした。見えない瞳で、ほんの数日前にはそこから愛息の歌声かあるいは元気な声が聞こえていた草原を見詰めた。老人はあまりにも長く、黙って身じろぎもせず坐っていたために、あたかも凍りついたか化石になってしまったかのようだった。誰かの目が彼を盗み見しているとは、誰かの視線が彼の気持ちを推し量っているとは知らなかった。

医師はいつものように窓枠にもたれて、その場所から離れることが出来なかった。幾度か、身じろぎしない老人に向かって手を伸ばしたが、その手は身体に沿ってずり落ちた。幾度か、胸の中に湧き上がる叫び声を感じたが、外に放つことは出来なかった。向こうの魂が棲んでいた深淵の静寂をなぜ破らねばならなかっただろうか？　彼の膝元でこう告白したとして、それがどうだというのだ――

「飢えの中で私はあなたの姿をたらふく食べ、たらふく飲みました、そして私の安らぎは恐ろしいものになりました……」

自分の悪い視線の物語を彼に話してやるべきだったろうか？

小犬のドゥナイが沈黙した家から細道を通って走り出し、頭を町の方角に向け、石だらけの道に向かってくんくん鼻を鳴らして空気を嗅ぎ、せっかちに足を踏み替えながら鉤爪で地面を引っ掻いた。家に向かって走って行ったかと思うと再び同じことをするためにすぐにもとに戻った。そんなことを十回もしたろうか……。ようやくおのが動物の不思議な知識で物事の本質を感じ取ったかのようだった。犬の頭は麻痺に襲われ、その首は上に向かって伸びたように見え、犬は突如、胸が張り裂けるように、物悲しく遠吠えを始めた。その声を耳にすると盲人は身じろぎし、身を震わせ、体を揺らし、ばたつかせた。その手は宙に投げ出され、髭をぐいぐい引っ張り、ひっきりなしに何もない虚空でパタパタさせ始めた。この世のどんな生き物の声とも似ても似つかぬ、人間のどんな叫び声にも似つかぬ恐ろしい声が胸から飛び出した。まわりで、この声に身じろぐ者は誰もいなかったし、誰も助けにも様子を伺いにも駈けつけなかった――妻も、おのが視線を瞼の下に押し隠した医師も。ただ犬だけが、激しい思慕に駆られて遠吠えで伴奏したのだった。

Złe spojrzenie..., 1920, Nowy Przegląd Literatury i Sztuki.

注

1　ユリアン・トゥヴィム（Julian Tuwim）の詩「連禱」（Litanja）から。ユリアン・トゥヴィム（一八九四～一九五三）はポーランドのユダヤ系詩人。戦間期二十年代の最も著名な詩人の一人。

2　アブデラ（Abdera）。プロタゴラスやデモクリトスを輩出した古代ギリシアの町。十八世紀後半、ドイツの詩人・作家クリストフ・マルティーン・ヴィーラント（Christoph Martin Wieland）の「アブデラの人びと」（Geschichte der Abderiten）では偏狭かつ俗悪な小市民根性が描かれている。

3　アテナイのペリクレース。ペリクレースはペルシア戦争後の古代アテナイの全盛期を指導した人物。二人の息子は流行っていた疫病で死に、本人もその後疫病死した。

4　シェリー（Percy Bysshe Shelley）。イングランドのロマン派詩人（一七九二～一八二二）。無神論者。そのことで父とは疎遠になった。

5　チェンチ一族（Cenci）。イタリアの貴族。ベアトリーチェとその父チェンチの対立を描いたシェリーの韻文悲劇“The Cenci”（一八一九）から。

6　ドイツの偉大な思想家。フリードリヒ・ニーチェ（Friedrich Nietzsche）（一八四四〜一九〇〇）を指す。

7　ホウービェツ（hołubiec）。マズルなどの、ジャンプ中にかかとをかかとにぶつけるダンスフィギュア。

8『私の目を輝かせてください……』。「詩篇13-3」「指揮者のために、ダビデの賛歌」。「私に目を注ぎ、私に答えてください。私の神、主よ。私の目を輝かせてください。私が死の眠りにつかないように」。

9　膝屈（prysiudy）。ウクライナとロシアの民族舞踊におけるスクワット。

10　イェローメリロット（miodownik）。丈の高い黄色い花をつけるマメ科の植物。別名イエロースイートクローバー、エイヨウエビラハギ。原産地はヨーロッパ、アジア、北アメリカ。食用、薬用。

11　てっぺん（skrzyżal）。古語で今日用いられない。砂嘴のてっぺんを指すと思われる。

ヴィシュクフの司祭館にて

夏井徹明・小原雅俊訳

まさしく土砂降りの雨の中、ワルシャワの人気のない通りから義勇軍監察総監第二部隊の自動車が駆け付けた。その車内で豪雨から守られていたのは、フェルディナント・ルシュチツ教授、アダム・グジマワ＝シェドレツキ氏、モゼレフスキ氏とその撮影機、署名人ならびに運転手二名。旅行許可書には北部戦線の作戦地域への方向が指定されていた。プラガ地区[1]郊外の石畳みの大通りをボールのように飛び跳ねながら、見事な乗り物はラヴィミンスカ大通りに、すなわち二週間前にはポーランド全土の、それどころか全世界の耳目を引いた、かの目立たない道に出た。

私は二日前すでに、フランスの雑誌の特派員であるジャンティ氏、イジコフスキ氏、ピラシュ氏、ミェジンスキ氏とともに、トラックがさらに激しく揺れる中、この道を知る光栄に浴したが、その時はエンジンの管やら何やらが故障してドライブを台無しにしたため、目的地に到着出来なかった。短期間の戦闘の痕跡は、最後の鉄条の堡塁と森に沿った溝のすぐ背後に、しかし広いぬかるんだ水溜まりの前方に見ることが出来た。幹線道路に沿って、ボリシェヴィキ軍によって平行かつ対称に掘られた地下壕の黒ずんだ標識が続いていたからである。

しょっちゅう橋が壊れていて通行を妨げられた。幹線道路から牧草地にそれて、そのようなかつての橋の一つを迂回する羽目になった時、自動車は土砂降りでぬかるんだ窪みに嵌り込み、ほとんど瞬く間に我々の目の前でどんどん深く沈んで行った。

乾燥した車の中から出て、最も激しい暴風雨の中、重たい大きな箱を巻き上げる必要があった。幸いにも、橋の修理に際して雇われた兵士たちが運転手を助けに来てくれた。沈み込んだ車輪は幸運がそこに送ってくれたジャッキを用いて泥の中から引き出し、その下に板を置くと、車全体がより安定した地面に持ち上げられた。しかし、そうなる前に、土砂降りの雨が我々全員をずぶ濡れにしていた。

湿原の中に立っていると、まるで車に倣って、我々自身が深みに沈んでいくような気がした。果てしなく続く輜重《しちょう》の車、騎兵隊と歩兵隊、兵器を積んだ大型車、負傷者を乗せている車両のせいで、すでに再び踏み均された幹線道路に出た後も旅を続けるのは困難であった。ようやく先に向かって、信念上の違いはあれ、まあまあ仲睦《なかむつ》まじく一斉に出発した時には、我々は歯をガチガチ言わせていた。間もなく、広場の真ん中でまだ煙を上げている焼け跡や、いたるところ砲弾で穴だらけにされた家々と、爆撃を受けた広場と路地に横たわる墓地の寂寥とともにラヴィミンが姿を現した。ラヴィミンからは、はや一層溌剌としてヴィシュクフへと進んだ。この小さな町に近付くにつれ、ブク川にかかる橋が痛ましいまでに破壊されていることに気付いた。

　鉄道橋を渡って川を越えなければならなかった。そこで再び、深い砂地と底なしのでこぼこ道の上で車を巻き上げなければならなかった。ようやく町の中心部に辿り着くと、軍司令部でユゼフ・ハレル将軍[2]が教区司祭館に滞在しているとの説明を受けた。凍えてびしょ濡れになっていたので、我々は教区司祭に客人歓待を求めようと決めた。足はずぶ濡れ、体を動かすたびに寒気が襲うような下着を身に着けた怪しげな人物は、最高の顕職や最もふさわしい称号の栄誉に対して敬意を払われることがない。それどころか、他人が家とその平穏を享受する権利を当然のこととして尊重するべくもない。さらに悪いことに、こうした凍え切った人間は誰でも、一杯の強い火酒を一気に飲み干せたらという不健康で厳しく禁じられている空想が頭をもたげるものである——たとえ署名人のように、長年の、うんざりするほど不撓不屈の禁酒論者だったとしても。幸いにも、ヴィシュクフの教区司祭で司教座聖堂参事会会員のミェチュコフスキ神父の住居の扉は、家主にずぶ濡れになった人たちのことが伝えられると、温かくひとりでに開いたのであった。

　広い部屋には、老齢の司教代理とその助任司祭、モゼレフスキ神父のほかに、ハレル将軍とフランス大使のジュスラン氏[3]がいた。我々はまさに、ソビエト・ロシア共和国から全権を委任された我々の同胞からなる「ポーランド政府」が先週ずっと自宅に滞在したことについての司教座聖堂参事会会員の報告のさなかに出くわしたのである。同胞とは、ユリアン・マルフレフスキ博士[4]、フェリクス・ジェルジンスキ[5]、フェリクス・コーン[6]である。政府や社会制度の交替、また社会階層の共存全体の根本的転換といったポーランドにおける統治の性格の転換のような高いレベルの諸問題のさなかに先に述べた一杯のキャラウェー酒を、無理ならせめて「チスタ」[7]をと、下劣な無心をしながら出て行くのは容易でなかった。

　幸い助任司祭は、このように大きな戦争という現象であっても覆せなかったもてなしという古い原理原則が故に、それぞれの前に熱いお茶を出すように命じた。その上――甘美な夢の実現でもあるかのように、手から手へと回り始めた砂糖入れの中に我々が実際に目にしたのは、最上級の角砂糖と大量のかけらだった。助任司祭の神父は、ジュスラン大使とミェチュコフスキ参事との真剣な議論をいささかも遮ることなく、我々客人の耳にどうにかこのように囁いた。

「お取りください、どうぞご遠慮なく……。それはマルフレフスキ氏があわてて逃げた際に置いて行った砂糖です……」

　ああ、確認された一切合切の奇妙な、何とも奇妙な不一致！　ああ、自らの持って生まれた力で途絶出来ない時の崇高なるものの滑稽さよ！……

　かの、かくも見事な砂糖を目にして、私は突然、自分がまさにその砂糖の正当な所有者であるように感じ、反射的に最もボリュームのあるかけらを三個グラスに放り込んで、居合わせた人々の顰蹙を買ってしまった。ゆっくりと熱いお茶を飲みながら、ぼんやりとユリアン・マルフレフスキ博士の姿を思い出した。

　私がその昔、初めて彼に会ったのは何年も前、ラッパースヴィール[8]の図書館作業棟の三階、太古の低い丸天井の、大量の本、目録、写本がぎゅう詰めになった部屋だった。ある冬の日、私は図書館司書としてローザ・ルクセンブルク[9]とユリアン・マルフレフスキを迎え入れ、世話をした。はたして当時、この追放者にして逃亡者、亡命者の風采の上がらない二人の人物の中に、ベルリンの街頭で猛り狂った住民によって惨殺された将来のスパルタクス団革命の殉教者、ならびに――確かに短い間ではあったが、それまで同様、風采の上がらないヴィシユクフで我々に対して権力を行使した我らが哀れな祖国の将来の地方総督の世話を私がするなどと想像出来たであろうか。

　無類の熱さを満喫し、ボリシェヴィキの砂糖の味を堪能しながら、私は加えて、ユリアン・マルフレフスキ博士が我が尊敬する出版者であることも思い出していた。私は山のような彼の手紙を持っている。そこにはとある拙著のドイツ語への翻訳に関する規約、約定、契約書が多くの紙数を費やしてしたためられている。

　なぜなら、半端ではない金銭的利益を保証してくれるこれらの規約と多くの条項からなる契約書にもかかわらず、またいくつかの作品の翻訳が品切れになっていたにもかかわらず、ユリアン・マルフレフスキ博士の出版事業の顧客、ペツォールトが私にこの翻訳の新版の出版権を求めてきたために、これらの詳細にわたって記述され、厳かに予告された金銭的利益のうち、私が収入として得たのはユリアン・マルフレフスキ博士の貴重な直筆だけなので、よろしいかな、私は彼がヴィシュクフに置いていった砂糖の正当な所有者だと、そして神のみ心のままなら――いつか支払われるか知れない印税の清算のために、私は三つの新たなボリシェヴィキのかけらを、ミェチュコフスキ神父の家の使用人がどうぞ、どうぞと注いでくれた二杯目のお茶に突っ込んだのである。酩酊して体がポカポカしてきて、私はもう一人の総督、フェリクス・コーンのことを思い出した。私がよく彼を目にしたのは、クラクフで行われたスタニスワフ・ブジョゾフスキ[10]の裁判で、裁判官の一人を務めていた時のことだった。その姿はしぼみ、やつれはて、神経質な夢想家の好感の持てる顔立ちの、まるで霧で出来ているかのような男――ワルシャワの「プロレタリアート」の英雄だった。

　鎖につけられた誇らしげな亡霊の一人とよく顔を合わせられたのは社会党員たちの部屋の「プロレタリア党党員」[11]の集合写真の中でだった。三人目の――フェリクス・ジェルジンスキとは幸運にも……面識がなかった。私は彼の力の及ぶ領域内に入ったことは一度もないし、彼の顔を見たことも、肘まで血塗られた手に触れたことも、彼の口から出る言葉を耳にしたこともないという自覚があるのは幸運なことだ。実を言うと、私のいるところでこの名前と姓を口にされると、息苦しさとさながら吐き気を催したかのような、胸糞悪い気分になるのだ。それゆえ人里離れた教区のひっそりした家で、煮え立つような議論をしていた。幾度となく外国の侵攻によって踏みつけにされた広場や、幾度となく外国人によって冒瀆されたワルシャワの建造物の中で大きな役割を果たすべく備えているこの三人の男達は、活発な雑談の対象となっていた。

ハレル将軍はジュスラン大使のために司教座聖堂参事会会員の物語をフランス語に翻訳してやった。ヴィシュクフ教区司祭は、ボリシェヴィズムの全イデオロギーを、その基本的、教条主義的・思想的、イデオロギー的、いわば神学的な、「もっとも重要な」側面から知った。彼は三人の未来の独裁者と長時間にわたって会談を行う機会があったため、その経緯をよく理解していた。ジュスラン氏は、より重要な詳細と最もきわどい発言を入念に書き留めた。自由意志や革命、幸福の意識と知識に恵まれた個人の力の道徳的使命を巡る表現や議論をここで繰り返すのは容易ではないであろう。特に、口伝えに伝わったそれは信憑性と正確さを失いかねないだけになおさらである。とはいえ、これらのことがらについてはすでに何度も書かれて来た。出席者全員の話によると、ポーランドとワルシャワの未来の支配者たちは、武器に弾を込めて教区司祭館の彼らの宿舎を守る強力な護衛に囲まれ、素敵な高級車に乗り、たらふく飲み食いし、快適に眠った。

（私はいつも、この種の人々はこの裕福な暮らしのために何をして稼いでいるのだろうかと自問している。労働にのみ立脚した法理を説きながら、自らは、その地位を継承した、あるいはあれこれの陰謀に基づいて手にしたすべてのありきたりの支配者たちのレベルを出ていない)。

司祭館の窓ガラスはいたるところ銃で穴だらけにされていた。私はこれらの窓の一つのそばに立ち、ガラスの穴を通して静かな庭に見入りながら、この閑静な地に短期間にいかに多くの変化が起きたことかと驚いたものである。話題にのぼった、あたかも抽象的な観念の生きた形態であるかのような人々は、悪罵と不満、夢想、幻想と狂気の渦を携えてこの住居を行き来し、通り過ぎながら――圧制と不正、殺人と拷問、呪詛と絶望の中での死について語った。自らが殉教者の膝から滑り落ちたのと同じ高みによじ登っていること、そして苦しむ者たちの復讐が再び彼らの手に圧政の王笏を押し込んでいることにまったく気付くことなく……

これらの部屋でポーランド政府を名乗ったあの三人の客人は一体誰だったのだろうか？ ポーランド人民が彼らを選んだのだろうか、それともこの地の誰かが彼らを任命したのだろうか？ ポーランド人民、あるいは彼らの習いでそのように捉えられていたポーランド国民は、彼らの中の誰をも自らに選んだ名誉ある職責に指名しなかった。外国の、自分の集団の、自分の政党の上層部の誰かによって指名されたのである。

かかるものとしての彼らを、以前のポーランドの地へのロシア皇帝たちの侵略の時期の「農民問題のための[12]」人民委員たちによる長年の活動の間に、この語がポーランド人民の見解の中で帯びることになった意味においてのみ人民委員と呼ぶことが出来るであろう。そしてかの者たちはとにもかくにもシュラフタの抑圧に対してポーランド人民に味方したのである。かの者たちはまた、ポーランド農民を数えきれないほどの銃剣で支援した。唯一違いがあった。かの人民委員は我が一族ではなかった。彼らの血管の中にはポーランド人の血は流れていなかった。かの同胞たちは、おのが権力を支えるために、我々の原野に、我々のみすぼらしい町に、所有者たちの邸宅やあばら家に、ごみ屑に押し潰され、長年の戦争で破壊された都市に——外国の軍隊を、無知で飢えた、荒稼ぎとロシア兵の放縦に飢えた人々から成る群衆を連れて来た。解放の最初の日の、我々がかくも恐ろしく長い隷属の後やっと頭をもたげたばかりの時に、ロシア全体を我々に背負わせたのだ。

ロシア軍の荒くれ者たちによる我が国の少女や女性に対する強姦の道徳的責任は、彼らの良心にのしかかっている。彼らの良心にのしかかっているのは物的な資源や財宝の破壊ではなく——なぜならそれらの価値は相対的なものであり、取返しが付くものだから——過去の記念碑、稀覯本、曾祖父や父親、子供たちの形見の破壊、ステンドグラスと芸術家たちの果てしない努力によって石や木や金属に制作された芸術作品、御しがたい素材に定着された絵画と人間の夢想たる作品を、次々と銃弾で打ち砕いたことである。それらを粉砕し、根こぎ盗み、損傷し、奪い去り、もはや二度と人々の目を楽しませることをなくしたのは広大なモスクワの平原からここに追いやられた無知蒙昧なロシアの群衆であった。なぜなら、それらは贅沢品ではなく、純粋な芸術品であり、触れることの出来ない、近付きがたいものでなければならないもののすべてよりも高い価値を持つからである。なぜなら、それらは我々自身の中に閉ざされた永遠について、永遠が我々に語りかけて来るからである。これらの品の破壊に対してかの人民委員たちは責任を負っている。これらすべての著作、印刷物、記念碑、美術品を何も知らない暴徒の手に渡したのは彼らだからである。

かつてのツァーリの警察署長《コミッサール》同様現在のソビエト連邦の人民委員《コミッサール》が、いかにして我々の都市と村に、教会と家々に、美術の至宝にたどり着くことが出来たのかという疑問が生じる。かの人たちもこの人たちも、こっちでもあっちでも、どのようにしてわが人民に耳を傾けてもらえたのだろうか？　死者の中から奇跡的に復活したポーランドの魂の怠惰がこの魂にボリシェヴィキの鞭を招き寄せたことは、率直に包み隠さず認めなければならない。ポーランドは、ありとあらゆる悪行、闇商売、贈収賄、不毛な官僚主義を通じて一般大衆の犠牲の上に金持ちになりたいという強い願望、そして出世と無責任な権力への志向に絡め取られて怠惰な魂の中で生きてきた。隷属の日々に魂の中に宿った崇高さはすべて、この解放の最初の日に立ち竦んだ。社会勢力、諸政党、諸陣営の力の表現として、世界のどこにでも存在する権力闘争は、ポーランドでは、途轍もない形態を取ったことは疑いない。権力の舵取りの座に就いたのは、才能と功績と教養がある賢明な人々ではなく、党と陣営の中で最も才能のある、もしくは最も抜け目ない人々だった。

まるで池の水抜きをした後のように、おぞましい爬虫類と両生類の群れを目にした。観客の誰もがそれに気付くことが出来た時、奥底には隷属の日々と同じものが残っていた。王国自体に膨大な数の農地を持たない、宿なしの人々が暮らしている。財務大臣、ヴワディスワフ・グラプスキのもとで編纂された一九一四年のポーランド王国統計年鑑には、次のように書かれている（六〇ページ）。

「農業労働者階層ならびにあらゆる種類の雇い人と使用人、土地および職業を持たない自営農民出身の住民である。農地を持たない住民と呼ばれる住民の範疇は……一九〇一年には、農村と小都市の人口の中で十八・一パーセントであった。一八九一年から一九〇一年の期間のみで、農村の土地を持たない農村住民は十三・二パーセントから十七・二パーセントに上昇した」。

寝泊まりする場所もなく、一日一日領主や農民の雇い人をして暮らしながら我々の農村や小都市の中をさすらっていたのは、とにもかくにも仕事と稼ぎがあり、四世帯用共同住宅に寝場所を持っていた十万人の作男たちではなく、百五十万人（一九〇一年当時）の住民たちだった。

当時、毎年五十万人が季節労働のためにドイツに行き、製造業は農村と集落から相当数の土地を持たない農民を引き付けた。十九年間に、相続権のない人たちの新しい世代が育った。戦後事情によって季節移民は妨げられており、一方、製造業は存在しない。隷属の枷からその手が解き放たれた時、我々がやりたいことをする可能性を手にした時、農地も住まいもなしに、農地に繋ぎとめられたこの膨大な数の国民のために、これらの土地を持たない住み込みの農夫や季節雇い人たちのために、我が国の農村と田舎町に満ち満ちているこの最も重要なプロレタリアートのために、一体、我々は何をしただろうか？　見よ、彼らのもとにヴィシュクフの三人の人民委員がやって来て客人となったのだ！

蘇った祖国における新しい労働界の初日に、広範かつ永続的で最先端で最も実りある豊かな土地所有権を定めるべきであるという発言は無駄だった。誰もこの声に耳を傾けなかった。もし幸運が我々にもたらした一つに結ばれた大地の上に土地を持たない人々の群れがいなかったら（その群れは王国だけでも何百万人という数になる、大地に繋ぎ留められた――なぜなら土地からはどこにも立ち去ることが出来ないからだ。右にも左にも。おそらく、この大地の奥底、墓穴の中にも）――土地を持たない人々と家を持たない人々のための運命のための戦いをスローガンとして旗に書き付けた敵は、一体どのようにして我々の扉への道を見出したのだろうか？

新生ポーランドの旗にボリシェヴィキのスローガンよりも低級ではなく、より高尚で、神聖で、公正で、賢明で、雪よりも白いスローガンを書き付けることを求める声は聞き入れられなかった。人々はその声を嘲笑った。そして今、中国人の銃剣の切っ先で、コサック騎兵のヒューという革ひもの鞭の音の中で、無実の、ポーランドで最も高潔な血に対して、若者の血に対して、ラトビア人が照準を定めた機関銃の連続音の中で、外部から押し付けられた我々のものよりも高級で、奥深く、公正な新しい法律が出現することになっていた。我々と外部からやって来るこの軍隊を何百万人もの土地を持たない、宿なしの農民が行く手を遮り、祖国かよそ者かの選択をすることになっていた。

ああ、ポーランド人よ！　手を合わせて祈ってほしい。なぜなら、土地を持たない、宿なしの農民はポーランドを選んだのだから。あちこちであれこれの人が絶望して敵について行ったとて何の問題もない。なぜならすべてのポーランド農民が祖国のために戦いに加わったからだ。祖国には所有地として墓しかない貧乏人たちが、弾帯を締め、その姿に世界が驚嘆のあまり言葉を失ったほど勇敢に侵略軍を攻撃した。ポーランドの地の端から端まで、我々の言葉が響くところならどこでも、「祖国万歳！」という叫びが沸き上がった。そうではなかっただろうか？　世界はこの言うに言われぬ現象を見なかっただろうか？　誰のものであれ一切の罪は忘れ去られた、そしてマラトンの戦いにおけるギリシャ人のように、我々は敵を打ち砕いた。ロスケたちが国に侵攻したときに、自分の宮殿、大邸宅、街中の家、自分の財産、家具や絵画や記念品で埋まった住まい、土地のわずかな区画に建つ自分の百姓家、農園と家畜、自分のポストと地位――を守るために立ち上がった人は祖国を守りつつ何を守っているか分かっていた。しかし全く何も所有していなかった人は、祖国の防衛に立ち上がりながら、自分が何のために戦っているのか分からなかった。

彼は祖国の将来の幸福を守った。彼は他人の財産を守り、宮殿の不可侵性、大邸宅の幸運な繁栄、都会の家賃の権利を守り、自分では見たこともないし、これから見ることもない住宅を守り、そしてついには、繰り返し彼自身をもその無慈悲な足で踏みにじる権力を守った。土地所有者である農民は道路脇の灌木のようなものだ。敵はそれを踏みつけたり、蹴ったり、つついたり、若枝や細枝をもぎ取ったり出来るかも知れないが、道端の灌木自体はすぐに新しい芽を吹き、再び成長し、春になるとみずみずしい葉で緑に変わる。宿なしの人間は、穀物と野菜、果物と灌木の緑、草と最も艶やかな花々を育むほんのわずかな肥料[13]のようなものだ。誰がそれを土に鋤込むか、誰がその茎を踏み付けるか、誰がその汁を飲み干すかは、彼にはどうでもよいはずだ。もし我々が踏み付けたこの社会的肥料が、その肥料を支配していた我々の前任者たち……ロシア人とドイツ人……と同じように、ライフル銃を手に取り、領主たち、ブルジョワジー、インテリゲンチャ、農地の経営者たち、工場労働者とともに敵に向かって出撃し、戦いの中で血を流し、他の人々とともに勝利を勝ち取ったのであれば、その社会的肥料のこの行為はおそらく我々全員に義務を負わせているのだ。

彼が受けて然るべきは恩寵の残飯ではなく、流された血への褒賞ではなく、その祖国にあるすべてのものの返還であるべきだ。魂の怠惰から脱却するべきだ。ワルシャワ近郊の戦場で国民の英雄スコルプカ司祭[14]の心臓からほとばしった同じ生贄の、我々にとって永遠に神聖な血が、ポーランドの無名戦士や農地を持たない農民の傷口から筋になって流れた。我々は今この血を思い起こして、ポーランド国民に大規模な社会改革を呼び掛けなければならない。なぜならこの騎士たちはポーランドの未来のために戦死したのだから。反動勢力は失せろ！自由な人々よ、反動勢力に呼び掛ける、あるいは呼び掛けようとしているところの、農地を持たないプロレタリアートの悲運を国民に隠し、矮小化し、美辞麗句でもって隠蔽しようとしているすべてのエセ作家どもに、非難の石を投げ付けようではないか！　今こそポーランドが遠い昔からの束縛から立ち上がることが出来る時だ！

我々は今、自分たちの行動によって世界を納得させ、そのためにわが兵士たちが赤軍との戦いで死んで行った理念が、我々に押し付けようとしたモスクワの巨大独占資本家の内輪のグループの中ででっち上げた法律よりも、百倍も高い値打ちがあったという真実を認めさせなければならない。たとえまだ実現させていないとしても、我々は心の中にそのイメージを抱き続けている。我々が領主とシュラフタの民族であり、反啓蒙主義の国であり、我が国の軍隊がピウスツキの「白軍」であるかのような評判を、反駁しがたい証拠によって論破しなければならない。西洋と東洋、イギリス、フランス、イタリア、アメリカ、ドイツ自体、ロシア自体の労働界は、ポーランドがその武器の切っ先で世界の進歩に敗北をもたらすブルジョアジーのヨーロッパの憲兵であるかのように言うのは虚偽だと認めなければならない。

我々は、わが祖国の国境を守るために、単一言語の、不可分の、分かちがたい、永遠に専制的な種族に統合したわが人民を守るために、我々の言葉と自らの意志で自分自身のために法を定める自由を守るために、戦場での赤軍に対する勝利が、富裕層、領主、有産階級の勝利となり、一方、貧しい人々の敗北と世界の進歩の速度への圧迫となるようにさせてはならない。

戦場でボリシェヴィズムを打ち負かしたからには、その理念の核心において打ち勝たなければならない。ボリシェヴィズムの代わりに、それよりも高度で、公正で、賢明で、完全な原則を定めるべきだ。我々は古い、時代遅れの、侵略者が満たした毒で腐っているポーランドを土台から動かさなければならない。その雷でかくも多くの勇敢な若者の頭を打ち砕き、かくも多くの少年団員の目を永遠にくらませ、かくも多くの英雄的な活力を墓穴に送りつけた八月の嵐は、卑劣な行為の悪臭に毒された我が国の空気を清めなければならない。「武器を取れ！」という叫び声の後に――平和が訪れた時には、先のと同じく効果的な「仕事に掛かれ！」という叫び声が端から端まで響き渡るべきだ。なんという膨大な作業であることか！　なんと果てしない要求の海であることか。失われたマズルィ地方、失われたヴァルミア地方、ポメラニア（ポモジェ）地方、チェシン＝シロンスク地方！[15]　ポモジェ地方にはドイツ人が建てた立派な空いたままの学校があるが、そこにはカシュブィ地方の子供たちにポーランド語で授業を行うはずの教師がいない。そしてカシュプ人は我々に背を向けている。

卑劣なグダンスクが我々を裏切り、攻撃し、侮辱するとき、我々は海への通路を手に入れるためにコシチェジナからヴェイへロヴォまでの三十キロメートルの鉄道を敷設出来る状態にはない。国内では、一見しただけですべてのものが壊れ、劣悪になり、荒廃している。チフス、赤痢、虱《しらみ》、汚れ、垢、不潔さ、乱暴さ、盗み、古めかしい習慣、ピャスト朝[16]以前の迷信、破壊された道路、焼け落ちた橋、豚小屋の中のような鉄道駅や人間のための荷馬車の中での立ち席を巡る荒々しい戦い。若いポーランドの騎士たちが夜の闇の中をワルシャワから戦いに赴いていた頃、ワルシャワでは闇商人が平然とパンの値段を吊り上げていた……

ブク川の対岸に上がる銃声に、ユリアン・マルフレフスキ博士と全身人間の血にまみれた同僚のフェリクス・ジェルジンスキ、そして尊敬すべき社会主義の老兵フェリクス・コーンが——ヴィシュクフから高飛びした。彼らの後に残ったものは、消費したガソリンのひどい悪臭と、少しばかりの砂糖、ならびに食卓で、そして陰を作る果樹園のリンゴの木の下で行われた談話の思い出のみ。出発の前に、ユリアン・マルフレフスキ博士はしきりにメランコリックに繰り返したものだ。

「あったろ、権兵衛、金の角笛。あったろ、権兵衛、孔雀の帽。お前に残ったのは紐だけ[17]……」

他の多くのことがら同様、ここでもまた、なりそこないの支配者は根本的に間違っていた。彼はポーランドの黄金の角笛を手に掴んでなどいなかった。クラクフ帽[18]も彼には似合わない。衣装なら、まわりを孔雀の羽を巻き付けた丸いベルベットのモスクワ帽の方がすぐにも似合うことだろう。これからは一生それをかぶることになるだろう。この侵略者には、ポーランドの金の角笛に付いた粗末な紐を手に入れる権利さえない。たとえ罪深く、悪い祖国だとしても、遠い昔からの敵を祖国に導き入れ、踏みつけにし、荒らし、焼き、外国兵の手で略奪した者は、祖国を奪ったことになる。

祖国は彼にとってもはや二度と家にも休息の場所にもなりえない。ポーランドの地には、もはやこうした人々のためには人間の足の裏ほどの場所も、墓穴ほどの場所もない。ポーランドの黄金の角笛は、その超強大な力を尽くして民族の若い世代を手に掴んでいる。そして、明日にも、一時間後にも、新しい起床ラッパを、新しい生命の歌を奏《かな》でよう。曾祖父たち、祖父たち、父親たちのむくろはその歌を大いに喜ぶことだろう。あの八月の嵐の時に、哀れなポーランドの大地に傷口から流れ落ちた若い血は、大いに喜ぶことだろう。（一九二〇）

Na probostwie w Wyszkowie, 1920, "Inter arma"（Wydawnictwo Jakuba Mortkowicza）

注

1　プラガ地区（Praga）。ワルシャワ市内、ヴィスワ川東岸にある地区。第一次世界大戦終戦直後の混乱期にジェロムスキはプラガを起点に東北方向（ビャウィストクの方角）に向け出発し、ラヅィミンを経て、ヴィシュクフ（ワルシャワ中心部から四十五キロメートル）に達した。

2　ユゼフ・ハレル将軍（Józef Haller）。ユゼフ・ハレル・フォン・ハレンブルク（一八七三～一九六〇）。一九一八年の十月四日から全ポーランド軍の最高司令官を務めた。

3　ジュスラン（Jean- Jules Jusserand）。ジャン・アドリアン・アントワーヌ・ジュール・ジユスラン（一八五五～一九三二）は、フランスの作家、外交官。一九〇三年から一九二五年まで駐米フランス大使を務め、第一次世界大戦では外交上の重要な役割を担った。

4　ユリアン・マルフレフスキ（Julian Marchlewski）。ポーランドの共産主義者（一八六六～一九二五）。ポーランド・ソビエト共和国創建を目指したが挫折。

5　フェリクス・ジェルジンスキ（Feliks Dzierżyński）（一八七七～一九二六）。ポーランドの貴族・革命家。後にソ連の政治家となる。ロシア革命直後の混乱期において誕生間もない秘密警察を指揮し、その冷厳な行動から「鉄のフェリクス」などと呼ばれた。

6　フェリクス・コーン（Feliks Kon）（一八六四～一九四一）。ワルシャワでブルジョワの家庭に生まれ、国際共産主義運動の活動家となる。一九一八年にロシアのボリシェヴィキのメンバーとなる一方、一九年から三一年にかけてポーランドの中央委員会のメンバーでもあった。原文では Kohn と表記され、ユダヤ系出自であることを示している。

7　「チスタ」。「純粋な（ウォッカ）」の意味で、十六世紀頃からの長い歴史があるポーランドの味に混ぜ物のないウォッカ。

8　ラッパースヴィール（Rapperswyl）。スイスのチューリヒの近郊、湖に面した風光明媚な小都市。

9　ローザ・ルクセンブルク（Róża / Rosa Luxemburg）（一八七一～一九一九）。ポーランドに生まれドイツで活動したユダヤ系の女性革命家、政治理論家。

10　スタニスワフ・ブジョゾフスキ（Stanisław Brzozowski）（一八七八～一九一一）。ポーランドの著名な哲学者、作家、ジャーナリスト。ジャーナリスト。ジェロムスキにもその一部を割いているポーランド文学研究史上重要な書物『「若きポーランド」の伝説（Legenda Młodej

Polski)』（一九〇九）の著者。一八九八年、地下活動の咎で投獄され、一カ月後に釈放されたが、一九〇九年、ツァーリ当局に協力した廉で告発され、裁判が行われた。無罪になったが、体調を崩しフィレンツェに出国した。

11　プロレタリア党党員（proletariatczycy）。最初のポーランド社会革命党「プロレタリアート Proletariat」（一八八二〜八六）の党員。一年余りの取り調べの後、ルドヴィク・ヴァルィンスキ（Ludwik Waryński）を筆頭に二十九人のプロレタリア党党員に対する軍法会議が開かれ、政府はプロレタリア党党員に対する一大裁判を準備し、一八八五年の十二月中に行われた。

12　「農民問題のための」（po krestjańskim diełam）。ロシア語の発音（по крестьянским делам）をそのままポーランド語の文字に移し替えたもの。帝政ロシア時代に農奴制度を廃止した一八六一年の農民改革（結局はうまくいかなかった）における一連の出来事のことを指す。

13　原文中、Źdźbło を「ほんのわずか（の肥料）」と「茎（を踏みつける）」の両方の意味で使っている。

14　スコルプカ司祭（ksiądz Skorupa）イグナツィ・スコルプカ（Ignacy Skorupka）（一八九三〜一九二〇）。義勇軍に参加した従軍司祭。一九二〇年の赤軍に対するポーランド軍の首都防衛のためのワルシャワ近郊のオッスフ（Ossów）の戦いで、ポーランド軍兵士の先頭に立って戦死。

15　チェシン・シロンスク。チェシン・シレジア（Śląsk Cieszyński）。は、オドラ（オーデル）川のポーランド、ドイツ、チェコの国境付近の地方。第一次世界大戦後にヴェルサイユ条約の調停により、下シレジアはドイツ領として留まり、上シレジアの帰属は住民投票に委ねられた。ポーランド・チェコ間のチェシン＝シロンスク地方は国際連盟の裁定によりチェコ領となった。

16　ピャスト朝（Piast）。九世紀ポーランドの伝説的な君主ピャストが創始した王家。

17　「ポーランド文学古典叢書」所収のヴィスピャンスキ『婚礼』（"Wesele"）の最後の部分（津田晃岐訳）から引用。

18　クラクフ帽（Czapka krakowska）。四角形の軍帽。ロガティフカとも言う。

海からの風[1]——魔女[2]

小林晶子・小原雅俊訳

ハウプィ——（本当はヘル半島にある——ツェイノヴァだが）[3]の漁師ヤン・コンコルの家は、かなり大きな貧困に見舞われていた。父親であり、一家の大黒柱であるヤン・コンコルが、むごいことに、心当たりがないのに病に倒れたのである。悲嘆にくれた病人の女房は、自家製ではあれ、誰もが知っている薬が、どれもまったく効かなかった時、プツクから、名がスタニスワフ、姓がカミンスキというもぐりの医者を呼び寄せた。

この男は、詐欺を働いたという悪意ある告発によって、すでに四度も監獄行きになり、最後の時には、グルギョンツ[4]の監獄から出所したばかりであったにもかかわらず、開業医に戻っていて、実際、カシュブィ民族の健康回復の分野では、ジュツェヴォ国全体[5]ならびに、ヘル半島の全域で大人気を博していた。

十日間ずっと、カミンスキ医師《メディクス》は、ありとあらゆる手立てと薬で病人を治療しながら、ハウプィに、もっと正確に言えば、ヤン・コンコルの家にとどまっていた。彼は、様々な煎じ薬と薬草とプツクの薬屋から自ら携えてきた散薬から作った飲み物を揃えた。入浴用の熱い湯を沸かし、自分が知るあらゆる処置を講じ、病気を克服するための様々な、やり遂げるべき指示を家族に出した。それにもかかわらず、どれもはっきりした効果が見られないままだった。病人は、以前と同じく腫上り、内臓を揺さぶる苦痛に呻き声を上げていた。

こうした事態に直面して、あらゆる医術の秘法と手立てが尽きた後、カミンスキ医師は、ヤン・コンコルが魔法にかけられ、悪魔に取り憑かれているに相違ないという当然の確信に至った。

このように不幸な事態に対する手立てとして、カミンスキ医師《メディクス》は、不幸な男に魔法をかけるような輩はいったい誰なのか村の中をよく見回わし、探し出すように勧めた。なぜなら、そういうすぐにカッとなる人間なら、むりやり悪魔払いをさせることが出来るかも知れないからだ。

ハウプィでは、以前から二人の成人した娘、アンナとマリアンナ、ならびに未成年の三人の子供の母親で、漁網編みを仕事としていた未亡人のクルィスティナ・ツェイノヴァが、陰険な魔女だという憶測が広まっていて、何度も完全な確信にと変わったものだった。かの女《おんな》は、誰かといさかいや口論になったり、隣近所ともめごとになったりするやいなや——ののしり、悪態をつき、悪霊を呼び出し、災いあらんことを願った。しかもそれは幾度も現実となった。なぜなら彼女に呪われた人々はたちまち病気にかかったからである。また村で何度も、家畜が突然、理由もなく病気になり、死んでしまうということが起こった。さらには、あの邪悪な女が悪魔からもらった超自然的な力の働きがもとで、十四歳の娘がこの世を去るという事例すらあった。

カミンスキ医師の宣告の結果、全員の疑いは確信にと変わった。

ハウプィ村全体に、未亡人ツェイノヴァに対して、彼女が呪いの言葉でヤン・コンコルの中に追い込んだ悪魔を必ず追い出させろと異口同音に要求する声がこだました。カシュブィ地方のすべての百姓家では、このことだけが話題になっていて、魔女とはさっさとけりを付けろという要求が人々の総意になっていた。

それゆえに、まさにこの年（一八三六年）の八月三日に、グニェズドヴォ村[6]の漁師ヤクプ・チスコフスキとハウプィ村の陪審員[7]ピョトル・ブジシュとピョトル・コンコルは居酒屋に集合し、元気付けに少しばかり、そしてまたもっと多くのバイエルン・ビールを飲み干した後、村長を呼びに人をやった。ところで、この村長——五年前に死んだ老村長フロイデルの息子、二十三歳の若いヤクプ・フロイデルは、スファジェヴォ[8]で三冬の間、地元の学校で宗教の基礎を学んでいたし、何がしかドイツ語が出来た。なぜなら後に、軍隊で、第五グダンスク連隊で兵役に服していたからだった。兵役義務免除の後、彼はハウプィに戻り、母親と六人の弟妹を扶養しながら、父親の村長の職務を引き継いだ。

陪審員コンコルはツェイノヴァの集落全体の住民を即刻召集するために、村長を呼び出した。なぜなら、学識のあるカミンスキが、公衆の間に悪を広めている魔女を人々に指し示したいからということであった。

自ら、魔女と自由思想の力とを信じていた村長は、説得されて、中に役所の行政命令を入れる木製の道具クルカ[9]を回覧した。

間もなく、村役場に、つまりヤクプ・フロイデルの家に、であるが、集落の全住民が男女ともども集まった――フィリップ・ブジシュとトマシュ・ブジシュ、ピョトル・ブジシュおよびイエジ・ブジシュ、ならびにアンジェイ・コムカ、ヤン・ネツカ、ヤン・ムザとユゼフ・ムザおよびヤクプ・ムザ、ヤクプ・チスコフスキならびにカタジナ・フロイデル、クララ・ネツェル、カタジナ・ブジショヴァ、ヤン・コンコルの妻、その他である。

その時、スタニスワフ・カミンスキが到着した。堂々とした身振りで、男は部屋の右手に、女は左手に立つように命じた。

全員が二列に並ぶと、カミンスキは未亡人クルィスティナを指さした。陪審員は二人ともに、すぐに、魔女を家から連れ出した。カミンスキも中庭に出ると、ただちにツェイノヴァ夫人の頭を拳で殴り始めた。

ヤクプ・フロイデル村長はカミンスキのこの儀式を邪魔だてしなかった。なぜかというと、村長は、こうした暴力は科学的な儀式であり、魔女に病身のコンコルから悪魔を追い払わせるために欠かせない一連の儀式だと考えていたからである。

未亡人のツェイノヴァ夫人は、医者の手を振り切って、ヴィエルカ・ヴィエシ[10]の方角へ逃げ去ろうとした。しかしながら、陪審員たちと、かのグニェズドヴォのヤクプ・チスコフスキが追いかけて来て、猛り狂った群衆の前に彼女を引き連れて行った。

その時、カミンスキは、地面から、大きめの石を拾い上げ、病人のもとに連れて行くとき、邪悪な女に向かって投げ付けた。

村長と陪審員たち、そしてチスコフスキによって再びコンコルの家に押し込められたツェイノヴァ夫人はあまりの驚きに口が利けなかった。

病人のコンコルが自ら棒で彼女を激しく打ち、チスコフスキが地面に押し倒し、またカミンスキが靴の踵で激しく頭を蹴り、両足で踏み付け、一方ほかの人たちが横たわっている女を鋭利な刃物で再び突き刺し始めた時になってようやく、彼女は従順になり、病人を治すと約束した。その時になって、彼女は起き上がるのを許された。その後、彼女は魔法を掛けられたコンコルに近付き、手のひらで彼の腹をこすりながらこう言った。

「ヤネクよ、あんたはもう元気になるよ……」

そこで村長とほかの人たち全員がヤン・コンコルの家を後にした。しかし魔女が逃げ出せないように、もうこれ以上、人々が不必要に彼女にひどい扱いをしないように、村長は、見張りのために部屋にブジシュ家の二人の屈強な若者、一人目のユゼフと二人目のユゼフを残した。しかし、同時に彼女を家から外へ出すなと厳しく命令した。

用心おさおさ怠りないように、カミンスキ医師は、その夜、魔女と一緒に一つベッドで眠った。

ツェイノヴァ夫人が悪霊の配下の者で、すなわち、病を引き起こす力を持っていると信じて疑わない村長は、ヤン・コンコルにもたらした病気を否応なしに退散させることは、とりわけ、彼女がそうすると約束したからには、それが最も正しいと考えていた。村長は、未亡人が悪魔を追い出し、コンコルの病が治り、それですべての問題が穏便に解決すると思っていた。目の前で起こったすべてのことには、有益な目的があると考えていた。それゆえに、すっかり安心してヴェイヘロヴォ[11]へ赴いた。彼はそこの郡会[12]への出席の日程が決まっていたのである。

ところが、次の朝になっても、病気のヤン・コンコルは少しもよくなっていなかった。つまり、前日になされた魔女の約束は守られなかったわけである。

そこで、こうした問題に精通したカミンスキは、彼女を海に連れて行くように命じた。すると我勝ちにと先を急ぐ全群衆が、彼女を荷馬車に放り込むと、振り上げた棒や拳で取り囲み、悪態と辱めを浴びせながら、半島《パジツァ》[13]と草原を通って、小さな海[14]のほとりへ運んで行った。

そこの海岸で、人々は、彼女の手を太いロープできつく縛り、小舟に押し込んで、プツク湾の深みへと運んで行った。

漁師たちは、刑を申し渡された女の腰にロープを結び、その肩と足を掴んで、水に投げ込んだ。

岸辺に立って、大いなる叫喚の中で作業を見詰めていた全員が目にし、そして、小舟を漕いでいた者たちが目にした。魔女がスカートにたっぷり水が染み込むまで、しばらくの間、水面で持ち堪えているのを。

ところが、死の恐怖に駆られた魔女が、同じ日の正午の十二時までに、魔法にかけられているヤン・コンコルを完治させると誓い始めたので、すでに底に沈んでしまっていたにもかかわらず、水の深みからロープで引き揚げて、海岸に横たえた。

そこで、有識者のカミンスキが、彼女に一杯の聖別されたワインを飲むようにと差し出した。次いで人々は、彼女を病人のもとへ連れて行き、辛抱強く、しかし落ち着いて、十二時になるまで待った。

ハウプィから一マイル離れたクスフェルト村[15]の漁師の息子、マルチン・ブジシュは、四十代の独り者で、漁網を編むことを生業としていたが、他の人々の間に立って、待っていた。冬場は、ハウプィの漁師の子供たちは、ヴィエルカ・ヴィエシあるいはクスフェルトにある遠くの学校には通うことが出来なかった――その一方、当地には学校がなかった――マルチン・ブジシュは、巡回教師としてやって来て、報酬を貰って、十二月から復活祭の祝日まで、漁師の子供たちにポーランド語の祈禱書で、教理問答を教えた。なるほど、全部ではなく、十戒と「主の祈り」だけではあったが、スファジェヴォの聖職者もプツクの首席司祭トゥリコフスキ神父も、それ以上は求めなかったのである。

マルチン・ブジシュは若い頃、クスフェルトの学校でブロックマン先生の下で、礼拝のための祈禱書をポーランド語で読む術を学んでいた。彼はドイツ語は一言も読めなかったけれども、ポーランド語なら、どの本も読むことが出来たし、それどころか何がしか、大層下手で、骨折りながらではあったが、自分の苗字の署名以外にも、ペンでもって、ポーランド語で一筆認めることが出来た。

このマルチン・ブジシュ一人だけが、地域で、すべての出席者とは別の考えだった。

彼は中央に進み出て、神のみが全能の力を持ち、もし、心から祈れば、神だけが人々に病をもたらす力を与えるのであり、そうだとすれば同様に、強い信仰と熱心な祈りによってのみ、人は病いを治すことが出来ると主張した。

しかしながら、このマルチン・ブジシュのほのめかしは、何ら感銘を与えなかった。

正午の十二時までに、腫れはひかず、痛みもまったく治まらなかった時、カミンスキの最終的な命令で、ハウプィの群衆は恐ろしい叫び声を上げ、何物にも比べられない怒りに駆られて、ツェイノヴァ夫人を再び荷馬車に放り込み、一緒に鞭打って馬を追い立てながら海辺へ連れて行くと、小舟に押し込んだ。

人々の目は激しい怒りでカッと見開かれ、猛り狂っていた。喉は叫び声でからからになっていた。拳は固く握りしめられ、どの拳にも石や杭やナイフ、あるいはロープが握られていた。

魔女がもはや自分を守れないようにするために、肩衣[16]を剥ぎ取り、次いで、彼女に小さなグラス一杯の聖別されたワインを飲み干させた。

数人の屈強な漁師の櫂で岸から押し出された小舟が、海へと漕ぎ出した時、岸辺の群衆は、魔女をすぐさま水に投げ込めと大声で叫んだ。

事実そうなった。

二人の最も屈強なマショペリア漁民会[17]の漁師が、小舟の漕ぎ手たちに馬乗りになって立ちながら、ぐったりした女の腕と足を掴んで持ち上げ、空中で女を揺らし、遠くの水中に放り投げた。

聖別されたワインを腹いっぱい飲まされ、肩衣を取り上げられた女は、石のように海底に沈んだ。

岸辺のハウプィの群衆は、海がついに邪悪な女を飲み込んだのを見て、大いに喜んだ。漁師たちが長いロープで溺れ死んだ女の死体を引き揚げると、人々は三々五々散って行った。

ウミガラスを驚嘆させ、ダイシャクシギを驚愕させるために、人々は、蔑むように、死体を海岸の砂の上に放置したのであった。

二日後、懲罰の知らせを受け取って、溺死させられた魔女の上の娘で、グダンスクで家政婦をしているアンナがツェイノヴァにやってきた。彼女は年少の兄弟たちと母の家に住み込んだ。アンナは臨月だった。

ツェイノヴァの大勢の住民は、刑を申し渡された女の家族全員を魔女の眷属とみなしていた。アンナに対して、すべての人々の憎しみが向けられた。漁師の女房たちは、呪われた家の窓辺に近付き、アンナを口汚く罵り、殺すぞと脅した。というのも、カミンスキ医師がアンナも魔女であり、母親と同じでないかどうかは、誰にも分からないと表明したからである。しかし、カミンスキと十家族の父親たちが軍隊に護衛されて、クフィヴィン[18]の異端審問所[19]に引致されたために、アンナに対する憎しみは十倍にも高まった。

ある日、グルヂョンツの監獄に閉じ込められたマルチン・コンコルの息子、ピョトルが、鋤を手に、ツェイノヴァの娘アンナに飛び掛かって、彼女の頭に、命にかかわるほどの重い傷を負わせた。

とはいうものの、母親のツェイノヴァ夫人が死んだ後、悪魔は、もはやハウプィに対して以前のような強い力は持っていないようであった。どうやら、もはやこの小さな村には悪魔が人々に仇をなす強い力を授けられるような者はいなかったようである。

海の波は穏やかに、銀色の水しぶきを海岸の白い砂に投げかけていた。漁師は安心して、遥かな淵に乗り出し、期待を込めて、海に網を投じていた。

しかし、ある日、人々は、漁師の集落の中庭を歩き回っていた一羽の雌鶏が、白昼、最も恰幅のよい雄鶏のように鳴き始めたのを耳にして恐れ慄いた。ハウプィのすべての女たちが恐怖に捕らわれた。というのも、悪魔スメンテクと親しい間柄の溺れ死んだ魔女ツェイノヴァ夫人の霊が、雌鶏に化身し、その中に隠れて、悠々と村中をうろつき回っていることが、明々白々だったからである。

しかしながら、何にせよそこから明らかになったのは、中庭をこういう雌鶏が歩き回ってコケコッコーと鳴いている家では、人々が次々に死んで行くということだった。

海から呼び集められた漁師たちが、その場に駆け付けた。

今一度全住民が集まった。

人々は協議した。あれやこれやの意見が出た。

ようやく、出席者全員が、厳かな行列を作って、魔法にかかった鶏が隠れている鶏小屋に向かって出発した。

人々は雌鶏を見つけ出して、調べ、目撃者の証言に基づいて、まさにその雌鶏が雄鶏のように鳴いたことは間違いないことが立証された。

その時に、男女の行列は、悪魔に取り憑かれた雌鶏を、村の裏手の海辺に運んで行った。そこの森の中に、枯れた古木を見つけ出すと雌鶏の悪魔の鉤爪を縛り、頭を下に回した後、両足を掴んで枯枝に吊るした。

悪魔スメンテクは、長いこと自分の新しい住処を離れようとしなかった。

雌鶏は、長いこと激しく羽をばたつかせていた。

人々は、ひとかたまりになって、辛抱強く、魔法をかけられた雌鶏が、全員の目の前で厭わしい夢魔《インクブス》によって汚され、惨めにお陀仏になるまで待った。
下に向かって開いたくちばしから悪魔が飛び出し、砂に潜った時になってようやく、ハウプィではその魔法はある時まで、そしてある程度まで撲滅されたのであった。

Wiatr od morza —— Czarownica, 1922, Wydawnictwo J. Mortkowicza.

注

1 「海からの風」(Wiatr od morza)。一九二二年刊の長篇小説『海からの風』から『魔女(Czarownica)』『スメンテクの旅立ち(Odjazd Smętka)』の二篇を翻訳した。この作品の冒頭には作者の愛娘モニカへの次のような献辞が掲げられている。「この作品をモニカに捧げる。彼女が大人になった時、彼女の愛する沿岸地方に、もはやスメンテクの痕跡が見当たらないようにとの熱い願いを込めて」。スメンテク(Smętek)は「悲しみ、憂鬱(Smutek)」の文章語。カシュプ語で(Smãtk)。人々に不幸と苦しみをもたらすカシュブィ地方の悪魔、悪霊の名として用いられる。なお、カシュブィ地方(Kaszuby)の住民は単数でカシュプ(Kaszub)、複数でカシュビ(Kaszubi)となる。

2 魔女(Czarownica)。カシュブィ地方を舞台にした作品の中の一篇で十九世紀にヘル半島で実際に起きた事件をもとにしている。

3 ハウプィ(Chałupy)。ヘル半島中部のプツク湾に面した村。ヘル半島を含むカシュブィ地方は、この時期、プロイセンの支配下にあり、ドイツ語の地名が使われていた。ハウプィについても、ドイツ語名ツェイノヴァ（Ceynowa）が用いられ、ハウプィの名称が使われるようになるのは、ポーランドの一部となった一九二〇年代からである。

4　グルヂョンツ（Grudziądz）。ドイツ語名グラウデンツ（Graudenz）。北部ポーランドの都市。十八世紀後半以降プロイセン領。西プロイセンの中心的な都市のひとつで、この地の監獄には、刑事犯や政治犯が投獄されていた。

5　ジュツェヴォ国（państwo rzucewskie）。プツク湾を挟んで、ハウプィの対岸に位置する村ジュツェヴォ（Rzucewo）のこと。当時、小さな地域を国と言っていた。

6　グニェズドヴォ（Gniezdowo）。ドイツ語名グネスダウ（Gnesdau）。ヘル半島の付け根に近い本土側の小村。

7　陪審員（przysiężnicy。przysięgli も同じ）。宣誓の上、共同体の下級公務員の職務を担う民間人。その職務は、司法（陪審員や軽微な犯罪の解決）、行政（税徴収）、治安維持（防犯や犯罪者逮捕）など多岐にわたる。なお、一八三六年のプロイセンには、まだ陪審裁判制度がなく、陪審員と言っても、裁判所における陪審員の職務だけを行っていたわけではない。

8　スファジェヴォ（Swarzewo）。ドイツ語名シュヴァルツアウ（Schwarzau）。グニェズドヴォに隣接する村。カトリックの首席司祭が管轄するプツク小教区が置かれていた。

9　クルカ（kluka）。（カシュプ語 klëka）。木製の杖で、カシュブィ地方の民俗文化において、地域の象徴として重要な役割を果たした。例えば、村の集会を招集するために集落中に回覧され、村長のもとに戻って来ることで知らせが周知された印になった。

10　ヴィエルカ・ヴィエシ（Wielka Wieś）。ドイツ語名グローセンドルフ（Großendorf）。ヘル半島付け根に位置する村。現在のヴワディスワヴォヴォ（Władysławowo）。

11　ヴェイヘロヴォ（Wejherowo）。ドイツ語名ノイシュタット　イン　ヴェストプロイセン（Neustadt in Westpreussen）。カシュブィ地方の町。第一次ポーランド分割（一七七二）により、プロイセン領となる。一八一八年からはプツク、ソポト、ヘル半島を含む郡の郡都。

12　郡会（landratura）プロイセンの郡会、郡会事務局。

13　草原（pażyca）。カシュプ語で草原（łąka）を意味する漁師の方言。

14　小さな海（Małe Morze マウェ・モジェ）。プツク湾（Zatoka Pucka）の別称。この地域では、ヘル半島を囲む二つの海、バルト海をWielkie Morze「大きな海」、プツク湾をMałe Morze「小さな海」と称した。

15　クスフェルト（Kusfeld）はドイツ語名。現在の名はクジニツァ（Kuźnica）。ヘル半島中部の村。ハウプフィの東に位置する。

16　肩衣（szkaplerz）。スカプラリオ（キリスト教徒が肩から下げる袖無しの衣装）のこと。長い聖職者用と簡易な信者用があり、身に着けて聖母マリアの加護を願う意味を持つ。

17　マショペリア漁民会（maszoperia）。中世からカシュプ人社会に存在する一種の漁業協同組合で、平等と相互扶助に基づいて運営されている。メンバーの漁師をマショプ（maszop）という。

18　クフィヴィン（Kwidzyn）。ドイツ語名マリーエンヴェルダー（Marienwerder）。プロイセン王国西プロイセン、マリーエンヴェルダー郡の郡都。

19　異端審問所（inkwizytoriat）。この時期、すでに宗教的な異端審問所としての役割はなく、プロイセンの刑事捜査機関であった。拘置所を備えた刑事捜査機関としてのinkwizytoriatは、クフィヴィンでは一八〇九年から運用されていた。

海からの風——スメンテクの旅立ち[1]

小林晶子・小原雅俊訳

真夜中の少し前、『アルビオン』という名の巨大な汽船が、西に、ブリテンの港の一つに向かってグダンスクを出航した。ウィンチの最後の轟き、錨を引き上げるごとごという音、船員たちが階段や甲板を駆けずり回る音、そしてようやく出帆信号の鋭い響きが、船室に向かって甲板を離れる最後の船客のため息と一つになった。巨大なきらきら光る船は、あたかも煙突と機械と人々を満載した奇妙な工場都市のごとくに、石畳の大通りと素朴な古い家屋、飲食店、店舗、そして、ノイファールヴァッサー[2]の漁師たちの住居のそばや石の河床に力なく停泊している他の汽船のそばを通り過ぎる時には、遠い昔に定められ、かつて、長い間規則通りに演じられてきた、いわば奇妙なダンスを踊りながら通って行った。まるで、モトワ川とヴィスワ川が合流する湿地帯での太古のカントリーダンスのように、あちこちで半円を描き、深々とお辞儀をした。それは、航行可能水域の狭隘部に入り、石造りの港の岬にある灯台を後にする時には、船は息を吸い込み、体内に力を蓄えているかに思われた。灯台は暇乞いに、すべての窓に光を当てて船室を覗き込んだ。「急げ、急げ」。そして、今や、陸地のシルエットは二方向に分かれ、一方、グダンスク湾の天空は、地峡から放たれた新来の客をかき抱いた。岸辺が勝手に遠ざかってしまったために、身内の人たちの姿は見えず、闇に包まれた遠方からは誰の声も聞こえないというのに、乗客たちは、まだハンカチを振りながら、涙を拭き、その目を広大な海に向けた。電灯の光が、艦橋、上甲板と下甲板、操舵手と当直航海士たちの見張り所、階段、船室の内部、食堂、機関室と調理場に溢れていた。とりわけ、唸りを上げ、むしむしした熱気を吐き出している機関室では、明かりは地獄のように燃え上がっていた。

船が、グダンスクの水深六メートルの浅瀬から姿を現して、外洋域に達せんとするにつれ、強い東風が募った。それは七月の終わりの魅惑的な夜だった。雲一つない空に、眩しいまでの、明るい銀色の月が、ほとんど真昼のような光を撒き散らしながら輝いていた。無数の星が天空と天頂を覆っていた。海から吹く風は、カシュプ人とレフ人の陸地に、塩水の香りとヨードの香り、独特の清々しさと力を運んで来た。風は遠くの奥処《おくか》[3]の上空の広がりから大波を掻き立て、湾のように広大な氾濫でもって、岸へと追い立てた。波は足早な塊となって走り、その途上で岸辺に出くわした後、そこで無数の泡を撒き散らしながら、まわりに緑色の錐を作ってのたうった。風は、動き回り、ざわめく地表から跳ね返り、粘土質の丘や熟れた穀物に覆われた、太古のモレーン台地に落下して、遠い昔からの泥炭層が積み上がった平らで長い谷間へと吹き込み、谷間から森に覆われた高台に向かってたなびく霧を吹き払った。風は、その飛翔で、丘から丘へと浮遊するライ麦畑を揺らし、穂の中の粒を乾かし、茎の緑色の節に黄白色の色合いを与えていた。ライ麦の波は、月明かりの中にとどまりながら、海の波自身の声の上で、自分自身の声でさやいでいた。

海からの風は、オクスィヴィエ[4]の高地に張り付き、ヴェイヘロヴォの森とプツクの草原と低地に、ヘル半島の砂地と吹きさらしの場所と藪に、カルヴィナ湿地とジャルノヴィェツの湖に吹き付けた。人間のどの胸も、海からの風を、さらに喜ばしげに、さらに深々と吸った。肺が風を吸い込んだ時には、心臓は元気付き、のびのびと鼓動した。風は、小さな子供たちの血管に忍び込み、汚れなき血の雫に新たな勢いを与えた。

力持ちで、勤勉で逞しい腕の持ち主たち——その休息の一時はこの夜のように短い——は、この風を祝福した。漁師がこの風を、天気の告知者を——『東風は漁師の慰め』[5]——慰めと元気を祝福した。泡立つ波頭が激しく打ち付けた黒い小船に網を投げ込みながら、海上での夜の仕事を前にして長靴を履きながら。レンガ造りの小さな家々の扉のそばの、石の戸口に坐りながら、むくんだ足をした老人たちが、聞きなれた海のざわめきに恍惚として聞き入っていた。ヘル半島の向こう側から巨大な大波を聳え立たせ、禿げ頭と深い皺が刻まれた顔に打ち付けて、遠い昔のことごとや戦い、嵐、うら若い、雄々しい年代を思い起こさせる友人の声に。海からの風が胸に投じた人間の狂気の言葉を愛する人の口に囁きかけながら、若者の口が風を祝福した。小さな子供用のベッドのかたわらに投げ出されて跪き、この、生命を授けてくれる海からの風が小さな、だが、たちの悪い腺《せん》とその中に潜む肺の病い、小さな体の奥深くに潜む人類の呪いを掻き立て、吹き飛ばし、追い散らし、取り除いてくれるように、人知れぬ、この上なく熱心で、この上なく激しくまた従順な、永遠不滅の神への祈りを唱えながら、遠い町から来た母親たちが、風を祝福した。

東風は、静寂の中で大きな音を立てている汽船の甲板から、ほとんどの船客を追い出した。女性の姿はすっかり消えた。食堂や読書室、サロンと寝台室に身を隠したのだ。甲板の様々な場所に、何人かの男性が留まった。

そのうちの一人、男盛りの、すらりとした体つきの男性が、わずかに身を屈めて、船の傾きに応じてバランスを取りながら、手すりのそばを屈託ない足取りでぶらついていた。この船客の顔は、真っ黒と言ってよいほど日焼けしていた。入念に顔を剃っていたにもかかわらず、両頬と顎、下唇と上唇には、まばゆい電灯の光を受けて青っぽい筋が見て取れた。旅行者にふさわしく、最新流行《ファッショナブル》の装いをしていた。アイロンをかけたばかりの、清潔で見事に裁断されたその服は、旅行者の筋骨たくましい体つきに、まるで皮膚のようにぴったり合っていた。黒い瞳は、目深にかぶった帽子《キャップ》のひさしの下で輝いていた。かぐわしい青い煙の輪を、同じ間合いで犬歯の間から吐き出しながら、最高級の葉巻を吸っていた。時々、分厚い灰色の灰の層を払い落としたが、そういう時には、彼の右手の指で大きな紋章入りのルビーが煌めいた。この優雅な船客は、時たま、甲板の徘徊を止め、陸地の方に向いた手すりの鉄の棒にもたれて、森と丘、穀物と草地に覆われた大地の風景を食い入るように見詰めていた。

月光を浴びて、遥かなる大地は言葉で言い表せないほど美しかった。というのもそれはさながら、罪のない全能の創造主が陸地について見た夢——冠水地域の中の陸地がどのようなものであるかについての夢のようだったからだ。それは大洋から、氷河の下から、凝結の横暴の中から姿を見せた、乾季の魅力あふれる、気高い幻のごとくに通り過ぎて行った。小村落の明かりが、まだダイヤモンドの首飾りの輝きのように煌めいていた。人里離れた家々のひとつ窓の明かりがそこここでまだ灯っていた。時折、深い森と丘の脇を走り抜ける汽車の遠い地響きが、海の中心に届いて、無敵のエネルギーと人間の不断の営為との証しとして、徘徊者の耳に入っていた。時には——何であれ彼を脅かしかねないものを、施しの骨がそこから目の前に落ちてくる焚火を忠実に見張っていることを、大地と海に知らせる犬の吠え声が、ヒューヒュー吹く風の音に勝っていた。この私心のない忠誠心と高潔さの声は、人間と動物の永久不変の誓約と同盟の印は、長らく船の後を追ってきた。孤独な船客は、どうやらこの一帯を知っているようだった。なぜなら、陸地を見詰め、もうもうたる煙を吐き出しながら、そっと、小声よりもさらに小さな声で、遠くの微かな明かりの名前を声に出して繰り返していたからだ——オブルジェ、コッサコヴォ、ピェルヴォシン、レヴァ、ジュツェヴォ……と。

船は、ヘル半島の沿岸水域の彼方に姿を現し、時々ヘルの灯台から射す光の筋をすばやく避けて通った。船は沖の巨大な波へと乗り出し、さらに強く、さらに盛んに、さらにゆったりと揺れ始めた。身を切るような風が吹き出した。その時、最後の船客たちが船室に引き上げた。甲板には、イギリス人もしくは英国心酔者ともう一人の旅行者、恰幅の良い、頑丈な体つきをした、赤味がかったひげを生やし、緑色の帽子をかぶり、グダンスク・マント[6]を着たブロンドの男性だけが残った。この男も葉巻を吸っていて、手すりのそばで鼻歌を歌っていた。

ひっきりなしに、数分ごとに、数十キロ遠方に、その不意の光線を投げかけている遠くのロゼヴィエ[7]の電気の灯台は、二人の人間の顔を照らした。白い、人間の逗留によって汚されていない、ヤスタルニヤ、ヴィエルカ・ヴィエシ、ハウプィ、ロゼヴィエ、カルヴィア[8]の広い築堤の砂の上に際限なく打ち寄せる海があまりにも美しかったので、二人の旅行者は、この大層古い真理を互いに伝え合うことが喫緊の要請であるとみなしたのであった。彼らは、それをドイツ語で述べた。

「この辺りの海はとてもきれいですね、そうじゃありませんか?」髭を生やした男が言った。

「そうですね。とりわけここ、ヘル半島はね」とブルネットの男が言った。「ブジェジノ、イェリトコヴォ、ソポト、オルウォヴォ、グディニャに西風が吹きつける時は——陸地から海岸へ砂ぼこりが吹き払われ、一方、海水を岸から追い払って、海をありふれた池に変えているのです。ヘル半島では逆です。西風が、小さな海[9]から、ヨードをたっぷり含んだ最も豊かな波をヘル半島の岸に追い立てています。もっとも、この岸というのは、北の沿岸地帯では南の浜辺なのです。あそこにはイチジクが生えていますよ。それにブドウもね」

「あなたはこの辺りをご存じなのですね？」

「かなりよく知っています。かなり昔からね」

「我々の内臓からむしり取ったドイツ人の土地のかなりの部分なのですよ、これが！」ブロンドの男は呻き声を上げた。

「えへん……」髭を剃ったブルネットの男は答えた、というよりは咳払いした。

「もしかして、あなた、そのポーランド人なのですか？」もう一方の男が尋ねた。

「とんでもない」

「この土地、この回廊はドイツ人の生きた身体に打ち込まれた本物の杭なのです！　我々を打ち負かした後、両方の肩甲骨を刺し貫いた、先端を尖らせた杭ですよ」

「確信がおありなのですね？」髭を剃った男は、葉巻の煙を吸い込みながら、半ば興味をそそられて尋ねた。

「何をおっしゃるんです——怒りがこみ上げて来ないはずがないじゃありませんか？　あの灯台！　ドイツ人の仕事が、百五十年前に建てられ、今では私たちの努力で改良され、シユッケルト社[10]の素晴らしい機械、サイレンの音を出す機械が備えられたドイツの海洋建造物があの野蛮人の手中にあるのですよ」

「灯台の明かりは、今、昔同様、どちらかといえば、ドイツのとかポーランドのとか言うより電気の明かりですよ。サイレンの音は霧の中では、光が効果的に働かない時には、今も昔も漁師にとっての救いです」

「あなたはどうやらこうしたことには何の痛みも感じていないし、どうでもよいことのようですな。だが私たち、生え抜きの、不公正と屈辱を感じているドイツ人にとっては……」

「もうこの問題は、実際、私にはどうでもよいことです。以前は関心がありました。とても長い間ね。今はもう、私の関心を引くことすらありません」

「なぜです?」

「その問題には、実際、ここではもう誰も関心がないからに過ぎません」

「やれやれ!」

「あなたは最後の人かも知れませんね」

「私には何もかも我慢ならない。ここを出て行きます。移住します」

「私もです」

「ドイツに行くのですか?」

「いや、イギリスです」

「もし、当地の問題とそのなりゆきがドイツ人にとって破滅的なものなら、あなたには関心がないなら、なぜ出て行くのです?」ブロンドの男は尋ねた。

「どうお話ししたら良いでしょうか? 私が以前関心を持っていたことが、ここでは重要ではなくなっているのです。ここにはもう、ドイツ精神も情熱もありません」

ブロンドの男はブルネットの男に近寄り、声を潜めて訪ねた。

「あなたはドイツ人のところで仕事をしていたのですね?」

「ひょっとするとね」と英国心酔者は言った。

「どうして放り出すのですか? 私たちにはそういう人たちが必要なのですよ」

「ここにはもう、私のための仕事はないし、これからもないでしょう。どこやらのいかがわしい、悪賢いミェシュコとかいうのが、ゲロン辺境伯の行く手を遮ったのです。[11] 二人は見詰め合い、そして、驚いたことに、休戦協定を結ぶ決断を下したのです。まだ結んではいませんが、結ぶでしょう。何か私がやることがここにあるとでも?」

恰幅の良いドイツ人は太く低い声で笑い出した。

「どうぞ、お笑いください……」ブルネットは言った。

「あなた方の勢いはすでにぴたりと止まり、さらなる東進はないでしょう。反対です。西に曲がるでしょう。ポズナンやブィドゴシュチュやグルヂョンツ[12]がどうなったかご存じでしょう? 数年後にグダンスクがどうなるかお分かりでしょう! ドイツ人はポーランド人化しています。彼らは、自分たちの遠い昔のスラヴ人のルーツを持ち出していますし――恐ろしいことが起きているのです。もっとも、あなた方自身の心のうちで、わずかな徳性が脈打ち始めています。あなた方は古いナイトキャップと上履きを引っ張り出しているのです。従順で温和になっているのです」

ブロンドの男は声を上げて怒りを表す一方、恐ろしい剣幕で否定した。

「否定しないで下さい……あなた方は腹を立てたり、熱弁を振るったりは出来ますが、すっかり昔のやり方でやっていくことはもう出来ないでしょう。私にはよく分かります」

「我々はこの土地を決して諦めませんよ！」

「しかし、この土地があなた方と縁を切りました。もっとも、個人的には、私の主な仕事は、私に合った、つまり大がかりな仕事は、どこか他のところにあるのです」

「一体それはどこですか？」

「どこかよその場所です。いまだ、本当に、人間や土地、権利や、他国の独立、そして大昔の文化を商っているところです。顔に一点の非の打ちどころのない真実と美徳の鉄面皮な、見事な仮面を被って、いまだ、人々が面と向かって嘘を付いているところにです。そこへ私は奉仕を申し出るために行きます」

「おやおや、どうぞ良い旅を！」

「今ここであなた方と一緒に何をすればよいことやら？　おそらく、袖にナイフを隠して、さもなくばポケットに手榴弾を忍ばせて、シロンスクの、あるいは東プロイセンの季節農業労働者に登録することでしょうか？　そうすれば報酬の良い作男は誰でも、合法的に、あるいは非合法に、あなた方のために指図通りに実行するでしょう。しかしながら、私は手の他に頭も持っています。私の頭にはもうあなた方のためのいい考えは浮かびません。あなた方は秘めた美徳とどの法律にも——他国の法律にさえ——睦まじく服従する国へ通じる新しい街道の分かれ道に立っているのです」

「ひどい間違いですな！」

「間違ってはいません。あなた方は小さな店で、しっかりと組織だった働き方が出来るなら、品行正しく働くでしょう。あと少しで、あなた方は、ポーランド人の兄弟の腕の中で我に返るか、あるいは愛の涙を彼らの汚ないチョッキにこぼすことでしょう。あなた方は、互いに罪を許し合い、過ちを赦して、昔のことを忘れ、互いに右手を差し出し、世界で最も公正な共同体と共同体の結びつきを消滅させ、そしてそれぞれが自分の小さな国で、あるいは、混成都市で互いに混じり合って仲良く、とこしえに、『文明』の母《ママ》の生体重量の正常な増加と『進歩』の父《パパ》のつつがない暮らしに取り組んでいることでしょう。不健全な苛立ちのあらゆる原因を回避しながら」

ドイツ人は威嚇するように右手を振った。

「否定しなさんな。ひそかにあなた方をしっかり、注意深く、つぶさに観察しましてね。

ええ、ええ、長いこと。今やもう、永遠にお暇します――とっとと消え失せますよ！　どこか遠いところへ！　あなた方は過去の人間です。ハインリヒ捕鳥王はあなた方の中に消え失せ、そしてオットー三世が聖ボイチェフの墓の傍らで眠りから覚めたのです」[13]

「何たる神秘思想！」

「請け合いますよ。なるほど、同じく過去へと向かい、そこここで近代的な人種破壊の残骸と化してはいるがまだ、人肉も雄牛や雄羊の肉同様口に合ったけれども、常に動物よりは人間を好んで殺したリチャード獅子心王[14]の活力をまだ自らのうちに有している人々のところへ行きます。そこでいまに生き返り、何か仕事にありつけるでしょう。なぜなら、そこでは、大急ぎで仕上げなければならない仕事があるからです。そこではまだ鍛冶場が開いていて、屈強な鍛冶屋の手が、ハンマーのせいで熱くなった金床の上で手枷足枷を叩いています。そこではまだ、人々が、自分自身の高慢さを多神教の偶像として崇拝し、他のすべての人々、白色人種と黄色人種、黒色人種と褐色人種の人々を踏みつけにすることを、島で[15]作り上げた自分自身の正義のよりどころにしているのです」

「それではあなたは、その新しい主人のところによいポストがあると確信しているのですね？」

「良いポストに就くために努力するつもりです。私には悪くない教養があるし、悪くない推薦状も持っています。しかし、あなた、今日日、いったい私の推薦状の高い価値を評価してくれるところがどこにありますか？　私が向かっているところだけですよ。あそこではまだ、『正義』という言葉を吐き出しています――痰と一緒に、対象の喉を掴んで息を詰まらせながらです」

ちょうどその時、汽車がヘル半島に沿って走っていた。窓の連なりで眩しく輝き、低い、海沿いの地を滑るように走っていた。まるで海面を疾走しているかのようだった。

「ほら、御覧なさい！　汽車がヘル半島を……」英国心酔者がドイツ人に言った。

「だからどうだと？　ポーランド人の馬鹿げた見世物でしょう」

「あなたは、あれは野蛮人だといいましたね。ところが、彼らは、あなた方が野蛮なまま残していった場所に鉄道[16]を敷設してしまいましたよ」

「あの鉄道については面白いジョークをたくさん話せますよ。しかし、時間の無駄ですな。事態の展開のプレッシャーで、恐怖に駆られて鉄道を敷設したのですよ」

「まさか！　あの汽車は内地からたくさんの人をここに運んで来ます。この岬に定住させ、人々が入植しています。何百万人もの子供たちを半島の両側から砂の上に振り撒いているのです。この北方沿岸水域の不毛の無人の土地を、南国の砂浜にするのです。ここで彼らは療養し、健康になるのです。ここで体力を付けるのです。ここで全ての汚れと隷属の中で身に着けた矮小性をすすぎ落すのです。彼らが顔を洗い、髪をとかし、入浴することをしっかり覚えた暁には――彼らがあなた方の流儀で掃き掃除をし、こすり洗いをすることを――そう、それも覚え、そして、働くことを覚えた暁には――ビスマルクの息子たちよ、お気の毒さま！」

「彼らは顔を洗うことも、髪をとかすことも、入浴することも決して覚えませんよ。それに我々のように働くなんて――とてもとても――決してありませんよ！」

「自分の中の倉庫に自らのより大きな威厳の確信の予備があるのは良いことです。もちろんです。しかしながら、一つこっそりと打ち明けなければなりません。すでに、あなた方が、そうだな、例えば私たちがここで、彼らの頭上で何度もバタンと閉ざしてきたこの地獄の門は、このぴったりした、上質の鉄の蓋が――錆びてバラバラになり、割れてしまって元に戻せなくなったのです。あなた方はもう決してポモジェ地方を回復することはありません！」

「なぜそんな予測を？　一つの世代が成長する前に、彼ら自身の馬鹿げた『国家』は崩壊するのです」

「誰にも分かりませんよ！」

「我々がここへ戻って来た時には、カシュプ人は我々を歓喜して迎えてくれます」

「いったい誰にあのカシュプ人たちが分かる[17]というのです！　あなた方はすでにプロイセンの湖沼地帯の砂地にせっせと自分の国の人間を入植させる、彼らのためにせっせと土地を切り開いてやる、しっかりした、整った家を建ててやる、必要なものを贖ってやるといった具合でした、それなのにあなた方自身に対して、あの人たちの残虐で、恐ろしい、血みどろの戦いとなった革命が襲い掛かったのです――まして今は、おお、ドイツ人たちよ」

「我らが忠実なマズルィ地方の住民[18]がポーランドに対して反対の意思を表明したのです」

「十年後、十五年後、歴史が、一体誰が保証するのか――とマズルィ地方の住民に考えを問うた時に、再びポーランドに反対の意思を表明するでしょうか？　繰り返しますが、すでに一度、あなた方御自身の民族がポーランドの方を向いて、自らの支配下に置くように頭を垂れて懇願しました。[19]マズル人が、顔の汗を、片や隷属の汚れを拭い、彼らを外国人が支配していることを思い出さないかどうか誰にも分からんでしょう？」

「あなたをつくづく見ていると、仮面をかぶったポーランド人と言い争っているのだと思ってしまいます」

「落ち着いてください。しかし、あなた方に好意を持っているからこそ、本当のことを面と向かって言っているのですよ。あなた方は自分で自分に、面と向かって本当のことを明らかにするのはお嫌いなのですね」

「ドイツの奥地では何百万という工場、事業所、作業場が稼働しています。我々は新しいドイツを組織しています。国家が工場を接収し、引き継いで、大勢の従業員と共に巨大な集団を組織しているのです。地上に、誰か我々よりも良く働き、生産している者がいるでしょうか？」

「そうそう、そのことです、そのことです！　とはいえ、こうした全ての現象の中で、一つのことがあなた方をひどく驚かせました」

「我々だけで全世界を相手にした戦争に、完全に負けてしまいました！」

「いや、そのことじゃないんです。本当にあなたはそれが分からないとでも？　大衆はあなた方の手の内から抜け出してしまったのです。もはや熊公もフルィツ[20]もビスマルクも大衆を踏み付けにすることも、飼いならすことも、その鉄の掌で圧し潰すこともありません。あなた方にはかつていたような大衆がいないのです。大衆はあなた方を凌駕し、自分自身になったのです。それがあなた方の最悪の敗北です」

「それで、あなたが行くところでは大衆が自分自身になろうとはせず、手の内から抜け出さないのですか？」

「私が向かおうとしているところでは、大衆は自分自身になり、噴火口から流れ出る溶岩のように強固になっています。そこでもこの敗北は、あなた方のところでと同じく溢れかえっています。しかしそこには、広々とした巨大な、法外な、地球全体に広がる大建造物があります。そこでは、あなたはまだ、あらゆる現代性の見かけや仮面や紳士気取りと同時に、地階やくぼみや洞窟、拷問の塔や霊安室、遺体安置所、何か所ものジブラルタルや、いくつものマルタやインドを――それに、四世紀の人々のやり方で、やっとこと首枷が活躍している十世紀の穴倉とあばら家を発見することでしょう。そこにはまだ、興味深いマクベス夫人の城が立っています。あなた方がかの地の人々と対等になろうと目論んだとは馬鹿げた自惚れでしたね。はたしてあなた方はそういう建造物なのでしょうか？　あなた方はたくさん稼いだので、あなた方の古いマルボルク城は秘密の階段と厚かましい伝説ともども、あなた方がくまなく、端から端まで見えるように、電灯で明るく照らしました。おかげで、あなた方の姿が手に取るように見えています」

「神よ、イギリスを罰したまえ！」

「やれやれ何とも滑稽な喚き声ですな！　改めてルートヴィヒ・ティーク[21]の著作集を読み始めるとよいでしょう。あるいは、『若きウェルテルの悩み』を改めて読み始めるとよいでしょう。改めて、さめざめとそら涙にくれるとよいでしょう。そうすれば、あなた方は少しは滑稽でなくなるでしょう」

「我々が不幸の中にある時に、あなたは我々を侮辱するのですね。だが、ゲルマニアをその息子たちの腕が立ち上がらせるでしょう！」

「立ち上がらせるでしょうが、あなた方自身にも未知の新しいゲルマニアをです。古いゲルマニアを立ち上がらせるためには、もう人間がいません」

「人間がだと？」ドイツ人は笑った。

「あなたが考えている人たちは、人間ではなく、木偶《でく》の坊です。彼らの代わりに心配したり、手を取って導いたり、腕で支えてやらなければならないでしょう。うんざりです。巨大な建造物が、私の旅の目標が倒壊し、崩れ落ちてバラバラになり、掃き散らされて塵になる前に、神々にふさわしいこの劇場が、尋常ならぬメリメリ、バリバリという音で地球を満たす前に――まだ楽しみましょうよ」

船は半円を描き、ヘル半島に沿って、灯台の明かりと夜霧に包まれたロゼヴィエ岬の魅惑的なモレーン丘に進路をとった。灯台の煌めきが海洋に射して、話し合っていた男たちの目に反射した。奇妙な幻影のような大型船は、夜の濃霧の中を航行していった。地上の水域のまわりをか、天の境界をかは分からない。その高く聳え立つ百々の個所を照らされた船体は、明るい夜の広大な空間の中を、あたかも幻のように進んで行った。あまりにも陸地に近付き過ぎたために、見事な船がながの旅路にと航海していく音が人々の耳に届いたほどだった。

しかしまたあまりにも陸地に近付き過ぎたために、静かな集落から、静かな、働き疲れた漁師たちがひっそりと、神に見守られて眠っていたハウプィと呼ばれているツェイノヴァから、真夜中の雄鶏の鳴き声が、船にまで届いたのであった。甲板上のブルネットの旅行者は雄鶏の鳴き声を聞いた。急に寒気に襲われて、彼は激しく身を震わせた。

そして、旅の仲間に言った。

「もう真夜中です。どこかで雄鶏が鳴きましたね！　そうじゃないですか？」偶さかの知人はうなずいた。

「お暇します！　お休みなさい！」

彼は甲板を駆け抜け、火が轟音をあげているボイラーの横を黒いしみになって、すべるように移動し、明るく輝く階段の中に身を屈めた。その姿は、船底と船室、そして機関室に続くドアの光の中に、まるで幽霊のようにかき消えた。

Wiatr od morza. Odjazd Smętka.1922, Wydawnictwo J. Mortkowicza

注

1 『スメンテクの旅立ち（Odjazd Smętka）』。この作品は、カシュブィ地方を舞台にした長篇『海からの風（Wiatr od morza）』（一九二二）の最後の章である。

2 ノイファールヴァッサー（Neufahrwasser）。ドイツ語名。ポーランド語名はノヴィ・ポルト（Nowy Port）。グダンスク市の一地区。小さな漁村だったが、十八世紀末、プロイセンが港を建設。十九世紀には大型船が入れるこの港の重要性が増し、拡充された。

3 レフ人（lechicki）。レヒタ諸語を話す西スラヴ民族（すなわちポーランド人）を指す。「単数レヒタ（Lechita）、複数レヒチ（Lechici）、その形容詞レヒツキ（lechicki）」の名は、ポーランド人の祖とされる伝説上の王「レフ（Lech）」から。

4 オクスィヴィエ（Oksywie）、ヴェイヘロヴォ（Wejherowo）、プツク（Puck）、カルヴィア（Karwia）、ジャルノヴィェツ（Żarnowiec）、いずれもプツク湾を挟んだヘル半島対岸のカシュブィ地方本体の地名。但し、カルヴィアとジャルノヴィェツはヘル半島より北西に位置する。

5 『東風は漁師の慰め』。原文は"Ost - rebocci trost"（カシュブ語）。東風は漁師たちに豊漁をもたらすという、カシュブィ地方のことわざ。

6 グダンスク・マント（gdańska peleryna）。この地域の住民が着用した袖なしのコート。

7　ロゼヴィエ（Rozewie）。ヘル半島の付け根にある村。新旧二つの灯台がある。ここでの灯台は一九一〇年に改修され、現在も運用中の旧灯台のことと思われる。

8　「ヤスタルニヤ、ヴィエルカ・ヴィエシ、ハウプィ、ロゼヴィエ、カルヴィア」（Jastarnia, Wielka Wieś, Chałupy, Rozewie, Karwia）。ハウプィとヤスタルニヤはヘル半島の、ヴィエルカ・ヴィエシとロゼヴィエはヘル半島の付け根の、カルヴィアはヘル半島よりも北西のバルト海沿岸の地名。

9　「小さな海（Małe Morze マウェ・モジェ）」。プック湾（Zatoka Pucka）の別称。この地域では、ヘル半島を囲む二つの海、バルト海をWielkie Morze「大きな海」、プック湾をMałe Morze「小さな海」と称した。

10　シュッケルト社（Schuckert）。ドイツの電気機器会社。一九〇三年にSchuckert & Co.とSiemens & Halske AGが合併して誕生したSiemens-Schuckertwerke GmbH シーメンス・シュッケルト社を指す。

11　ミェシュコ（Mieszko）。ミェシュコ一世（?～九九二）。レフ族ピャスト家の首長。初代ポーランド公（在位九六三～九九二）。諸部族を統合し、キリスト教の洗礼を受けて、後のポーランド王国の原型を築いた。ゲロン辺境伯（Markgraf Geron）はゲロ一世（Gero I）（九〇〇～九六五）のこと。ドイツの東方進出を指導し、エルベ川以東を征服した。神聖ローマ皇帝オットー一世により、オストマルク辺境伯に任ぜられた。オストマルクは現在のドイツ東部ザクセン州他に当たる。

12　ポズナン、ブィドゴシュチュ、グルヂョンツ（Poznań, Bydgoszcz, Grudziądz）。いずれも第一次世界大戦でのドイツ敗北とポーランドの独立回復後にポーランド領になった都市。

13　ハインリヒ捕鳥王（Henryk Ptasznik）。（八七六～九三六）。ハインリヒ一世（Heinrich I）のこと。東フランク王国（ドイツ王国）ザクセン朝初代王（在位九一九～九三六）。捕鳥王は添え名。エルベ川を越えて、スラヴ人の土地を征服した。オットー三世（Otto Trzeci）（九八〇～一〇〇二）はドイツ王国ザクセン朝第四代王（在位九八三～一〇〇二）にして、神聖ローマ皇帝（在位九九六～一〇〇二）。古代ローマ帝国の復活を夢見たが果たせなかった。聖ヴォイチェフ（święty Wojciech）はプラハの聖アダルベルト（Adalbert von Prag、九五六～九九七）のこと。プラハ司教。バルト海沿岸の古プルーセン人に布教中に殉教。ボヘミア、ポーランド、ハンガリー、プロイセンの守護聖人。ここでは、ドイツ人はかつての征服者としての力を失い、ポーランドの影響を受けるようになるだろう、と言っている。

14　リチャード獅子心王（Ryszard Lwie Serce）。リチャード一世（Richard I）（一一五七～九九）。プランタジネット朝（アンジュー朝）第二代のイングランド王（在位一一八九～九九）。第三回十字軍に参加。

15　「島で」。ブリテン島のこと。

16　鉄道（kolej）。ヘル半島の鉄道は、一九二〇年に建設を始め、一九二一年にスファジェヴォ（Swarzewo）～ヘル（Hel）間三五、七キロが完成。本開業は一九二三年。

17　「カシュプ人たちが分かる」。ポーランド共和国独立回復時に、カシュプ人（Kaszubi）が、ポモジェ地方（Pomorze）のポーランド帰還運動に参加したことを指す。ポモジェのドイツ語名はポメルン（Pommern）。カシュブィ地方はポモジェに含まれる。

18　マズルィ地方の住民（Mazury）。ポーランド共和国独立回復時の住民投票で九十七％がドイツへの帰属に投票したことを言っている。

19　「自らの支配下に置くように頭を垂れて懇願しました」。プロイセンの臣従（Hold pruski）のこと。一五二五年、ドイツ騎士団総長アルブレヒト・ホーエンツォレルン（Arbrecht von Brandenburg-Ansbach）は宗教騎士団を世俗化するにあたり、総長職を辞任の上、ポーランド王ズィグムント一世に臣従し、「プロイセン公」に叙任された。

20　熊公（Niedźwiedź）。アルブレヒト熊公（Albrecht der Bär　一一〇〇頃〜七〇）。ザクセン公（在位一一三八〜四二）、ブランデンブルク辺境伯（在位一一五七〜七〇）。アルブレヒト一世のこと。熊公は添え名。エルベ川以東のスラヴ人を再服属させ、北西ドイツから移民を誘致して村や町を建てた。フルィッ（Fryc）はドイツ語ではFritz（フリッツ）。プロイセン王フリードリヒ二世（Friedrich II）（一七一二〜八六）のこと。第三代プロイセン王。晩年にはベルリン市民から親しみを込めて「老フリッツ」（“der Alte Fritz”）という愛称で呼ばれていた。

21　ルートヴィヒ・ティーク（Ludwig Tieck）（一七七三〜一八五三）。ドイツ・ロマン派を代表する作家・詩人・編集者。『金髪のエックベルト』など幻想的で詩的な作品で知られる。

ステファン・ジェロムスキ　Stefan Żeromski

略歴と主な作品

＊は本書収録作品

一八六四　ストラフチン（Strawczyn）で没落シュラフタの息子として誕生。父ヴィンツェンティ（Wincenty）、母ユゼファ（Józefa）（旧姓カテルラ Katerla）。

一八七四　キェルツェ（Kielce）の政府立男子ギムナジウム（Męskie Gimnazjum Rządowe w Kielcach）に入学。

一八七九　母死去。

一八八二　レールモントフの詩の翻訳が『週刊・流行と小説（Tygodnik Mód i Powieści）』、詩作が『子供の友（Przyjaciel Dzieci）』に初めて掲載される。

一八八三　父死去。

一八八六　病気（結核）のため、中等学校卒業試験（matura）受験を放棄。医学校進学を諦め、ワルシャワ獣医学校（Warszawska Uczelnia Weterynaryjna）に入学。以後ワルシャワで困窮と病苦の数年間を過ごす。

一八八八～一八九一　学業を放棄し、各地で家庭教師（nauczyciel domowy）として生計を立てる。この時期に保養地ナウェンチュフ（Nałęczów）で一月蜂起（一八六三年一月二十二日～六四年十月）参加者たちと接する。また、一月蜂起の参加者、ヘンルィク・ロトキェヴィチ（Henryk Rodkiewicz）の若い未亡人オクタヴィア・ロトキェヴィチョヴァ（Oktawia z Radziwiłłowiczów Rodkiewiczowa）と出会い、のちに結婚。また、ボレスワフ・プルス（Bolesław Prus）らの知識人グループと関わる。

一八八九　『ああ！　もしも私が生きながらえて、いつかあの喜びを味わえるなら…*（Ach, gdybym kiedy dożył tej pociechy…）』が『週刊新聞（Tygodnik Powszechny）』に掲載される（定期刊行物に掲載された初の散文作品）。

一八九一　『セダンの戦いの後で*（Po Sedanie）』『悪い予感*（Złe przeczucie）』『アナンケー*（Ananke）』『強い女性*（Siłaczka）』『何が起ころうとも、我が身を打つがよい*……（Cokolwiek się zdarzy, niech uderzy we mnie…）』『忘却（Zapomnienie）』いずれも『週刊・声（Tygodnik „Głos"）』に掲載される。

一八九二　病気療養のために初めてザコパネ（Zakopane）に滞在。この年の秋、オクタヴィアと結婚。結婚式の立会人はボレスワフ・プルス（Bolesław Prus）。スイスのラッパースヴィール（Rapperswil）のポーランド国立博物館（Muzeum Narodowe Polskie）の図書館で司書として働く。
『黄昏*（Zmierzch）』を『週刊・声（Tygodnik „Głos"）』に掲載。

一八九三　『目には目を（Oko za oko）』を『週刊・声（Tygodnik „Głos"）』に掲載。

一八九四　『ピョトル博士*（Doktor Piotr）』が『週刊・声（Tygodnik „Głos"）』と『ポズナン評論（Przegląd Poznański）』に掲載される。
『我らを啄ばむ鴉たち*（Rozdzióbią nas kruki, wrony…）』をマウルィツィ・ズィフ（Maurycy Zych）名で『ポーランドの言葉（Słowo Polskie）』に掲載。

一八九五　初の書籍がマウルィツィ・ズィフ（Maurycy Zych）名でスイスの『ポーランド書店（Księgarnia Polska）』から出版される。タイトルは『我らを啄ばむ鴉たち（Rozdzióbią nas kruki, wrony…）』。
『我らを啄ばむ鴉たち*（Rozdzióbią nas kruki, wrony…）』、『自分の神のもとへ*（Do swego Boga）』『異教徒（Poganin）』『土饅頭（Mogiła）』を所収。

一八九六　ラッパースヴィールを去る。

一八九七　『禁忌*（Tabu）』を『真実（Prawda）』に掲載。
『放浪の兵士について（O żołnierzu tułaczu）』を『週刊・声（Tygodnik „Głos”）』に掲載。
ワルシャワのザモイスキ家図書館（Biblioteka Zamoyskich）で働く。
長篇『シジフォスの労働（Syzyfowe prace）』をマウルィツィ・ズィフ（Maurycy Zych）名で『新たな改革（Nowa Reforma）』に掲載。

一八九九　長篇『家なき人々（Ludzie bezdomni）』を執筆。翌一九〇〇年『ゲベットナー・アンド・ヴォルフ社（Gebethner i Wolff）』から刊行。
息子アダム（Adam）誕生。

一九〇二　長篇『灰（Popioły）』（邦訳のタイトルは『祖国』）、『グラフィック・ウィークリー（Tygodnik Ilustrowany）』に掲載が開始される。

一九〇五　ナウェンチュフ（Nałęczów）に居を構え、知識人グループの一員として、『教育協会「光」（Towarzystwo Oświatowe “Światło”）』、『民衆大学（Uniwersytet Ludowy）』、児童養護施設の設立など、さまざまな教育活動を行う。
『森のこだま（Echa leśne）』を執筆、翌一九〇六年『キェルツェのこだま（Echa kieleckie）』に掲載。

一九〇六　長篇『罪の物語（Dzieje grzechu）』を『新しい新聞（Nowa Gazeta）』に掲載開始。

一九〇八　画家アンナ・ザヴァツカ（Anna Zawacka）と出会う。

一九〇九　戯曲『薔薇（Róża）』をユゼフ・カテルラ（Józef Katerla）の名で『出版社《本》（Spółka nakładowa „Książka”）』から刊行。

一九一二　長篇『人生の美しさ（Uroda życia）』、長篇『忠実な川（Wierna rzeka）』を『出版社《本》（Spółka nakładowa „Książka”）』から刊行。挿絵はザヴァツカによる。

一九一三　娘モニカ（Monika）誕生。母親はザヴァツカ。

一九一四　第一次世界大戦勃発。

十月　ピウスツキ Józef Piłsudski によってガリツィアで八月、ポーランド軍団（Legiony Polskie）が結成され、入隊するが、戦闘には参加せず。戦争中は家族とともにザコパネに定住。

一九一八　七月三十日、息子アダム、結核で死去。オクタヴィアとの関係は破綻。

十月　ザコパネ共和国大統領に選出される（ポーランド独立とともにザコパネ共和国は消滅）。

十一月十一日、第一次世界大戦終結。　同日、ポーランド共和国、独立を回復。

一九二〇　『悪い視線*（Złe spojrzenie）』が『文学・芸術新評論（Nowy Przegląd Literatury i Sztuki）』に掲載される。

ポーランド・ソヴィエト戦争（一九一九年二月～一九二一年三月）では、ハレル（Józef Haller）将軍が総監を務める義勇軍（Polska Armia Ochotnicza）の宣伝部（Wydział Propagandy Armii Ochotniczej）に所属、従軍記者として働く。

取材メモをもとにした『ヴィシクフの司祭館にて*（Na probostwie w Wyszkowie）』が戦時下のルポルタージュをまとめた本『武器の間に（Inter arma）』に掲載される。同年九月にJ・モルトコヴィチ出版社（Wydawnictwo J. Mortkowicza）から刊行される。

ヴァルミア地方（Warmia）、マズルィ地方（Mazury）のポーランドへの帰属を決定する住民投票運動に参加。

この年以降、たびたび、アンナ・ザヴァツカと娘モニカとともに、カシュブィ地方（Kaszuby）のグディニャ（Gdynia）で夏を過ごす。

『ポモジェ友の会（Twarzystwo Przyjaciół Pomorza）』を設立。

『ポーランド作家連盟（Związek Zawodowy Literatów Polskich）』会長に選出される。

一九二一、一九二二、一九二三、一九二四　四度に渡ってノーベル文学賞候補に選出される（受賞は逸す）。

一九二二　『魔女*（Czarownica）』『スメンテクの旅立ち*（Odjazd Smętka）』を含む長篇『海からの風（Wiatr od morza）』がJ・モルトコヴィチ出版社から刊行される。なお、『ヴィスワ（Wisła）』（一九一八年）、『海からの風（Wiatr od morza）』（一九二二年）、『ミェンズィモジェ（Intermarium）（Międzymorze）』（一九二三年）の、ポモジェ地方のバルト海沿岸を舞台にした三作品は『海浜三部作（Trylogia nadmorska）』と呼ばれている。

長篇『早春（Przedwiośnie）』をJ・モルトコヴィチ出版社から刊行。

戯曲『ウズラが逃げた（Uciekła mi przepióreczka...）』を執筆、一九二五年、ワルシャワの国民劇場（Teatr Narodowy）で上演される。

一九二五　『海からの風*』で、戦間期の最も重要な文学賞「国家文学賞（Państwowa Nagroda Literacka）」を受賞。

『樅の原生林（Puszcza jodłowa）』を執筆、一九三四年、J・モルトコヴィチ出版社から刊行される。

十一月二〇日、ワルシャワにて死去。

なお、ステファン・ジェロムスキの作品はこれまで以下の邦訳がある。

1　波蘭ステファン　ゼロムスキ原作『小説　祖国』加藤朝鳥訳（原題『灰（Popioły）』）東京堂　昭和六年）

2　ステファン　ゼロムスキー「黄昏」山梨芳隆訳（『勇士バルテック――ポーランド短編傑作集』時代社刊　昭和十五年）

3　ゼロムスキー　ステファン「誘惑」山梨芳隆訳（『勇士バルテック――ポーランド短編傑作集』時代社刊　昭和十五年）

4　ジェロムスキ　ステファン「われらを啄ばむ鴉たち」小原雅俊訳（蔵原惟人監修『世界短編名作選　東欧編』新日本出版社　一九七九年）

あとがき

本短篇集の翻訳は関口時正氏の提案で始まった。まずは氏に心から感謝したい。一年と何か月かの制約の中での翻訳作業ということもあって、予定していたいくつかの短篇作品（Oko za oko「目には目を」、Mogiła「土饅頭」、Echo leśne「森のこだま」など）は途中で完成を断念せざるを得なかったのは残念でならない。今後何らかの形でぜひとも紹介出来ればと願う。

作品の選択に当たって、一応、Biblioteka Narodowa（「国民文庫」）の Stefan Żeromski, Wybór opowiadań（『ステファン・ジェロムスキ短篇選集』）に挙げられた作品を主にしたとは言え、基本は個々の訳者の好みに従った選択（実際には当初はなるべく短い作品を選ぶことから始まった）であったが、こうして執筆年代順に並べてみると、思いがけず、ジェロムスキの短篇作品を俯瞰できるものになっている。監訳とした理由である。

ジェロムスキの作品はこれまでに「ステファン・ジェロムスキ　略歴と主な作品」の最後に挙げたようにいくつかの邦訳があるが、近年ではこのあとがきの筆者の「われらを啄ばむ鴉たち」一篇があるのみで、「ポーランド文学の良心」と称される作家の翻訳としてはあまりに少な過ぎるかもしれない。とは言え、ロマン主義と自然主義の後にやってきた西欧のショーペンハウエルやニーチエ、ベルクソンらの非合理主義哲学やランボー、ボードレール、ストリンドベリ、イプセンなどのモダニズムと結びついた新ロマン主義（ネオ・ロマンチシズム）の流れ――ポーランド文学史上「若きポーランド」と呼ばれた時代のポーランド文学を代表し、今も最もよく読まれている作家の一人であり、ネット上に中等学校卒業試験（matura）用のアンチョコ記事が溢れかえっているジェロムスキの作品を翻訳する企てにはやはりよほど勇気がないことには取り組めないかもしれない。

　今回の短篇集は主に初めて本格的な文学作品の翻訳に挑戦する者たちによって訳されたもので、まさに無謀な企ての結果であり、無知が故の誤訳や日本語の表現能力の不足が残されていなければ幸いである。

　訳者の何人かは新宿の朝日カルチャーセンターのポーランド語講座ですでに長篇『早春（Przedwiośnie）』を何年か掛けて読み終えていたとは言え、最もよくポーランド語の可能性に通暁した作家、ともされるこの作家特有の全篇にちりばめられている文語、詩語、廃語、俗語、隠語、マゾフシェ方言やカシュブィ方言など土地土地の方言、独特の抽象性、象徴性を帯びた難解な言語的・文体的・詩的実験との格闘は、とりわけ短篇のそれとの格闘は、それこそシジフォスの岩の感があった。

　幸いにもポーランドには『ヴィトルト・ドロシェフスキ大辞典（Wielki Słownik W. Doroszewskiego PWN）』の電子版が公開されていて、大いに役立たせていただいた。この辞典なしにジェロムスキの時代の作家の作品を翻訳することはほとんど不可能であろう。例えば本短篇集に訳出した「強い女性」の原題 Siłaczka は普通「大力の女」「（サーカスの）女力持ち」などの意味で用いられているが、ドロシェフスキ辞典では「稀有な道徳的力を持つ女性」という意味が付け加えられ、例としてジェロムスキの作品名が挙げられている。いわばこの意味での silaczka はジェロムスキの造語であることを示唆していると思われる。また、今日でも普通に使われている語がドロシェフスキ辞典では最後に挙がっている廃語の意味であったりすることが少なくなく、訳者の一人はドロシェフスキの辞書で調べる時には最後に挙げられている意味から調べる習慣が付いてしまった、と述懐しているほどである。また当然ながらカトリック・キリスト教とラテン語の強い影響のもとにあったポーランド文化の特質として、さらにはこの国の近隣の多くの国々の支配や侵略を通した接触の歴史からしてラテン語やドイツ語、フランス語、ロシア語が何の注釈もなしに登場し、時には今では意味不明な古ポーランド語の単語すら登場するテキストとの格闘は、すでにいくつかの翻訳の実績がある他の、かつて東京外国語大学ポーランド語専攻（あるいはロシア語専攻）に在籍した人たちにとっても少なからぬ困難を伴った勇気ある挑戦であったと思われる。それだけに、訳者一同の努力が少しでも結実していれば幸いである。

ジェロムスキの難題は、どの作品も、ロシア帝政支配下のポーランドの抵抗と反乱の歴史と密接に結びついていることとも関連している。「略歴」から分かるように、ジェロムスキはロシア帝政統治下で起こった三度の反乱の最後の、最も凄惨なものであったと言われる一八六三年の「一月蜂起」が敗北に終わった年の翌年、一八六四年に、蜂起の最もよく知られた戦場の一つであったシフィントクシスキェ山地のふもとで、蜂起参加者を援助した廉で数カ月投獄されたことがある没落シュラフタを父として生を受け、以後、ポーランドが辿った困難な時代とともに文筆活動を繰り広げた作家であり、多くの作品の中に、とりわけ初期の短篇の中には一月蜂起がこだましている。「われらを啄ばむ鴉たち」（一八九四）、「森のこだま」（一九〇五）、「忠実な河」（一九一二）では直接のテーマをなしている（なお『忠実な河』は映画化され（タデウシュ・フミェレフスキ Tadeusz Chmielewski 監督、一九八三年）、蜂起軍の凄惨な戦いとコサック兵たちの残虐さが描き出されている）。

ジェロムスキは一八八八年からしばらく家庭教師として、また療養のためにナウェンチュフに滞在したが、そこでは一月蜂起参加者で、シベリア流刑から帰還した人たちから蜂起の詳細を聞く機会があった。またのちに結婚する一月蜂起参加者、ヘンルィク・ロトキェヴィチの若い未亡人オクタヴィア・ロトキェヴィチョヴァから聞いた話はのちの長篇『人生の美しさ』のモチーフとなるなど、ジェロムスキはいわばなるべくして一月蜂起の申し子となったと言えるだろう。

一九〇五年には、帝政ロシア治下のポーランド王国で、ロシア国内に起こった革命に呼応して民族独立と社会解放のスローガンを掲げた革命の波がポーランド各地に押し寄せ、ジェロムスキが入学したキェルツェの政府立男子ギムナジウムでも、学校教育のロシア化に反対するストライキが起こり、多くの生徒が放校処分を受ける（この出来事はジェロムスキの最初の長篇、自伝的な『シジフォスの労働』に生かされた）。この革命はポーランド語で授業を行う学校の設置や信仰の自由、労働条件の改善など、ポーランド社会の転換をもたらし、ロシア帝政支配下ではあれ、一定の安定期に入り、この時期を代表する多くの作家が旺盛な活動を繰り広げられることになる。訳注に引用されている作家、画家のヴィスピャンスキ（Stanisław Wyspiański）や『農民（Chłopi）』でノーベル賞を受賞したレイモント（Władysław Reymont）などがいる。

陰気な秋の嵐の描写に始まる短篇、一八六三年の蜂起の回想を生の糧とした人々の中で育った記憶をもとに書かれた『われらを啄む鴉たち』（一八九五）では、遂に最後のひとりとなった蜂起参加者の主人公が、武器を積んで馬をひくところをロシア兵に発見され、虐殺される。主人公とともに殺された馬を我先にと突っつき合うロシア兵を暗示する大鴉、小鴉の様子が描かれるが、この短篇にはもうひとりの主人公が登場する。それは、「蜂起参加者の死体から身につけているものを剥ぎ取り、さらには馬の皮を剥ぎ取って、「こうして知らず知らずのうちに、かくも長きに及ぶ隷属と無知の蔓延と搾取、恥辱と民衆の苦しみに対する報復を遂げたのちに」、その幸運を神に感謝するひとりの農夫である」(「ポーランド・ロマン主義の伝統」有斐閣選書908　木戸蓊、伊東孝之編『東欧現代史』一九八七年)。「その生ける屍の頭上を鴉の大群が羽ばたいていた。舞い上がっては降下し、そして旋回した。夕焼けはすぐに消えた。世界の裏側から、夜と絶望と死とがやって来ていた」(「鴉たち」から)。

一八九一年に書いた「セダンの戦いの後で」は一八七〇年に普仏戦争でセダンの戦いで敗れたフランス軍の兵士の死を描いているが、まるで「ナポレオンのポーランド人軍に加わってポーランドを離れ、スペインを含むヨーロッパのあらゆる戦場で戦い、結局は失意の人として帰還した」(ミウォシュ、『ポーランド文学史』)一九〇二年の長篇『灰』の登場人物たちを描いた一部であるかのような容赦ない残酷さに満ちた短篇になっている。

ジェロムスキの作品は、冷徹な、読者を突き放すような、冷笑的・風刺的眼差し、残酷で、同情を排して悲惨な現実を直視する観察力・描写力が大きな特徴を成している(「悪い視線」、「悪い予感」、「アナンケー」、「何が起ころうともわが身を打つがよい」、「自分の神のもとへ」)。「われらを啄ばむ鴉たち」にみられる残酷な物語の展開と描写は若い読者を恐怖に陥れることさえあるようだ。

人々の物質的、道徳的不幸と言語に絶する貧困を描き尽くそうとして駆使する数々の表現手段は時にその過度なまでの技巧のあまり批判されることがある。例えばミウォシュは前掲書の中でこう述べている。ジェロムスキの長篇『灰』では「同情、人間愛、英知、歴史的視野の広さと」「小説の語りという形式の下に過剰な〝詩心〟を潜ませる傾向が目立った」。「戦士の孤独というものがジェロムスキの根本主題の一つであって、一人の「救済者」を、追随することさえほとんどできぬ大衆に対置する点で、彼はまぎれもなくネオ・ロマン主義者であった」と。「鴉たち」でも蜂起参加者の、孤独な英雄的戦士としての主人公とグロテスクなまでの「無知」を属性とする「農民＝民衆」像が対置されている。

ジェロムスキは、いわば、ボードレール張り、ランボー張りのモダニズム特有の文体でポーランド文学の伝統的なロマン主義のテーマ、民族解放のテーマに取り組んだのであった。

しかし、『鴉たち』にみられる孤独なロマン的英雄は社会的使命に衝き動かされた革命家でもある。本短篇集に訳出した「黄昏」「アナンケー」「悪い予感」「悪い視線」「自分の神のもとへ」「何が起ころうともわが身を打つがよい」「強い女性」にも弱者への強い共感とともに現実を、同情を排した、残酷なまでにシニカルな冷徹さで観察し尽くそうとする視線を見て取ることが出来る。懸命に目的を果たそうとする、あるいは窮地から脱出しようとするが果たせない主人公たち。成すべなくいわば運を天に任せるしかないのだが作者は主人公たちのその後については暗い未来を暗示するのみだ。ジェロムスキは社会によって虐げられた者たち、病苦や事故に見舞われた者たち、貧困が故に運命にもてあそばれる者たちを好んで描くが、そこでも安価な同情は寄せず、徹底した「悪いまなざし」、不条理な真実の残酷な現実の透徹した観察、不条理な真実の赤裸々な描写が貫かれる（「強い女性」「アナンケー」「悪い視線」「悪い予感」「禁忌」など）。ジェロムスキの小説ではまた、主人公の崇高な目的は民族の悲願だけでなく、社会の中の些末な人間的願望ですら、決して達成されることがない。何の救済もなく放置され、苛酷な運命に委ねられるのである。コサックたちによって「自分と孫娘の魂を悪い信仰に売り渡してしまった」老人と孫娘が告解のために向かったチェンストホヴァからの帰路は吹雪の中で道に迷った死を予感させる描写で閉ざされる。時代が強いた苛酷な運命はここでも情け容赦のない、残酷な筆致でもって描かれる。

一八九四年に書かれた「ピョトル博士」はジェロムスキの作品の中では、シュラフタを中心とする身分制度と価値観が崩壊し、新しい資本主義的価値観が勃興しつつある社会の中での親子の断絶がテーマのジェロムスキのこの時期の作品としては特異なものである。シュラフタの没落がどのようにして成し遂げられたか、新しい社会の中で新しい支配者になったかつての「下賤な者」たちと没落したシュラフタとの関係の逆転がポーランド社会の変化の描写の中で具体的に描き出される。自ら没落シュラフタの家族の困窮の中で生まれ育ったジェロムスキではあれ、失われつつあるシュラフタ制度に対する、今日もポーランド社会の中に見られるアンビバレントな関係も込められた作品だと言ってよいだろうか。

これら蜂起が主題ではない作品群には作者の自伝的要素が色濃いのも特徴と言えるかもしれない。医師が語り手である作品が多い（「強い女性」「何が起ころうとも……」「悪い視線」「禁忌」「魔女」）が、これも青春時代に貧困と病のために医学への道を断念しなければならなかった記憶がなせる業であるかも知れない。「ピョトル博士」はドクトル（doktor）が「博士」の意味で用いられている唯一の例で、他では常に「医師」であるのはそのためであろう。また、「悪い視線」では患者の生死をかけた決断を迫られたときに若くして死んだ息子があの世から医師の手助けに馳せ参じる場面が描かれるが、ここにはこの作品の執筆の前年、一九一八年に結核で死去したオクタヴィアとの間の息子、アダム（Adam）への思慕、深い哀惜が見事に描かれている。

先に述べたポーランド・ロマン主義の伝統、ロマン主義以降のポーランド文学を通底する民族意識の原型となったアダム・ミツキェヴィチの理想、目覚めた民衆像を描いた最も初期の作品「ああ！　もしも私が生きながらえて、いつかあの喜びを味わえるなら……」は「ほぼ牧歌」というサブタイトルがつけられる。伝統的なロマン主義的理想は新ロマン主義にとっては「ほぼ」でしかないという皮肉が込められている。深刻なテーマと描写の一方で、どこか皮肉っぽい、諧謔的なまなざしや表現が散りばめられているのもジェロムスキの作品の特徴である。

今回選んだ作品の中で異色なのは一九二〇年のポーランド・ソヴィエト戦争と呼ばれる革命ロシアの赤軍の反撃からワルシャワを防衛した戦い、ポーランドが勝利を収めたいわゆるヴィスワの奇跡の年に取材メモをもとに戦時下のルポルタージュをまとめた本に掲載された「ヴィシュクフの司祭館にて」である。この作品には一月蜂起の失敗から導き出される教訓やシュラフタ支配の社会構造が生み出した歪みや社会正義の理想が民衆の抑圧を招くことになった歴史が語られる。ここにはもはや孤独なロマン的英雄は登場しないが、ピウスツキのポーランド社会党の考え方に共感を抱いていたジェロムスキの政治的立場——反共産主義とポーランドの民族的利益を裏切ったコミュニストたちに対する弾劾、そして、いわばポーランドのポーランド人支配層からも差別され、抑圧されながらロシアの側に立つのではなく、祖国の防衛に立ち上がった農民や最下層の「ポーランド人民」に対する義務について語っている、おそらく人民共和国の下では禁書になっていたであろう一種の政治パンフレットのような実に興味深い作品となっている。

さらに晩年のジェロムスキが強い関心を寄せていたグダンスクやグディニャを含むドイツと帰属

を争ってきた、文化的にも言語的にもドイツと混交し合った地域、カシュブィ地方を題材にした一九二二年の作品、長篇「海からの風」の二つの章の訳「魔女」と「スメンテクの旅立ち」である。かつてポーランドの方言とされてきたカシュプ語がここではポーランド語ともドイツ語とも別の固有の特徴を持った言語として捉えられていることに驚く（当然、マズルィ地方も俎上に載せられる）。しかし面白いのは「スメンテクの旅立ち」の中でドイツ人と「英国心酔者」の間で交わされる、この地域の未来、ドイツの未来、ドイツ人とポーランドの関係の未来である。過去のポーランドやヨーロッパの歴史に深い造詣があったジェロムスキであっても、なにはともあれ、独立したポーランドを生きることが出来た両大戦間の二〇年が、ドイツにナチス政権が誕生し、第二次世界大戦の惨禍に見舞われ、第二次大戦後はソヴィエト・ロシアの圧迫の下、共産主義政権の下で過ごすことになることまでは予見できなかったのだ。「スメンテクの旅立ち」のあの会話によってジェロムスキは一体何を我々に伝えようとしたのだろうか。

今、訳し終えてみると、ジェロムスキ・ワールドは唯一無二の魅力に満ちていることに気付く。日本語にする格闘を経て初めて分かる、ほとんどの作品に散りばめられているジェロムスキの自然描写——荒涼たるポーランドの風景の中で主人公たちの身に襲い掛かる激しく、抗いがたい、死を呼ぶ突風や吹雪の猛威の描写、あるいは時に主人公の苦悩を慰撫するかのような、ゲッセマネを思わせる色とりどりの草や花で溢れ返る美しい草地の、しかし実際にはある日突然そこから悲劇のどん底へと突き落とす無慈悲で残酷な運命の予感を孕んだ自然描写は、大きな魅力だ。その決して抒情性に堕すことのない、リアルに徹するが故の象徴性を孕んでおり、歴史の激動に翻弄されるポーランド人の運命が、ここにもまた象徴されているように思える。例えば「自分の神のもとへ」に見られる、これでもかこれでもかと形容詞や副詞、様々な修飾句を重ねる心象風景の描写はあるいはジェロムスキの文学の真骨頂を成すものなのかも知れない。

なお、ジェロムスキの人と作品の詳しい解説は短篇の訳出作業に没頭せざるを得なかった訳者にとって少々荷が重いものがあった。それに、本書と同じ未知谷から出版されているチェスワフ・ミウォシュの『ポーランド文学史』（関口時正／西成彦／沼野充義／長谷見一雄／森安達也訳）（二〇〇六）の六〇二～六〇八ページに詳しく、読者諸兄姉にはぜひともそちらを参照していただければと思う。

最後になかなか原稿を完成させられず、ご迷惑をおかけした未知谷の皆さんと訳出の過程で様々なご教示をいただいた朝日カルチャーセンターと早稲田大学のポーランド語講座を担当しているクシシュトフ・ジャプコ＝ポトポヴィチ（Krzysztof Żabko-Potopowicz）氏、そしてポーランド広報文化センターに訳者を代表して心から感謝したい。

（小原雅俊）

訳者紹介（50音順）

阿部優子（あべ・ゆうこ）一九七四年鹿児島県生まれ。東京外国語大学大学院博士後期課程修了。中国蘭州大学正教授。主な訳書にカプシチンスキ著『黒檀（世界文学全集第3集）』（共訳、河出書房新社）、ミチェルスカ著『奇想天外発明百科：ややっ、ひらめいた！』（徳間書店）がある。

小林晶子（こばやし・あきこ）生年　一九五六年（昭和三一年）　最終学歴　明治大学大学院文学研究科史学専攻博士前期課程修了（一九九〇年三月）。元県立高等学校教員。

鈴川典世（すずかわ・のりよ）一九六六年、愛知県生まれ。中央大学文学部哲学科卒業。金融関係業界紙記者、印刷業界関連団体を経て現在（株）前川製作所勤務。大学時代の東欧諸国バックパッカー旅行がポーランドとの出会い。朝日カルチャーセンターで小原雅俊先生の下、ポーランド語を勉強中。

スプリスガルト友美（すぷりすがると・ともみ）一九七六年東京生まれ。東京外国語大学ポーランド語専攻卒業。アダム・ミツキェヴィチ大学ポーランド文学修士号取得。グダンスク大学日本学科専任講師。ポーランド語翻訳、ポーランド関係フリーライター。著作に『ポーランド・ポズナンの少女たち――イェジッツェ物語シリーズ22作と遊ぶ』（田村和子氏との共著）がある。ポーランド・ポズナン市在住。

辰巳知広（たつみ・ちひろ）一九七六年群馬県生まれ。京都大学大学院人間・環境学研究科博士後期課程単位取得満期退学。博士（人間・環境学）。現在、奈良女子大学非常勤講師。主な業績に『Spotkanie z Polską』（二〇〇五年、Trio）、『Feel and Think: A New Era of Tokyo Fashion』（二〇一一年、Prestel、共訳）、「テクストとしての映画衣裳――『憎いあンちくしょう』を事例に」（二〇二一年、『映像学』一〇六号）などがある。

夏井徹明（なつい・てつあき）一九五八年生まれ、東京大学工学部・工修、メーカーや証券系シンクタンクに勤務後、ポーランド語、セルビア語などの研究・翻訳に取り組んでいる。訳書：ゴラン・スクローボニャ　夏井徹明・高橋ブランカ訳『私たちはみんなテスラの子供』前編・後編（前編二〇二〇年、後編二〇二一年、幻冬舎メディアコンサルティング）。

前田理絵（まえだ・りえ）一九六八年、山口県生まれ。東京外国語大学ロシヤ語科卒業、ヤギェウォ大学付属ポーランド研究所（クラクフ）に語学留学。帰国後、駐日ポーランド大使館勤務。現在、ポーランド語講師・翻訳・通訳。

Niniejsza publikacja została wydana w serii wydawniczej
„Klasyka literatury polskiej w języku japońskim"
w ramach „Biblioteki kultury polskiej w języku japońskim"
przygotowanej przez japońskie stowarzyszenie „Forum Polska",
pod patronatem i dzięki finansowemu wsparciu wydania przez Instytut Polski w Tokio.

本書は、ポーランド広報文化センターが後援すると共に出版経費を助成し、
「フォーラム・ポーランド」が企画した
《ポーランド文化叢書》の一環である
《ポーランド文学古典叢書》の一冊として刊行されました。

こはら まさとし

1940年福島生まれ。東京教育大学文学部独語学独文学専攻。ワルシャワ大学ポーランド文献学部卒、同大学院中途退学。東京外国語大学名誉教授。主な編著──「白水社ポーランド語辞典」（1981年、共編）、『文学の贈物　東中欧文学アンソロジー』（編）（2000年　未知谷）；主な訳書──ボグダン・ヴォイドフスキ『死者に投げられたパン』（1976年、恒文社）、ヴォイチェフ・ジュクロフスキ「ロトナ」（1978年、『キリスト教文学の世界19　シェンキェヴィチ・ジュクロフスキ』所収、主婦の友社）、カジミェシュ・モチャルスキ『死刑執行人との対話』（1983年、恒文社）、タデウシュ・ルジェヴィッチ「罠　フランツ・カフカの病について」（1992年、『ポロニカ　ポーランド文化の現在・過去・未来』No. 3、恒文社）、エヴァ・ホフマン『シュテットル　ポーランド・ユダヤ人の世界』（2019年、みすず書房）。

ジェロムスキ短篇集
《ポーランド文学古典叢書》第12巻

二〇二四年一一月二五日印刷
二〇二四年一一月三〇日発行

著者　ステファン・ジェロムスキ
監訳　小原雅俊
発行者　飯島徹
発行所　未知谷
東京都千代田区神田猿楽町二-五-九
〒一〇一-〇〇六四
Tel.03-5281-3751 ／ Fax.03-5281-3752
[振替] 00130-4-653627

組版　柏木薫
オフセット印刷　モリモト印刷
活版印刷　宮田印刷
製本　牧製本

Publisher Michitani Co. Ltd., Tokyo
ISBN978-4-89642-740-0　C0398

《ポーランド文学古典叢書》